みんなみんな逝ってしまった、けれど文学は死なない。

坪内祐三

幻戯書房

目次

第1章　文壇おくりびと

第2章　追悼の文学史

第5章　記憶の書店、記憶の本棚

第6章　「東京」という空間

第7章 「平成」の終り

みんなみんな逝ってしまった、
けれど文学は死なない。

第1章
文壇おくりびと

福田恆存

——嫉妬心がない保守思想家

師というのが学校での恩師を意味するのなら私には師と言える人が殆どいない。

もちろん好きな先生はいた。

しかし、小、中、高、大、大学院とそのレベルが上っていくのに従い、むしろ、師と呼べる存在と無縁になっていった（大学院の時に例外的にそのような人に出会えた気になったがやがてそれが幻想に過ぎなかったことを知らされる）。

だから私にとって師と呼べるのは、学校とは別の場所で出会った二人の人しかいない。

福田恆存と山口昌男だ。

山口昌男が学問上の師であるなら、福田恆存は精神上の師だ。

思想上ではなく精神上の、という点に注意してもらいたい。

もちろん私は福田恆存から思想的な影響を強く受けた。

しかし実は私は、そんなことどうでも良いと思っている。

文藝春秋　二〇〇八・九

思想的に立派なことを書いたり語っていたりしても、精神的にくだらないやつはたくさんいる。それは右も左も変わりない（最近はむしろ右の人間の方がくだらないやつが増えている気がする）。

私が初めて福田恆存に会ったのは一九七九年十二月の事だ。

思想家としての福田恆存の再評価が進むのは一九八〇年代半ばの頃だから、当時、一九七九年十二月、福田恆存は、時代遅れの「保守反動」という存在だった。

つまり不遇だった。

しかし私の眼に、福田さんは、少しも不遇そうではなかった。

実際、初対面の私に、福田さんは、君みたいな若い人がなんでぼくの書いたものなんか読むの、と口にした。

けれどその言葉に湿り気はまったくなかった。

自分を卑下したり、世の中に拗ねている感じはなかった。

とてもクールで客観的な言葉だった。

そういう福田さんに私はまずひかれた。

以来、福田さんとお目にかかったのは十数回（二人だけで会ったのは五〜六回）に過ぎないが、福田さんの「精神」で、私がとても強く印象づけられたのは、その嫉妬心の薄さだ。

人間というものは皆、多かれ少かれ嫉妬心を持っている。極論すればこの世の七割以上は嫉妬心で動いている。

ところが福田さんに嫉妬心は見当らなかった。

文学者として思想家として福田さんは図抜けたものを持っていながら、当時、それが正当に評価されていなかった。

福田さんより明らかに才能の劣る人たちが時代の中でもてはやされていても、福田さんは彼らに嫉妬しなかった。

ただ冷静かつ客観的に批判した。

例えばそれが『中央公論』一九八一年四月号に載った長篇評論「問ひ質したきことども」だが、当時の保守派の売れっ子評論家たちを次々批判したその評論に対して、福田恆存も嫉妬でおかしくなってしまったと論じた、ある保守派の評論家に私は驚いた。蟹は甲羅に似せて穴を掘ると思った。

福田さんだって人間だからもちろん嫉妬心はある。しかし福田さんは人間の嫉妬心の根本を見すえたD・H・ロレンスの名著『現代人は愛しうるか』の翻訳者であるから、嫉妬心がないふりをすることの偽善には敏感だ。

その上で福田さんの嫉妬心は薄かった。

いつの間にか私も福田さんと同じ文章の世界に入り、改めて知ったのは、この世界は本当に嫉妬心の強い世界だということだ。

そういう世界にあって私も、師福田恆存を見習って、嫉妬心薄く生きて行きたい。

梅棹忠夫と山口昌男が鰻を食べた一九八八年春

考える人　二〇一一・夏

さてどこから始めようか。

私はこういう原稿を書くつもりはなかった。

当初はただテープを起そうと思っていた。

しかしそのテープが結局見つからなかったのだ。

『考える人』で梅棹忠夫の特集（「追悼特集・梅棹忠夫　『文明』を探検したひと」）を行なうと知った時、私は、親しい友人でもある同誌のK青年に、あるスペシャルな対談の話をした。

その話をK青年は河野編集長（言うまでもなく氏は『中央公論』の編集長でもあった）に伝え、それはぜひ、ということになった。

一九八七年秋から九〇年秋までの丸三年、私は『東京人』の編集者だった。

たった三年であっても、フルに動けるスタッフは少なかったから、私は、たくさんの対談や座談会、インタビューをこなした。経費節減で時には自らがカメラマンにもなった。

対談や座談会などではテープレコーダーを二台使い、つまりテープは二本ずつ出来上り、会社をやめる時、その内の一本を社に残し、もう一本を書類や写真類などと一緒にダンボールにつめ、家に送った。

その中にそのテープも入っているはずなのに、見当らない。

というよりも、その、テープや写真がたくさん入ったダンボールそのものが見つからないのだ（五年ぐらい前に一度確認したはずなのに）。

私の自宅と仕事場に、本や雑誌、書類などがつまったダンボールが二十箱ぐらいある（例えば押入れの奥にもある）。

このひと月ぐらい、仕事の合い間をぬって、その一つ一つを開いてみたけれど、結局、見つからなかった。

仕事で使ったテープは、その対談なりインタビューなり座談会なりが誌面に反映されているから名残り惜しくない。

しかし、残念なのは、あの幻のテープだ。

それは対談や座談会ではなく、まったくプライベートな会食での座談を、出席者（と言っても私を含めて四人のみ）の了承を得てテープに録音させてもらったものだ。

だからそのテープはこの世に一本しか存在しない。

『東京人』時代に私が使っていた手帖の一九八八年のものを開くと四月二十一日木曜日の項に「十二時　竹葉亭　離れ」とあるからその会食が行なわれたのは一九八八年四月二十一日のことだ。

そして同月十八日の項に「朝　山口さんに電話」というメモがあるから、当時の私の上司だった粕谷一希さんから私にその話があったのは、この前の週の金曜日、四月十五日のことだったと思う。

その粕谷さんの命を受けて、私はすぐに山口昌男さんの自宅に電話をかけたのだが、応答に出た山口さんの奥さんに、パパは今週いっぱい出張中で留守だから月曜の朝イチでかけてもらえるかしら、と言われ（当時山口さんは全国いや全世界を飛び廻っていて、そういう山口さんに振り回されるのが私は楽しかった）、電話したのだ。

私は少し気が重かった。

粕谷さんの命とはこういうことだった。

来週関西から梅棹（忠夫）さんが東京にやって来る。木曜日の昼十二時に竹葉亭の部屋を取ったから君も勉強のために来なさい。それから山口昌男も都合がついたら梅棹さんも喜ぶから、君から山口さんに連絡を取ってもらえるかな。

これは粕谷さんの私への心遣いだった。

若僧編集者だった私に（まだ三十歳だった！）梅棹忠夫のような大物と会わせる。これは確かに勉強だ。

それに私は山口さんから可愛いがられていた。最初に私のことを認めてくれた筆者の一人が山口さんで、それによって私は粕谷さんからの信頼度がぐっと上ったのだ。

そういう私に、山口さんへの招きの仕事を与えてくれた（粕谷さんは山口さんと古くからの知り合いで仕事上の付き合いも当時の私よりもずっと深かった）。

その粕谷さんの好意を私は強く感じたものの、一方で、これは困ったことになった、と思った。

大学三年（一九八〇年）の秋、私の通っていた早稲田大学文学部で山口昌男と中村雄二郎の講演会があった。

その時の山口さんの講演がもの凄く面白かった。

内容ももちろんであるが、声のメリハリや口調など、要するに聞き手をそらさなかった。

その時の山口さんの台詞が忘れられない。

のちに実際の山口さんとお付き合いするようになって、山口さんの話の特徴の一つに「陽気な毒舌」があることを知ったが、この時もそれが炸裂した。

つまり山口さんはこんなことを言った。

「岩波書店というのは知的権威の制度的な出版社ですが、私自身、雑誌『世界』から執筆の依頼があった時に、これも芸者のつとめと、そのお呼びにのって何回か執筆し、知的制度たる『世界』を撹乱させましたけれども、今度その岩波書店から、学者というよりは政治家すなわち学者官僚の親玉たる梅棹忠夫を編集代表として『講座・文化人類学』というのが発刊されることになり私のところにも執筆依頼がきまして、これは私きっぱりと断りました」。

電話口で山口さんは言った。ここでオレが断ってしまったら『東京人』でのキミの立場がまずくなってしまうだろう、と。

そんなことはありません、と私が答えたら、山口さんは、ハハハハ、と笑った。

四月なのに初夏の陽差しの日だった。

竹葉亭までキミが案内してくれ、という山口さんと私は十一時三十分に洋書イエナの前で待ち合わせをした。

竹葉亭に私も行ったことはなかったけれど、たしか、晴海通りを銀座四丁目交差点から歌舞伎座に向かう途中の右側にあったはずだ。

私も山口さんも時間に正確で、待ち合わせ時間の少し前に会い、竹葉亭に向った。

店に着いて、離れに予約した粕谷ですが、と尋ねたら、店の人は、離れ？　それは本店の方じゃないですか、と答えた（その時私は初めて竹葉亭に本店と支店があることを知った）。

それから十分以上歩いただろうか。

汗がダクダクと出た。

この所ちょっと運動不足だったから丁度良い、と山口さんは言った。

十二時十分前ぐらいに到着したら、既に粕谷さんと梅棹さんが来ていた。

すみません、お待たせしました、と山口さんは言った。

食事をはじめる前に私は、雑誌に掲載させていただくわけではありませんけれど、お二人の会話をテープレコーダーに取らせてもらえますでしょうか、と言い、二人の同意を得てテープが廻りはじめた。

その時二人はどのような会話をしたのだろうか。ほとんど憶えていない（山口さんは梅棹さんにとても気を遣っていた）。

ただ一つ憶えているのは、荒俣宏さんの話題だ。『帝都物語』で大ブレイクした荒俣さんは、翌年の秋サントリー学芸賞を受賞する。

その荒俣さんの博物学者としての資質を梅棹さんは絶讃し、山口さんもそれに強く同意した。

そうか、あの時の梅棹さんはまだ六十代、山口さんだって五十代だったのだ。

山口昌男

――「知の速射砲」を浴びせた恩師

産経新聞　二〇一三・三・十四

私は大学および大学院で学んだ人間であるが、私にとって学問上の恩師と呼べるのは山口昌男先生だけだ。

しかもマンツーマンで学んだ。ありがたいことだ。

大学院を出てしばらくニートな時を過ごし、一九八七年秋に『東京人』の編集者となった私は、それまで一読者に過ぎなかった山口先生と直接会うことができた。

山口先生は早起きだ。

たいてい編集者は昼頃にならなければ出社しない中、私はいつも朝十時には会社にいた。だからよく山口先生から電話がかかり、その数日の間に先生が読んだ本や雑誌、見た映画や芝居、展覧会の話を速射砲のようなスピードでしてくれた。私はその速射砲を受けるのが楽しみだった。

一九九〇年秋、私が『東京人』をやめ、第二次ニート時代に入ったら、毎日のように朝八時頃、先生から電話がかかってきた。その電話も楽しみだった。

当時山口先生が岩波書店の雑誌『へるめす』に連載していた長篇『「挫折」の昭和史』が終わろうとし、さらなる長篇『「敗者」の精神史』が始まるところだった。

電話の内容はその連載の資料に関することだった。

山口先生の電話に私が、それはこういう風につながって行くのではないですか、と言うと、先生が、ツボ（先生はいつも私のことをこう呼んだ）凄いな、それ何で読んだんだ、と問いただされたので、私は、それ、先生が四日前の電話でおっしゃっていたのですよ、と答えた。こういうやりとりが何度もあったので山口先生は私のことを、ツボは私の外部記憶装置、と呼ぶようになった。

もちろん古書店や古書展も共にした。

世間的にまったく無名で何の肩書もない私を先生のゴリ押しで京都の国際日本文化研究センターの研究員に交ぜてもらい、月に一度あるいは二度、先生と京都を旅した。

同じ頃、福島県奥会津の昭和村に廃校を借り受け、毎年、泊まり込みで長期イベントを行った。3・11の原発事故の被災地は私にもなじみある地名が次々登場するが、福島の地を愛されていた山口先生は今回の事故をどう思っただろう。

京都と会津への興味が重なって、山口先生はある人物たちを発見した。

それは山本覚馬と八重の兄妹を中心とした明治維新の「敗者」であり京都の近代を造っていった人々だ。

ツボ、これはＮＨＫの大河ドラマになるな、と先生は言った。

二十年前のことだ。

〔二〇一三年〕二月二十一日、最後に山口先生を見舞った時、先生、今NHK大河ドラマで山本八重と覚馬のことをやってますよ、と言った。

その時、先生の目の奥が光っているように見えた。

常盤新平さんありがとうございました

四季の味　二〇一三・春

常盤新平さんは私が編集者になったら最初に仕事をさせていただきたいと思っていた筆者の一人だ。

しかし初めて常盤さんと会えたのは『東京人』に入って一年後、一九八八年夏のことだ。『東京人』の編集者になって、常盤新平さんに書いてもらいたいな、と言ったら、先輩の女性編集者から、坪内さん無理よ常盤さん『東京人』のこと嫌いだから、と言われた。

それはたしかにそうだろう、と私は思った。

当時（創刊直後）の『東京人』は日本の『ニューヨーカー』を名乗っていた。

常盤さんの影響で、学生時代から銀座のイエナ書店などで（読めもしないのに）『ニューヨーカー』を時々買い、英米文学の大学院に進むとそのバックナンバーを古書店で集めていた（だから常盤さんの『遠いアメリカ』が他人事だとは思えなかった）私が大学院を修了しニートとなる年（一九八六年）に『東京人』は創刊された。

「日本の『ニューヨーカー』誕生」などと謳い上げた創刊ポスターを街で見かけた。

私の父親は『東京人』創刊の資金集めの協力者の一人だった。

だから『東京人』が創刊された時、父は私に創刊号を一冊手渡し、おいオマエ、『ニューヨーカー』に詳しいんだろ、比較してみてどう思う？　と尋ねた。

全然違うね、スマートじゃないよこの雑誌、と私は正直に答えた。

以降、『東京人』が出るたび（当時同誌は季刊だった）悪口を言い、そんなある時父は私に、粕谷（当時の『東京人』の編集長粕谷一希さん）がオマエのことに興味持っているみたいだから会ってこい、と言った。

そして私は『東京人』の編集者になった。

『東京人』の創刊何号目かに『ニューヨーカー』の名物編集長だったウィリアム・ショーンへの粕谷さんのインタビューが載った。

正直、あまり面白い内容ではなかった。

何より『東京人』（それもまだ実績のない）の編集長だということで『ニューヨーカー』の名物編集長にインタビューしてしまうその神経がニブいと思った。田舎者（つまり『東京人』の編集長にふさわしくない）と思った。

だから常盤さん（『ニューヨーカー』そしてウィリアム・ショーンのことをとても大切にしていた）が『東京人』を嫌うのも仕方ないと思った。

その常盤さんが私に会ってくれることになった。

一九八八年夏、私が神保町特集を企画した時だ。

常盤さんに「植草甚一と神保町」という文章を書いてもらいたいと思って神保町の喫茶店「壹《かず》眞《ま》」で会った。

最初の内はやはり私のことを『東京人』の編集者だということで警戒していたように思った。その内、私が東大ではなく早稲田の出身で（ここで補足しておけば私のボスだった粕谷一希は東大法学部→『中央公論』編集長というキャリアの持ち主で彼にとっての東大と中央公論社は特別のブランドでその噂はこの世界で有名だった——種村季弘さんにも皮肉を言われたことがある）、さらに大学院の後輩で、しかもアカデミズムの世界に進まず（進めず）、ニートな時代を経てようやく編集者になれたことを知った常盤さんは（私は積極的に自分の話をしたがる青年ではなかったがとにかく常盤さんとの縁を結びたかったのだろう）、私を受け入れてくれたかのように口数が増えて行った。

常盤さんと本当に親しくなったのは翌一九八九年のことだ。

私が入った時には隔月だった『東京人』がその年四月号から月刊になり、そのために編集スタッフが補強されることになった。

そして入社したのがK氏だった。

あるPR誌の編集者をつとめ、当時はあるリトル・マガジンの最終号を作っていたK氏は常盤さんともとても親しいというふれこみだった。

『東京人』の常盤さん担当として、もう私の出る幕はなくなったと思った。

ところがこのKという人物がとんだくわせもので、結果的に常盤さんと私の関係は深まった。

昼型の多い編集者の中で、私はいつも朝十時には飯田橋と九段下の中間にある『東京人』編集室に出社していた。

常盤さんも朝早い。

例えば朝十時頃に都内（たしか九段下と神保町の中間）にある歯医者での治療を終え、電話がかかってくる。

そして「壹眞」や「エリカ」（神保町界隈に三軒あった）などの喫茶店でお茶した。

夕方あるいは夜に電話がかかってくることもあった。

当時常盤さんは市ヶ谷の仕事場をたたんで、御一家で住んでいた西葛西のマンションの近くに仕事場用のマンションを借りていた。

坪内さん今日、仕事どんな感じですか、そうですかもう少しで終わりそうですか、じゃあ平井はどうですか、大丈夫ですか、ではお店で、と言って、私たちは平井の「寿司正」で待ち合わせるのだ。

あるいは金曜日の夜八時。

坪内さん、人形町の「くのや」で飲み始めたんですけど、今日坪内さんのご都合いかがですか（先の例でもわかるように常盤さんの言葉遣いはとても丁寧だった――常盤さんがオレと口にしたのを聞いたことがない）、大丈夫ですか、では待ってます。

そして九時過ぎに私がお店に到着すると、常盤さんはお店の御主人と「明日の競馬予想」に夢中になっている（今でこそ料亭風の店構えになってしまった「くのや」だが当時は個室付きの小料理屋といった感じの店だった）。

「くのや」で合流し、日本酒を飲みながら何品かつまませてもらったのち私たちはタクシーで銀座に出る。

銀座といえばおネェさんがたくさんいて、黙ってすわっても一人五万円ぐらいする（しかも当時はバブルだ）店を想像しがちだが、常盤さんはそんなお店に一軒も行かない。

常盤さんの行く店は一人三千円かせいぜい五千円ぐらいのお店。

カウンターだけ（あるいはそれとボックス席一つ）の店。ママだけであるいはバイトの子と二人だけでやっている店。

そういう店を常盤さんから教えられたことは新鮮な喜びだった。

また常盤さんはそういう店をたくさん知っていた。

「きらら」、「アイリンアドラー」、「もも子」、「泊り木」、「まりえ」……。

それらの店を常盤さんに連れ廻してもらうのが楽しかった。

しかも当時はバブルで帰りにタクシーがなかなかつかまらなかったから、明け方、タクシーがやって来るまで待つこともあった。

最後にたどり着くのが「泊り木」だった。

常盤さんはその店でスキーター・デイヴィスの「ジ・エンド・オブ・ザ・ワールド」を、この歌ワタシ大好きなんです、と言って、繰り返し繰り返し聞くのだ。

『東京人』をやめフリーの編集者兼文筆家として自前で銀座で飲めるようになったら、「アイリンアドラー」、「きらら」、「もも子」といった店で何度も偶然常盤さんと会った。

もちろん約束して会ったこともある。

その内夜の銀座で常盤さんと会える機会は減り、「きらら」や「もも子」は店を閉じ、「アイリンアドラー」は別の場所に移った。「泊り木」もなくなったと噂で聞いた。

銀座で私を朝まで連れ廻してくれた当時の常盤さんは還暦の頃だった。タフな人だった。

常盤新平さん本当にどうもありがとうございました。

私は安岡章太郎の影響を受けているかもしれない

群像　二〇一三・四

安岡章太郎は私がまず最初に読み始めた現役の純文学作家だった。

高校一年の時、すなわち今から四十年ほど前のことだ。

小学校の時も中学校の時も、国語の成績はあまり良くなかったが、教科書を読むのは好きだった。

さらに正確に述べれば、春、新しい教科書をもらうと、すぐに一冊丸ごと読み通してしまうのだ(だから実際にその教科書を使って授業が始まると、もう興味は薄れ、それが成績に反映されたのだろう)。

そういう国語教科書読書を続け、中学三年の時に出会った安岡章太郎のあるエッセイがとても印象に残った。

安岡少年が母親から用事をいいつかる。

上京していた叔父の帰りの列車の寝台券を、都心のターミナル駅まで行って買ってきてくれというのだ。

面倒くさいなと思いながら「僕」は家を出、私鉄の駅員と比べて不愛想な国鉄の駅員に、母から渡された五円札を出して券を購入した。

駅員は券と共に五円札と五十銭や十銭の銀貨など七円何十銭かのつりを渡した。

「僕」の出した五円札を十円札と間違えてしまったのだ。

母に二円何十銭かのつりを返せば、この五円札は自分のものになる。

「僕」の通っていた中学の近くに小さな屋台の鮨屋がある。一番高いエビだって一個五銭だ。「僕」は妄想する。

ところが……。


中学を卒業して高校生になった時、私は図書委員にさせられた。週の当番は二回ぐらいあって、放課後も館内に居残っているのだが、基本的には暇だから、読書をした。

それまでまともに文学書を読んでいなかったから、まず、「小説の神様」と言われていた志賀直哉の全集（ちょうど岩波書店の全集が刊行された頃だと思う）に目を通して行った。

行きと帰りの電車の中で読むのは文庫本だ。

その頃、吉行淳之介や遠藤周作ら「第三の新人」の作家たちの軽めのエッセイが次々と文庫化された。

中でも印象的だったのが山藤章二のカバー絵による角川文庫の安岡章太郎の「……の思想」シリーズだ。

『なまけものの思想』、『へそまがりの思想』、『やせがまんの思想』、そして『思想オンチの思想』。山藤章二のカバー絵が印象的だったと述べたが、田村義也装丁による講談社文庫の『軟骨の精神』と『もぐらの言葉』も印象的だった。

私の書架に並らんでいる『なまけものの思想』を久し振りに抜き出し、パッと開いたら、書店くじの「抽せん券」が入っていた。

当せん発表は昭和四十九年十二月五日とあるから、その年、私が高校一年生の十月か十一月に購入したものだろう。

くじの裏側を見ると、「有限会社キリン堂書店」とある。

懐かしい。

小田急線経堂駅の近くにあったキリン堂書店。

この『なまけものの思想』の巻頭に「幸福」という一文が載っていて、これが私が中学校の教科書で読んだ例の名篇だったのだ。

鮨の箇所を引用してみる。


その鮨屋では、一番高いエビだの赤貝だのをにぎった鮨でも一個五銭で、他のはみんな一個三銭だ。エビも悪くないが、僕はシャコの方がエビよりうまいと思うときがあるし、赤貝よりはトリガイの方がずっと好きだ。

志賀直哉の作品を読み続けていたから、私は改めてこの一節に目を通した時、「小僧の神様」を思い起していたことだろう。

「幸福」に私がなじんでいったのは、ここに登場する「S駅」が新宿駅で、「僕」が住んでいるのが私と同じ小田急線の沿線だったこともある。

軽いエッセイから入門して私は、安岡章太郎の純文学作品にも目を通していった。「悪い仲間」、「陰気な愉しみ」、「青葉しげれる」、「一年後」、「相も変わらず」……。

第一志望の高校に落ちた私はこれらの安岡章太郎の落第小説が身にしみた。

そして『舌出し天使』や『海辺の光景』といった中、長篇小説も読んだ（「舌出し天使」のモデルが批評家の服部達であることまで知ってしまった）。

もし私の文章が誰かの影響を受けているとしたら、その「誰か」とは安岡章太郎かもしれない。

久し振りで「幸福」を読み返した。その終わり近くにこうある。


あれから、もう三十年近くたつ。あのころから見るとS駅のまわりも、僕自身もすっかり変わった。


「幸福」を初めて読んでから四十年。新宿駅のまわりは、そして私自身は、「すっかり変わった」のだろうか。

不思議な気持ちがする。

「町の普通のそば屋」と秋山駿さん

群像　二〇一三・十二

ここ数年相撲熱が続いている私は大相撲が始まると夜、打ち合わせする場所を確保するのに苦心する。

夕方や夜の打ち合わせは極力入れないようにするのだが、自分の都合ばかりで事は運ばない。何に苦心するのかといえば、大相撲中継を見るテレビに苦心するのだ。

この点で私は気づいたことがある。

以前、十年ぐらい前まではその種の場所としてそば屋、「町の普通のそば屋」があった。「町の普通のそば屋」にはたいてい部屋の片隅の棚にテレビが鎮座ましましていた（最近あるそば通を自任する人の文章に目を通していたらダメなそば屋の例としてテレビのあるそば屋をあげていたがそんな「通人」の意見は無視しよう）。

だから安心して大相撲中継を見られた（はずだ）。

ところが、そういう「町の普通のそば屋」がここ十年で次々と消えていった。

私が今この原稿を書いているマンションの部屋は三軒茶屋駅から歩いて十数分ほどの環状七号線沿いにあるが、三軒茶屋からこの部屋までの世田谷通りに三軒のそば屋があった。

今は一軒もない。

実はその種の「町の普通のそば屋」は近代日本の様式の一つだと思う。

大げさに言えば文化遺産だ。

その種の、というのは日本そばだけでなくカツ丼、天丼といったドンブリ物や中華もメニューにある店だ（私はそういうそば屋の五目中華が好物の一つだ）。

不思議なことに、その種のそば屋は室内空間も似ているのだ。

だから私は様式と述べたのだが、その様式はいつ頃生まれたのだろうか（たぶん昭和三十年代だと思う）。

神保町や高円寺にもその種の「町の普通のそば屋」があった。

しかし数年前に改装した（神保町の場合は近くに移転した）。

メニューは殆ど変っていない。

にもかかわらず全然別の店になってしまった。

ジャズの似合う、モダンリビングとも言うべき空間になってしまったのだ。もちろんテレビは消えた。

それはもはや文化遺産とは呼べない。

そしてこの様式をまったく失なってしまったなら、それを再現することは出来ない。だからこその文化遺産なのだ。

それからその種の「町の普通のそば屋」に共通していたのは、中休みがないことだ。つまり三時あるいは四時に行っても酒が飲め、そばがたぐれる（その点で銀座の「よし田」は東京の中心にあるのに立派な「町の普通のそば屋」だ）。

冬なのにまだ陽が明るい内にそば屋に入り、板わさや卵焼きなどをつまみに酒を飲むのは気持ちを豊かにさせてくれる。

ここで話は飛ぶ。

先日亡くなった秋山駿さんと私は直接の面識はない。

しかし幾つかの縁がある（それぞれに薄い縁ではあるが）。

秋山さんは東京農工大の専任教授になる前は、スポーツ新聞社に勤めながら、幾つかの大学の非常勤講師だった。その内の一つに早稲田大学文学部があった。

私が同大学の同学部に入った年、昭和五十三（一九七八）年、秋山さんは文芸専攻の非常勤として週一回出講していた（それに入れ替って昭和五十五年から非常勤講師になったのが後藤明生で「内向の世代」好きの私の友人が興奮していた）。

翌年、私が人文学専攻に進んだ時もその講義は続いていた。

人文学専攻はどの専攻の講義も受けられるけれど、私はいわゆる現代文学には近づかないようにしていたから、その講義に登録しなかった。

けれど毎週のようにその姿を目撃した。

早稲田大学の文学部は正門を入ると長いスロープが続く。

私はよくスロープの上の石に座って通り行く学生や教師たちを眺めた。

その中で秋山さんは目立った。

たいていの教師たちはスーツやジャケットなのに対して、秋山さんはジャンパー姿で、手にはカバンを持っていない。デイパックを背負っている（しかも私が記憶しているのは派手なレモンイエローのそれだった）。当時はようやく若者たちの間でデイパックが流行りはじめた頃で、秋山さんのような人でそれをカバン代りに使っている人は珍しかった（と書いている内に当時の秋山さんは今の私より年若かったことに思い至った）。

それまで秋山さんの文章を読んだことがなかった私はその姿を見て興味を持った。

ちょうどその頃秋山さんは読売新聞で文芸時評を担当していた。

私の同級生に田久保英夫好きがいて、その影響で私も田久保英夫の新作（確か「すばる」に載った短篇）を読んだ。珍粉漢粉《ちんぷんかんぷん》だった。

その作品を秋山さんが読売新聞で論じていた。なるほど純文学はこのように読めば良いのかと思った。

秋山さんを直接知る編集者や文芸記者の何人かと出会って、彼（彼女）らが異口同音に、秋山さんは夕方前からそば屋で酒を飲むのが好きだったと言うのを聞いた。

「町の普通のそば屋」同様秋山さんのような批評家ももう出て来ないだろう。

大西巨人さんの眼

群像　二〇一四・五

私はこれまで百冊近い（あるいはそれを越える）解説や解題を書いてきたが、一番緊張したのは光文社文庫の『神聖喜劇』第五巻の解説執筆の時だ。

二〇〇二年秋のことである。

その解説でも述べたように私が『神聖喜劇』を通読したのは四十歳過ぎてからだ。

この大長篇小説が完結刊行されたのは私が大学生の頃で、文学青年だった私は、その完結が文学史的な事件であることを知っていた（つまり読まなければいけない作品だと思っていた）ものの、外国の長篇小説を読むのに忙しく、読む機会を逸してしまったのだ。

そして四十歳過ぎたある日、近くの古本屋で文春文庫版（一九八二年）の揃いを見つけ購入し、読んだのだ。

しかし私は既に大西巨人の愛読者だった。

文芸誌や雑誌（主に『朝日ジャーナル』）や新聞に載る大西氏の文章に目を通し、この人は怖い人、すなわち本質的な意味でラディカルな人だなと思った。

あれは確か私が大学五年の時だから一九八二年だ。

当時中央公論社から出ていた文芸誌『海』に吉本隆明と江藤淳の対談が載った。その頃吉本隆明は「左派」、江藤淳は「右派」と見なされていた。

その対談は江藤淳の口数が多く、吉本隆明の口数は少なかった。つまり吉本隆明が江藤淳にやり込められているように思えた（よく読めば必ずしもそうでないことがわかるのだが）。そのことに『海』編集長が「編集後記」で口出しした。吉本隆明を擁護した。

それに激しく反応したのは吉本隆明でも江藤淳でもなく大西巨人だった。『文藝』で大西氏は、この編集者の行ないは、「ごろつき・無頼漢のそれである」と述べた。大西氏は吉本隆明以上の「左派」なのに（少なくとも私はそう思っていた）、いやぁー、ラディカルだな、と私は感動した。

しかしその感動は、先にも述べたように、恐怖を伴っていた。

私が大好きだった文筆家に種村季弘がいる。

大好きだったから私は種村氏の好みをよく知っていた。

種村氏は自分の好きな物（作品）しか批評しない。

その種村氏が大西氏の長篇小説『三位一体の神話』（光文社、一九九二年六月）の書評を書いた。細かい部分で批判はしていたものの、さすがは種村季弘と思わせる書評だった。何より種村氏の大西氏に対するリスペクトを感じた（種村氏は大西氏ともっとも縁の深い光文社の編集者だったのだ）。

それに対して大西氏は『群像』一九九二年十月号に「半可通の知ったかぶり」という一文を発表し、その中で種村氏に、「卑劣な頓馬」と答えた。

私はますますオビエた。

だが大西巨人の愛読者であることに変りなかった。みすず書房の『大西巨人文選』全四巻(一九九六年)を、最初は世田谷中央図書館で借りだしていたのだが、何度も繰り返している内に、いつの間にか、全巻私の書架(のとても見やすい場所)に並らんでいる(すべて別々の古本屋の札が張られている)。その緊張の中で私は『神聖喜劇』第五巻の解説を執筆した。

するとその二ヵ月半後、タブロイド紙『思想運動』の二〇〇三年二月一日号が送られて来た。同紙に大西氏は「D・ハメット作《血の収穫》のこと」という一文を寄せていて、その中でこう書いていた。


さて、「光文社文庫」版第五巻の「解説」は、坪内祐三氏——私の未知未見・文通類も皆無・だがその文業のことは重々承知の人物——の執筆である。その「解説」は、次ぎのように結ばれている。

そして私の「解説」の結びを引いたあと、私と同様の感想を口にした『新日本文学』(『神聖喜劇』の初出誌)の編集者笠啓一と重ね合わせて、「私は、同根同質の大きい喜びを四十年ぶり・二度目に覚えたのである」と述べていたのだ。

この一節を目にした時、私は、嬉しいというよりも本当に驚いた。まさか大西氏に喜んでもらえたとは！

この二年後、二〇〇五年四月、めったに人前に出ることのない大西氏が新宿の文壇バー「風花」で自作を朗読した。何故そのような奇跡的な事が可能になったのかと言えば、みすず書房時代に『大西巨人文選』の編集をし、フリーになってからも大西氏からの信頼が篤かった郷雅之さんが「風花」の常連で、その郷さんへの信頼によるものだったのだろう。

朗読会のスケジュールが決まって数日後、郷さんから電話がかかってきた。大西さんが坪内さんと会いたいというので、ぜひ朗読会に出席して下さい、と。

もちろん私は出席した。

朗読が終わって休息の時間に大西さんのもとに挨拶に行ったら、朝日新聞のY記者と読売新聞のU記者が大西さんの向いにピタリとついて言葉を連射し、離そうとしない。二人共他人は眼中にない。

私は消極的な人間なのだが、この時だけは、大西さん、と声を張り上げ、坪内祐三です、と言葉を続けた。その時大西さんは、はっ、といった感じで私の顔を見つめてくれた。その眼が忘れられない。

野坂昭如は倒れた時も凄い現役作家だった

熱風　二〇一六・二

野坂昭如さんが亡くなった。

私はもし……と思ってしまう。

野坂さんについて新聞やテレビをはじめとするメディアが様々に報じている。

テレビのワイドショーは野坂さんが大島渚を殴った時の映像を流して、〝過激な人〟野坂昭如を強調する。

一方新聞は『火垂るの墓』や『戦争童話集』の人すなわち反戦平和の人として報じる（戦後七十年の二〇一五年は安倍政権のもと安保が法制化されたからそのタイミングにも合ったのだろう）。

他にもいろいろなイメージで語られている。

それはそれですべて正しい。

しかし私は、もし……と思ってしまう。

もし野坂さんが二〇〇三年に脳梗塞で倒れなかったなら……。

私はジョン・レノンのことを思い浮かべる。

一九八〇年十二月八日のジョン・レノンの突然の死を私も強く悲しんだ。

当時私は二十二歳で、つまりリアルタイムの青年としてその死を受けとめた。

当時まだ物心ついていない、つまり今四十代以下の人にはそのあたりのことが正確に理解出来ないだろう。

ビートルズのジョン・レノンはビートルズ解散後もミュージシャンとして活躍し続け、突然暗殺されたと思っている人が多いが、それは違う。

ジョン・レノンが『心の壁、愛の橋』というソロアルバムを発表したのはちょうど私が高校に入学する直前の一九七四年三月。

翌一九七五年二月には全曲カバーの（つまりオリジナル曲は入っていない）『ロックン・ロール』を発表する。

そこからレノンは長い〝子育て休み〟に入る。

つまりオノ・ヨーコとの間に出来た息子ショーンの子育てに専念するのだ。

私が一番ロック音楽に夢中だったのは高校そして大学一、二年の頃だが、当時ジョン・レノンは現役のミュージシャンではなかった。

そのジョン・レノンが久しぶりのアルバム『ダブル・ファンタジー』を発表したのは私が大学三年生だった一九八〇年十一月。

これは、長いブランクを感じさせない素晴らしいアルバムだった。

彼と同世代のロックミュージシャンは一九八〇年代に入る頃、息切れが目立った。ところがジョン・レノンの場合、七〇年代半ばからのブランクが良い休養になったのだ。これはさらに期待出来るぞ、と思っていた矢先に凶弾に倒れたのだ。

同様のことが野坂さんの場合にも言えた。

ジョン・レノンと違って野坂さんはずっとアーティストであり続けた。つまり物書きを続けていた。

しかし二十一世紀を迎えようとする頃にはその力は明らかに衰えていた。

野坂昭如と言えば『週刊文春』と『週刊朝日』に連載していたコラムが有名だが、その二本もいつの間にか連載終了していた。

『週刊文春』のコラムをまとめた単行本の最後はたぶん『ニホンを挑発する』（文藝春秋、一九九六年）だと思うが、その最後に「わが礫文人生」という一文（初出は『本の話』一九九六年一月号）が収録されていて、「目下週刊文春に連載中の『もういくつねると』は平成七年十二月七日号で三百回、『旅の果て』まで、滋味、風雅、巧緻とは縁のない、『み』づくしが基本と思い定めている」と結ばれている。『ニホンを挑発する』にまとめられているのは平成七（一九九五）年十月十二日号までだから、それ以降の分は単行本に未収録なのだ。

「それ以降」と書いたけれど、改めてそれを確認してみた。

すると『もういくつねると』の最後は『週刊文春』の創刊四十周年特別企画号（一九九九年四月八日号）に載った第四百六十一回で、次の号の巻末（「編集長から」）には、「野坂昭如氏『もういくつねると』は筆者の都合により休載します」とあり、さらにその次の号では、「野坂昭如氏『もういくつねると』は当分の間、休載します」とあり、フェイド・アウトしていった。

最終回が第四百六十一回ということは、百七十回分ぐらい（単行本にすれば三冊分）が本になっていないのだ。

野坂昭如という大物作家に対してでもこの扱いだった。つまり野坂昭如は過去の作家だった。

実際この頃、二十世紀の終わり頃から野坂昭如は文筆仕事が減り、テレビの露出が前以上に目立っていったと思う。

私はもちろん、そういう変なオジサンとしての野坂昭如が嫌いではない。

しかし私にとって野坂昭如は第一に文章の人だ。

文章の人野坂昭如の新しい文章が読みたい。

私の長篇評論『靖国』（新潮社、一九九九年）が、二〇〇一年夏に文庫化されることになった。

それに合わせて私はその「解説」を、編集部を通じて、野坂さんにお願いした。

その「解説」は素晴らしくクレバーでクリアーなものだった（あの浅田彰も絶賛していた）。

野坂昭如は衰えていない、と私は思った。

そしてそれがそのあと証明された。

つまり二十一世紀に入って作家野坂昭如は復活した。

もちろん私は、『文學界』に連載されたのち二〇〇二年四月に単行本化された『文壇』のことを述べているのだ。

復活しただけではなく、野坂昭如は以前よりも腕を上げていたと思う。それは『文壇』と同様のことをテーマにした『新宿海溝』（一九七九年）と読み比べてみればわかる（『新宿海溝』も優れた作品だが『文壇』はそれ以上だ）。『文壇』が単行本になった時、私は、それに合わせて『文學界』（二〇〇二年六月号）でロング・インタビューを行なったのだが、その中にこういうやり取りがある。

坪内　『新宿海溝』は野坂さん自身を「庄助」と仮名にした三人称で書かれていて、そのせいで割と客観的に記述されている。今回は「ぼく」という一人称ですが、途中からほとんど主語が消えて内在化しているんですね。だからいろんなディテールを描けたのかと思うんですが、とにかく読者としてはすごく楽しかった。そして『新宿海溝』より文章が若々しくなっているので驚きました。

野坂　九十歳になったらまた書ける（笑）。こうなったら長生きした方が勝ち。何でも書けるようになるから。

『文壇』は野坂さんにとっても一つのエポックとなる作品で、その年の泉鏡花文学賞を受賞した。野坂さんは不思議と文学賞に無縁の作家で川端康成賞も谷崎潤一郎賞も、あるいは読売文学賞も受賞していない。野坂さんは短篇小説の名手でもあるから、次は川端康成文学賞かな、と私は取らぬタヌキの皮算用をした。

いずれにせよ二〇〇二年は作家野坂昭如が新しいステージに入った年だった。

そして二〇〇三年を迎えていく。

二〇〇二年十一月二十八日、東京お茶の水の「山の上ホテル」で常盤新平さんの出版記念会が開かれ、偶然その時そのホテルに居合わせていた野坂さんも会に出席した。

野坂さんが同ホテルに居合わせていたのは小説誌数誌の新年号に短篇小説を依頼され、自主的にカンヅメになっていたからだ。

小説誌の新年号は花形作家が揃い、しかも数誌も、というのが野坂さんの気持ちを奮い立たせた。

こんなことは久し振りだからな、と野坂さんは私たち（野坂さんと古い付き合いのある大村彦次郎さんら）の前で張り切っていた。

こうやってエンジンをあたためたあと、野坂さん、いよいよ例の凄い作品を執筆するのだろう、と私は思った。期待が高まった。

その「例の」というのは……。

先の『文學界』のロング・インタビューは野坂さんの次のような言葉で結ばれている。

野坂　『文壇』を書いて一つ良かったのは、単なる躁かもしれないけど筆が進むようになった。今も一日五枚くらい書いている。天皇制がテーマの小説でかなり厄介なんですが、今はそれにのめり込んでいます。他に金にならないのを十枚、これはホームページ。

正式なインタビューが終わったあと、その「かなり厄介な」新作についての話が進んだ。天皇とお米すなわち日本をテーマとしたとてもスリリングな作品だったが（日本でもし発表出来なかったら外国で発表すると野坂さんは言った）、いずれ現物を目にすることが出来ると思い、ディティールを記憶しておくことはなかった（かえすがえすも残念だ）。

しかも野坂さんは文体が凄い。まさにその文体という問題にデビュー以来ずっとこだわっていた。それはその時の雑談でも話題になったが、その時私は『文壇』巻末近くのこういう一節を思い出していた。

直木賞を取って売れっ子になっていた野坂昭如は、忙しい合間をぬってロンドンを旅する。その時の感想だ。

　眼に見えることとからさらに、日本語は、小説という表現形態に合っているのか。聞きとれないクィーンズイングリッシュ、コクニー飛びからパブ、ここでも階級による差があるらしいが、どこを切りとっても、芝居の場面、小説の重要なシーンにふさわしい道具立て、人物、言葉遣い、日本語でどう写せばいいか、ホテルで読みふける日本の話題、評判作の文章が、いかにもかったるく、スカスカ。

先にも述べたように野坂さんの新作は天皇・米・日本をテーマとした長篇だ。野坂さんはそれをどのような文体で描いていたのか。

その矢先に野坂さんは倒れた。

つまり野坂さんはあくまで現役の作家として倒れたのだが、それから十二年半のちに亡くなった時、それを伝える人やメディアはなかった。

私一人ぐらいはそのことを憶えていたいし、それを世間に伝えたい。

しかし、その野坂昭如最後の長篇小説、「一日五枚くらい」書いていたのなら五百枚は優に書き残されているのではないか（野坂さんの生原稿を知っている人ならわかるように野坂さんは書きそんじや書き足しが殆どなく完成原稿に近いからそのまま本になるはずだ）。

その原稿の発見を私は期待している。

そうすれば、倒れた二〇〇三年まで野坂さんはバリバリに凄い現役作家だったことがわかるはずだ。『ダブル・ファンタジー』を残したジョン・レノン以上に。

たしかに野坂昭如は変なオジサンではあった。

しかし倒れるその時まで、凄い現役作家だったのだ。

そのことを私たちは忘れてはいけない。

マイ・バッド・カンパニー

出版人・広告人　二〇一六・十一〜一七・一

中川六平さん

十月末に神保町で行なわれる元木昌彦さんとのトークショーの打ち合わせのため、『出版人・広告人』の編集部に行き、打ち合わせが終わって雑談をしていたら、同誌編集兼発行人の今井照容さんから、坪内さんウチで連載始めてもらえませんか？　枚数は十枚、テーマは自由、竹中労のようなタッチで、と言われた。

私は竹中労のような「無頼」ではないが十枚というボリュームに心ひかれた。

それぐらいあれば思ったことが書ける。

ただしテーマは自由というのは、この雑誌の読者に不親切な気がする。

何かしばりが必要だ。

だから人物もので行く。

それも、亡くなった人ではなく、生きている人の。

と言っておいて、連載の第一回は中川六平さんで行く。

中川六平さんが亡くなったのは二〇一三年九月五日だから、そうか、もう三年も経ってしまったのか（中川さんの御通夜は、中川さんの性格を反映してとても楽しい通夜だった――あんなに笑い声の絶えない通夜は珍しい）。

中川さんと今井さんはきわめて親しい関係にあったのに、不思議なことに、中川さんの生前、私は今井さんと縁が薄かった（別に中川さんがジャマをしていたわけではないのだが）。

私は『出版人・広告人』の編集部の近くにある神保町のバー「燭台」の常連だが、やはりその店に時々顔を出していた今井さんとも会ったことはなかった。

通い始めた頃、見知らぬ人から声をかけられ、警戒心の強い私は無視したが、今考えるとアレは今井さんだったのかもしれない（だとしたら申しわけない）。

中川さんと今井さんは雑誌『マージナル』の仲間だったわけだが、実は私はそのグループの人たちに少し距離を置いていた。

『マージナル』の名付け親は誰だか知らないが、もし中川さんだったとすれば、それは彼の師である鶴見俊輔さんの言う「限界芸術」から取られたものだ。

「限界芸術」は「マージナル・アート」を直訳したものだが、日本語より英語で先に発想する鶴見さんの表現は独特のものがある。

英語を日本語に訳した時にその誤差が出る。

鶴見さんの使う日本語は時にその誤差が目立ち、それが鶴見さんの文章の魅力にもなっている。マージナル・限界もその良い例だ。「マージナル・アート」の「マージナル」は一般には「サブ・カルチュアー」の「サブ」だが（実際、かつて一九七〇年代にホモ雑誌とは別の『さぶ』という雑誌が存在した）、『サブ』より『マージナル』の方がインパクトがある。

しかしそのインパクトはくさみにも通じ、そのくさみが私には苦手だったのだ。例えば、自分はマージナルであると宣言する人に引いてしまう。

中川六平さんと出会う前に、私は、『マージナル』関係の人、木村修一さんや佐伯修さんと面識があった。

しかしそれは山口昌男さんを中心とした「テニス山口組」の人としてだ（こう書いて行く内に、一番先に逝きそうだった佐伯さんだけが健在であることに思い至った――木村さんと中川さんは今の時代では早世と言える）。

その二人が『マージナル』の人でもあることを知って『マージナル』に対する私の「偏見」は薄れた。

ただし最初に会った時の中川さんの印象は悪かった。

『東京人』時代に私が企画したデパートの文化講演会（その時の講師は山口昌男さん）の開始四十分前に控室（デパートの特別食堂）に行ったら、知らないオジさん（私の眼には六十代ぐらいに見えたがまだ四十代だった）がいて、昼間から生ビールを飲んでいた。

そのオジさんは講演が始まったら十五分くらいで消え、講演終了後池袋の居酒屋で二時間ぐらい山口さんと酒を飲み、山口さんの陣地である新宿のバー「火の子」にハシゴしたら、ボックス席でふんぞり返っていた。そして私に編集者とは何かを語り始めた。

もちろんそれが中川さんだった。

中川さんが『マージナル』の中心人物の一人であると知った私は、さもありなん、と思った。山口さんを介して中川さんと出会ったのに、山口さんは中川さんのことを警戒していた（これは大分あと、私が中川さんと親しくなってからのことだが、山口さんは私に、ツボ気をつけろ中川六平は『のたり松太郎』に出てくるジジィみたいなやつだからな、と言った）。中川さんを所払いにしていた時期もある。

「火の子」と言えば、その場所で佐伯修さんのデビュー作『上海自然科学研究所』の出版記念会が開かれたことがある。何年前だろう（パソコンで出版年度を調べればわかることだがそれをしない）。

その時に司会をつとめたのが今井さんであったことを最近知らされた。つまり今井さんと私はその時に出会っていたのだ。

印象的だったのは主役である佐伯さんが遅刻（五分や十分程度ではない遅刻）をして来たことだ。山口昌男さんはルーズそうに見えて、例えば、待ち合わせの時間に正確だ。十分前には待ち合わせ場所にいる。そして時間に正確な人は（私も含めて）、時間にルーズな人にイラだつ。山口さんもそうだったが、この時山口さんは、佐伯じゃ仕方ない、と言った。

同様の台詞を山口さんが、しかも笑みを浮かべながら、口にしたのを私はこの数年後に目の当りにする。

佐伯さんが知っていて山口さんも興味を持っていた上海自然科学研究所の関係者（確か教育学者の高島平三郎の娘さんだったと思う――とこう書いていてその方の下の名前が若菜だったことを突然思い出した――人間の記憶力というのは不思議だ）の家を訪れるため、私たち三人は吉祥寺のJRの改札で待ち合わせた。もちろん私と山口さんは定刻前に着いた。そして待ち合わせ時間から三十分以上過ぎた時、佐伯じゃ仕方ないよ、とほほえみながら言う山口さんに、私が、でもボク電話してみます、と答えて、佐伯さんの家に電話したら、驚いたことに電話がつながり本人が出た。

佐伯さんは、洗濯を始めたら終らなくて、でももうすぐ終ります、と言った。

その通り山口さんに伝えたら、山口さんは、佐伯らしいな、と破顔一笑、じゃあその辺でコーヒーでも飲んで待つことにするか、と言葉を続けた。

出版記念会の話題から転じて来たから、別の出版記念会の話をしよう。

いやその前に中川さんとの縁の話の続きをする。

中川さんと本格的な付き合いが始まったのは『東京人』をやめた私が木村修一さんの紹介で朝日新聞の出版部に出入りするようになってからだ。

中川さんとは働いている部署は違っていたものの、同じ「出入り業者」としてお茶（コーヒー）や酒を共にした。そして私は中川さんが実は素直な人であることを知った。

中川さんの師匠は先にも述べたように鶴見俊輔だった。

鶴見さんはその頃、時々上京し、そのたびに中川さんは鶴見さんの常宿である山の上ホテルに遊びに行った。

私も中川さんから誘われたけど、最初の内は断わった。

というのは、私は文筆家としての鶴見さんにさほど興味がなかった（と言っても四〜五冊ぐらいに目を通していた）からだが、最大の理由は山口昌男さんが鶴見さんのことを嫌っていたからだ。

より正確に言えば、鶴見さんを中心とする『思想の科学』の人びとをだ――。

何故嫌っていたかは推測出来た。

山口さんの一般誌デビューは『思想の科学』で、その橋渡しをしてくれたのは古い友人の森秀人だった。

ところが山口さんは森秀人と絶交し、そのこともあって『思想の科学』（鶴見俊輔）を嫌うようになったのではないか。

だから、中川さんの仲介で私が鶴見さんに会ったら山口さんはとても不機嫌になるのではないか。

しかし私は私で独立した人格だ。

そして私は鶴見さんに会い、その人柄に魅了された（鶴見さんは天性の「人たらし」だ）。

今から十六年前、つまり二〇〇〇年、神田の居酒屋「みますや」（創業明治三十八年のこの広い居酒屋で中川さんは「顔」だった）で中川さんの最初の単行本『「歩く学問」の達人』（晶文社）の出版記念会が開かれた。

百人を超す人が集まった。

その中でもひときわ豪華なトリオが並んでいた。

鶴見俊輔、山口昌男、そして粕谷一希だ。

粕谷さんは例の『思想の科学』事件が起きた「天皇制特集号」の版元（中央公論社）の責任者だ。

山口さんのことは先に述べた。

その三人が楽しそうに会話している（あとで山口さんは私に鶴見俊輔ってイイやつだなと言ったが鶴見さんが天性の「人たらし」なら山口さんは天性の「人たらされ」だ）。

それから十六年経って、その三人は一人も残っていない。

彼らの場合は寿命だが、中川さんの六十三歳での死は早過ぎる。

ただし中川さんにとって一つだけ良かったことがある。

それは鶴見さんの死を見ずに亡くなったことだ。

鶴見さんの死に直面したら中川さんは立ち直れないぐらいショックを受けただろう。

吉田司さん

『エンタクシー』がなくなって残念ですね、と何人もの人から言われた。

残念と言えば残念であるが、本音を口にすれば、ホッとした。

ホッとした、つまり、楽になった。

自分の原稿だけ書いてるのなら問題はない。

しかし、特集その他の企画を考えなければならなかったのだ。

『エンタクシー』の二代目編集長はまったく企画力がない人で、しかも、時間的余裕のある時に特集の準備に向かおうとしない。

いつもギリギリまで特集が決まらない。

だからバタバタしてしまう。

そのバタバタ役が私だった。

編集委員とは言うものの、『エンタクシー』の企画に関して企画料は一銭ももらっていない。

私は筆一本で生活している。しかし本の印税は全くあてにしていない。手書きで、ひとマス埋めてはいくら、という風に仕事している。

だから連載だけでなく単発仕事も引き受ける。

ところが『エンタクシー』の刊行時には、単発原稿を書く時間が減る。つまり断わってしまうこともある。

『エンタクシー』のない月と『エンタクシー』のある月の私の収入差は三分の二とは言わないまでも、四分の三ぐらいになる。筆一本の人間にこれはきつかった。

そのきつさがなくなって楽になったのだ。自分のペースで仕事が出来る。

ただし、最初にも述べたように、残念だったこともある。

それは吉田司さんの連載「時評——星座の誤読から」がなくなってしまったことだ（終わった、ではなく、なくなったのだ）。

タイトルは何回か変ったものの、吉田司さんは『エンタクシー』の創刊号（二〇〇三年春号）以来の連載執筆者だった。『エンタクシー』の終刊は二〇一六年冬号。つまり四十六号続いた。

タイトルは変ったものの時評というスタイルは同じだったから、優に一冊分の量はある。二十年前だったら本にしてくれる出版社はあっただろうけれど、今はない。

だけど続くことが重要なのだ。

『エンタクシー』は売れ行きの割に業界での注目度は高かった。

だから『エンタクシー』に原稿を載せ続けていれば次の仕事の可能性がある（と私は信じていた）。

私は吉田さんのお役に立ちたいと思っていた。

『エンタクシー』の最初の頃の吉田さんの連載は「ＢＯＯＫサーフィン」と題する複数本の書評で、その第一回で、「ブックサーフィンの四冊目は、まだ出版されていない私の本の紹介になってしまった」と書いているように『エンタクシー』と時を同じくして刊行された吉田さんの対談集『聖賤記』（パロル舎、二〇〇三年）が取り上げられていた。

ところが、この頃から吉田さんの著書のペースは減り、その名前も雑誌で見かけなくなっていった。

力が衰えたわけではない。

『エンタクシー』の連載を見ればわかるように、吉田さんの筆力、直観力、構成力は相変らずだった。

しかしそれを発表する舞台（雑誌）や支えてくれた人（編集者）が次々と消えていったのだ。雑誌というのは『月刊現代』や『論座』や『ダカーポ』。

今も続いているけれど変質してしまった雑誌もある。

例えば『アエラ』。

『アエラ』の「現代の肖像」の原稿料はA、B、Cとランク付けされていたが、いずれにせよ破格だった。吉田さんはそのレギュラー執筆者だった。

実は、「現代の肖像」の執筆陣から吉田さんが消えたのは同誌が変質する前だった。

吉田さんを担当していた女性編集者（彼女は吉田さん以外にも多くのノンフィクション作家を支えてくれた）が急死してしまったのだ。

彼女の場合は生きていたとしてもまだ定年前だが、吉田さんの担当者は次々と定年になり会社を、つまり編集者をやめて行った。

これは私自身が感じていることだが、ここ十年ぐらいで編集者がかなり変ってしまった。

すぐに数字（売れ行き）が明らかになるようになったから、それ（数字）だけを気にする編集者が増えた。

しかし以前は数字に関係なく自分が読みたい本や原稿を依頼してくれる編集者がいた。

私は文筆家としてデビュー二十数年になるが、そういう編集者たちに支えられてデビュー出来たと思う（今デビューしていたら筆一本で生活することなど不可能だ）。十年ぐらい前まではそういう編集者がまだ残っていた。

これは二〇〇八年のリーマン・ショックとは関係ない。

リーマン・ショックによって私と付き合いのある出版社何社かの原稿料が三分の二になったけれ

ど、リーマン・ショックが編集者の質を変えたとは思わない。

先に、吉田さんの対談集『聖賤記』に言及したが、その対談集には『論座』一九九九年四月号で私と行なった対談「『靖国』空間の知られざる物語」が含まれていた。

吉田さんとの初対面はいつだったか忘れたが、この対談の時は既に面識があった。

吉田さんと私は新宿ゴールデン街にあった（今もある）Sという飲み屋の客だから、そこで面識が出来たのだと思う。

Sが中野から新宿に戻って来たのは一九九八年夏だから、それ以降だ。

吉田さんの数多い作品の中で私が一番好きで繰り返し読んだのは『世紀末ニッポン漂流記』（新潮社、一九九三年）だ。『アエラ』や『エスクァイア』などに発表された人物論や世相スケッチが収められている。

特筆したいのはその「あとがき」だ。

　ノンフィクションとは、〝足がいのち〟の職業らしい。足で歩き回って人に聞き、靴の底をすり減らして徹底取材しなければ良い物は生まれないという信仰がある。

もちろんこれは吉田さんならではの皮肉である。

〝足がいのち〟に対して、吉田さんは、アガサ・クリスティーの『五匹の子豚』（桑千恵子訳）に登場する名探偵エルキュール・ポアロのこういう言葉を引いている（傍点は原文）。

「御承知のように、わたしどもの仕事は肉体労働だけではないんですからな。それに、わたしの場合は、かがんで足跡の大きさをはかったり、煙草の吸殻を拾いあげたり、草の葉の倒れ具合を調べたりする必要は感じないんでしてね。椅子に坐ったままで考えるだけでじゅうぶんなんですよ。働くのは、ほれ、この頭ですよ」


その手法を吉田さんは〝アームチェア(肘掛け椅子)・ノンフィクション〟と呼んでいる。

しかし実はそれだけではない。吉田さんは調査を怠らない。私は偶然それを目撃した。

いや、その前に。

私は吉田さん以外の団塊の世代のノンフィクション作家の殆どが嫌いだ。

パクリ屋たちばかりだ。

しかしこれは彼らの出自に関係している。

つまり、週刊誌のアンカーマン上りだからなのだ。

アンカーマンはデータマンが集めてきた資料に目を通し、それをパッチワーク的に文章にまとめる。そのやり方が体に染まっているのだ。

その点で、そのやり方(パクリ)が明らかな佐野眞一はまだ良心的だ。

もっとセコいのは猪瀬直樹だ。猪瀬直樹は直接パクルことなく加工して誰かの研究を盗用するのだ(幾つだって例をあげることができる)。

その中で吉田さんは違う。

一九九八年五月から六月にかけて神奈川県立近代美術館で「モボ・モガ展」が開かれた。

私は古本屋や編集者や新聞記者の友人たちと見に行った。

すると吉田さんがある巨大な作品を前に、熱心にメモを取りながら見ていた。

当時私は吉田さんと面識はなかったがのちに私の妻となる朝日新聞記者だった山脇（佐久間）文子が吉田さんと面識があり、声を掛けたら、やはり吉田さんだったのだ。

巨大作品というのは藤牧義夫の「隅田川両岸画巻」の№１から№４にかけてだ。

藤牧は熱心な国柱会の信者で、この作品中でも国柱会の本部が描かれていた。

吉田さんがなぜこの作品を熱心に見ていたのかは、『宮澤賢治殺人事件』（太田出版、一九九七年）と関係している。

つまり宮澤賢治は強力な国柱会信者で、その関係で藤牧にも興味を持ったのだろう。吉田さんはきちんと足を使っているのだ（太宰治についての作品を書いていた猪瀬直樹による新宿のバー「風紋」［太宰と関係深い林聖子さんがママの店］に対する極めて浅い取材と対照的だ）。

『エンタクシー』の最終号の連載で、吉田さんは、「この四～五年書き散らし、書きためて、もう優に原稿用紙千枚を超えているのだが、まだ構想の二分の一にも達していない」作品について語っている。

アプローチしてきた編集者はいるのだろうか。

岡田睦さんのこと

この連載は原則、生きている人だけを扱うことにしている。

しかし、今回は生死不明の人について書く。

しかも私はその人と直接の面識はない。

その人、というのは岡田睦だ。

と聞いてピンとくるのはかなりの文学通（か、あるいは私の愛読者）だ。

昭和七年生まれ、慶應大学卒の作家で主に私小説を書いた。二十代の時に芥川賞候補となった。

『エンタクシー』に連載されたのちにまとめられた私の『文藝綺譚』に「岡田睦と川崎彰彦」という章がある。

岡田睦の作品は『群像』二〇一〇年三月号に載った「灯」以降目にしていない。つまり、もう六年以上前だ。

収容所のような施設に暮らす男を主人公にしたその作品は、この世の終わり（彼にとっての）とも思える凄い内容だった。

岡田睦の消息を知る可能性のある編集者何人かに問い合わせても、皆、知らないという。

〔二〇一六年〕十一月二十三日、埼玉県越ヶ谷市の野口冨士男記念文学館で講演会をした。

同館の前館長で今も理事をつとめているのは作家の坂上弘さんだ。

坂上さんは同じ慶應大学出身で、年も岡田さんと近い（坂上さんは昭和十年生まれ）。坂上さんなら岡田さんの消息を知っているかもしれない。

ところが、講演会の終了後、坂上さんと雑談していたら、坂上さんの方から、坪内さん、岡田睦どうしているかご存じですか？　と尋ねられてしまった。坂上さんは岡田さんともう何年も交流がないという。たまたま講演会の前日、『文藝綺譚』に目を通して、私（坪内）ならその消息を知っているかもしれない、と思ったのだという。

『文藝綺譚』の繰り返しの部分もあるが、私と岡田睦の縁について語りたい。

大学時代から私は岡田睦という作家の存在は知っていた。しかし作品に目を通したことはなかった。

当時、岡田睦の他に高橋昌男と中村昌義という同じ世代でやはり私小説系の作家がいて、私はその三人の区別があまりつかなかった。

早稲田の古本屋街や高田馬場ビッグボックスの古本祭りで岡田睦の短篇集『ワニの泪』（河出書房新社、昭和五十一年）や『賑やかな部屋』（冬樹社、昭和五十四年）をよく見かけたけれど手に取ることはなかった。

そんな私が岡田睦に目ざめたのは二〇〇四年五月のことだ。

『群像』同年六月号に載った短篇小説「ムスカリ」によってだ。

その書き出しを引く。

ハエがいる。ハエと棲んでいる。天井が高く、吹き抜けのようになっている。去年、三年目に、起きてから寝るまで、下で横になっていないのに気づいた。

〃セイホ〃――生命保険ではなく、生活保護もそう称ばれている。そこから支給される部屋代の枠内で、当町に移住した。妻の代理人の土建屋に恫喝され、離別して一戸建て団地の家を立ち退いた。

ここへ来て、足かけ四年目になる。旧くて木造の二階建てのアパートだ。上・下両方とも三部屋。六部屋、皆、〃エアコン〃が付いている。二階の真ん中の部屋を借りた。板敷だから、何畳だかわからない。ロフトという、中二階のような所で寝起きしている。

この作品が発表された時点で岡田睦の作品集は四冊刊行されている。前記二点、それから『薔薇の椅子』(雲井書店、昭和四十五年)と『乳房』(福武書店、昭和六十三年)だ。

その四冊に収められた作品をもとに、ここ(「ムスカリ」)に至るまでの岡田睦の人生について説明しておこう。

岡田睦の結婚は三回。

その三度目の結婚にも失敗し、家は妻のものだったので、立ち退きを要求され、ロフト付きだとは言うものの一部屋だけのアパートに引っ越したのだ。

「ムスカリ」に続いて発表された「ぼくの日常」(『新潮』二〇〇四年十一月号初出時のタイトルは「生活」)は「ムスカリ」の四倍ぐらい分量があって(というより「ムスカリ」は超短篇でこちらは普

通の短篇）、引っ越す前の「日常」及び学生時代の思い出が語られる。

大学時代の友人に加山雄三の〝若大将シリーズ〟やクレイジーキャッツの〝無責任シリーズ〟の脚本を書いていた東宝の田波靖男がいて（岡田睦も東宝を受けたが不合格でNHKのアナウンサー試験を通ったが人の書いた原稿を読むのはイヤだから入社しなかった）、今はエンター系の小説を書いている田波に岡田は週刊誌ライターとして得たネタを提供し、礼金をもらい、うな重などをごちそうになる。岡田自身は長篇小説を書いている。

いま書いているのは五十男の「ヰタ・セクスアリス」だが、ぼくにとっては長編だ。編集側は六十代にしてくれという。ぼくの場合、これは大ちがいになる。六十代だと、読者はぼくのことだと思う。私小説作家だと目されているからだ。たしかに、そういう話が多いし、自身、私小説が好きだ。が、ピカソはいっている。「オレがキュビズムといってるんじゃない。まわりの連中がいってるんだ」。じっさい、ぼくは名乗っていないし、自称はおかしいと思っている。問われれば、私《わたくし》小説《フィクション》ですと答えることにしている。

この小説は結局、未完（あるいはボツ）に終わった。

大学の友人で重要なのはこの人物（夫妻）だ。

いまやアラブ学会の大御所、黒田壽郎の夫人、美代子さんがぼくのたった一人の女友だち。

亭主の黒田とぼくは「作品・批評」の編集委員だった。昭和三十年代前半で、第一号に九万円使った。表紙に目次を載せるというのは、当時としては斬新だったと思う。

この〝隣のミヨちゃん〟こと黒田美代子もアラブ学者になった。

そして、この一年後、『群像』二〇〇五年九月号に載った「明日なき身」では引っ越したあとの日常が描かれる。

ウツ病が進む中、電話代も電気代も滞納し、コンビニの店員や店長からは嫌われる（店に入るなと言われる）。

「ムスカリ」を読んだ直後、私は同人をつとめる文芸誌『エンタクシー』の当時の編集長壱岐真也に、岡田さんの作品をいただくよう依頼した。

そして『エンタクシー』二〇〇六年冬号（第十三号）に載ったのが「火」だった。

この作品を目にした時は驚いた。その先があったのかと思って。

彼の部屋には備え付けの暖房があったが、荷物が多すぎて使える状態でなかったから、電気ストーブで暖をとった。そのストーブがこわれた。

部屋には洟をかんだティッシュペーパーが散乱している。

良いことを思いついた。

このティッシュを、からの段ボール箱に入れて燃やそう。底を見ると、新聞紙が敷かれてある。それに、ライターで火を点けた。ティッシュをすこしずつ燃やしたら、安全に暖がとれる。新聞紙のめらめらに、洟をかんだティッシュを二、三投げ入れた。たちまち、あったかくなる。これを灰にすれば、紙屑も片づく。あれ。段ボール箱そのものの炎が上がっている。

火事を出してしまったのだ。

アパートを追い出され、遠くにある「寮」に収容される。

「ムスカリ」、「ぼくの日常」、「明日なき身」、「火」を一冊にまとめて『明日なき身』（講談社）が刊行されたのは二〇〇六年十二月。

私はその二年後、二〇〇八年十二月に岡田睦からもらった手紙を持っている。と言っても私宛ではなく『エンタクシー』編集部のTさん宛のものだ。

Tさんが、これ岡田さんから、と言って、私に渡したのだが、Tさんはこの手紙を持っているのがヘヴィーだったのだろうか。

手紙は二〇〇八年十二月十一日と十八日の二通あって、十八日の手紙によると十二日に出したハガキが宛先不明で戻って来たとあり、「その頃から、ぼくはもうボケ老人なのでよく覚えていませんが……」と語っている。現在の「有り金八円。これで、一月のセイホまで、どうやってゆくか」。寮に借りているタバコ代が一万円を越えているという。

気になるのは、「前の障害者専用のアパートが火で焼失とぼくのケースワーカーに聞きました」という一節だ。

そうか、普通のアパートではなく障害者専用のアパートだったのか。

そして『群像』二〇一〇年三月号に載った「灯」の書き出し。


また施設に住んでいる。最初の施設から数えると、四ヶ所目になる。ここは静岡県沼津市。代表取締役は五十男で、Pという。寮長と同じ役目だ。


沼津と言っても、最寄り駅から車で一時間以上かかる。その施設に大学時代の友人黒田夫妻が訪れて来る。しかも食事（たしか中華だったと思うがその『群像』は私の手元にないし先の引用は『文藝綺譚』による）に誘ってくれるのが感動的だ。

それからさらに六年以上経ち岡田睦は生きているのか死んでいるのか。

もし亡くなったとしたら、いつ、どこで、どのように。そして見とってくれた人はいたのだろうか。

第2章

追悼の文学史

小林秀雄は死ぬまで現役だった

文藝春秋　二〇一三・九

個人的に忘れられない年と歴史的な意味を持つ年が交差する時がある。

一九八三年がそういう年だ。

その前年就職試験に失敗した私はこの年四月から英文科の大学院に進学した。それは希望に燃えてではまったくなく、将来の進路が狭まったという不安な気持ちの方が大きかった。

その年の四月はまた東京ディズニーランドがオープンし、大学院の入学式の確か前々日、父親からまわって来たプレオープンの招待券で友人たちと一日中ディズニーランドを楽しんだ。

以来東京ディズニーランドは私のお気に入りのスポットとなり、その場所に十回ぐらい足を運んだ（ただしもう二十年近く御無沙汰している——だから私は東京ディズニーシーを知らない）。

もともと私は遊園地大好き人間だった。電車一本で行ける向ヶ丘遊園やよみうりランドは私の庭みたいなものだったし、豊島園にもよく通った。

そんな私がゴージャス、と思っていたのは、横浜ドリームランドだった。それはまさにドリームなランドだった。しかし東京ディズニーランドはケタ違いだった。

それまで私が知っていた（そして好きだった）遊園地は「遠いアメリカ」を前提とした疑似アメリカだった。東京ディズニーランドは本当のアメリカだった（少なくともそのように見えた）。

凄い時代がやって来たな、と私は思った。だから一九八三年の春、三月から四月にかけてはとても忘れがたい。

さらにまた、強く銘記すべきことはこの年一九八三年三月一日に小林秀雄が亡くなったことだ。

今から十二年前（二〇〇一年）、実家の私の部屋を整理していたら新聞の切り抜きの入った紙袋が出て来た。

学生時代私は気になった新聞記事をテーマごとに切り抜いて袋に入れていたから、その種の物の一つだろうと思って取り出してみたら、それはすべて小林秀雄の訃報に関する切り抜きだった。すべて、というのは、朝毎読などの一般紙はもちろん夕刊フジや日刊ゲンダイさらにはスポーツ新聞（含む東京スポーツ）の切り抜きまであったからだ（吉本隆明の時だってそこまで扱いは大きくなく文芸評論家が亡くなってスポーツ紙に訃報が載ることなどこれからまずないだろう）。

私は小林秀雄のとりたてて熱心な読者ではなかった（はずだ）。そんな私が大きなショックを受けた。

それは何故だろう。

小林秀雄が現役だったからだ。

だからこそ大きなショックを受けたのだ。

このことを忘れてはいけない。

つまり一九八〇年代に入るまで小林秀雄が単なる文学史上の人物であったのではなく、現役であったこと。

一九七〇年代半ばに文学的な物心がついて行った私はそれが当り前のことのように思っていた。

今四十歳以下の人にはそのことは伝わらないだろう。

四十歳というのはそれなりの年であるが、一九八三年には満十歳だから小林秀雄は文学史上の人物だろう（私を例にとれば私が十歳の時に広津和郎が亡くなったけれど広津は私にとって文学史上の人だ――それに対して私が十二歳の時に亡くなった三島由紀夫はヘンなオジサンとして記憶している）。

小林秀雄は現役だった、と私は述べた。

小林秀雄の最後の大作『本居宣長』が刊行されたのは一九七七（昭和五十二）年十月のことだ（ちなみにその年の夏に庄司薫の「薫クン」シリーズ四部作の最終巻『ぼくの大好きな青髭』が刊行された）。

当時私は浪人生で、御茶の水の駅近くの本屋で、刊行されたその日に『本居宣長』を手にし、四千円か、これはちょっと高いな、買えないな、と思っていたら、翌日だったか翌々日だったかに私の父がその本を手土産に帰宅したことを憶えている（ちなみに『本居宣長』は五万部いや十万部だったかを越えるベストセラーとなった）。

『本居宣長』の翌年（一九七八年）五月から一九七九年五月にかけて『新訂小林秀雄全集』全十三

巻が刊行された。

　これは打止めという感じではなくむしろ現役感をただよわせていた（同じ時期同じ新潮社から『ドストエフスキー全集』も刊行されドストエフスキーもまだ文学として現役だった――当時は「文学青年」という言葉がまだギリギリで死語ではなかった）。

　実際小林秀雄は現役だった。

『文學界』一九七九年十一月号は五百号記念号で小林秀雄と河上徹太郎の対談「歴史について」が掲載された。大学二年生だった私は授業中にこの対談に読みふけったことを良く憶えている。

　六十年来の付き合いのある二人の内、河上徹太郎は明らかに衰えていた。しかも小林秀雄がそのことに気づきウロたえていることが若い読者にも伝わってきた（この対談を終え河上が辞去したあと小林秀雄はまわりの人間に、河上は死ぬよ河上は死ぬよ、と口にし、涙を流したという）。

　ライフワークでありながらまだ書き足りなかったのだろう。小林秀雄は一九七九年一月から翌八〇年六月にかけて、『新潮』で「『本居宣長』補記」を断続的に（計六回）連載する。

　ある時期から小林秀雄は長篇評論を『新潮』でのみ連載した。「『本居宣長』補記」もその流れにあった。

　ところが、一九八一年一月から『文學界』で「正宗白鳥の作について」の連載を始めた。

　結局この連載は小林秀雄の入院（それは死に至る病だった）により六回で中断し、未完に終わったが、『新潮』でなく『文學界』であったことに小林秀雄の「現役」を感じる。

『文學界』はそもそも小林秀雄や河上徹太郎らが創刊した文芸誌で、その五百号を記念する号で河上徹太郎と対談し、その翌年河上が亡くなり、思う所あってあえて『文學界』で長篇評論の連載を始めたのだろう。

まだ大学生だった私はその連載を愛読した。小林秀雄はこのまま百歳ぐらいまで現役でいるのではないかとさえ思った。

一九七九年に、小林秀雄と河上徹太郎の対談同様（いやそれ以上に）愛読した文芸対談に『文藝』八月号の中上健次と柄谷行人の「小林秀雄について」がある。

これはとてもボリュームのある対談だった（それを一挙掲載したのだ）。

だからそのまま一冊の本になった。

タイトルを変更して。

このタイトル変更がとてもシンボリックだった。

つまり、「小林秀雄について」という普通のタイトルから『小林秀雄をこえて』という挑発的なものに変っていた。

明らかに小林秀雄の眼を意識していたのだ（雑誌掲載時も二人はそのタイトルを主張し雑誌編集者は小林秀雄に対するびびりがあってあのようなありきたりなものにしそれをエッジのきいた単行本編集者が元に戻したのかもしれない）。

実際二人は明らかに小林秀雄の眼を意識している。読まれることを前提としている。その上で小林秀雄（及びそのフォロワー）を挑発している。

例えば中上健次はこのように述べている。

今、小林秀雄の私小説論をくつがえし、私小説という遺産を取り返すためには、まずとりあえず私小説は「物語」のほうから論じられなくちゃいかんのだと思うんですよ。

つまり本居宣長よりも上田秋成の方が重要だと言う。それを受けて柄谷行人はこう述べている（当時の柄谷行人のキーワードは「交通」すなわち「インターコース」だった）。

さしあたって、小林秀雄の『本居宣長』に関連していうと、日本という島国には、コースはあってもインターコースはなかったという条件が見えてくる。

同じ頃に行なわれた対談「歴史について」で小林秀雄は、河上徹太郎がハーバート・ノーマンの『日本における近代国家の成立』が「とても面白かった」と述べたのを受けてこう語っている。

外国のほうに眼を向けているぼくらが、眼をパッと開かれるところがある。とくに若い年ごろは、眼が外にばかり向いている。ぼくらは皆そうだ。ノーマンのものは知らないが、ライシャワーの『ザ・ジャパニーズ』は、名著だよ。

ライシャワーの『ザ・ジャパニーズ』はその頃のベストセラーで、小林秀雄は同時代人としてそのような本にも眼を通していたのだ。

ところで、やはり同じ年に行なわれたある対談（「マルクスと漱石」）で蓮實重彦は柄谷行人相手にこのようなことを口にしている。

　たとえば小林秀雄が筒井康隆なんてのをどう思ってるかってのは、ぼくはちょっと興味がある。読めるか読めないか。

『現代思想』一九七九年三月号の掲載だ。蓮實重彦は一九三六年生まれ。柄谷行人は一九四一年生まれ。

つまり蓮實重彦の方が五歳年上だが、柄谷行人がすでに文壇内の存在であったのに対し、蓮實重彦は非文壇的だった（少なくとも当時の私にはそう見えた）、彼の主な言論舞台は『現代思想』や『ユリイカ』（共に青土社）、『エピステーメー』（朝日出版社）、さらには日本読書新聞といった媒体で、文芸誌の場合は一番非文壇的な『海』に限られていた。

蓮實重彦が日本の批評の中心に位置するようになったのは小林秀雄の死と入れ替るようにだった（もちろん吉本隆明や江藤淳といった人たちも現役バリバリだったが若者への影響力という点では蓮實重彦が圧倒的だった——柄谷行人の蓮實重彦への「接近」は私には擦り寄っているように見えた）。

小林秀雄が筒井康隆の作品を読んだかどうかは知らない。色川武大の作品は読んだ。

色川武大は『新潮』一九八一年四月号に短篇小説「百」を発表した。当時の『新潮』の編集者（二ヵ月後に編集長に就任する）で小林秀雄から信頼されていた坂本忠雄は、小林秀雄から、「百」は素晴しい、色川武大は本物だ、と言われたという。

小林秀雄の没後、一九八六年に行なわれた柄谷行人との対談（「現代日本の言説空間」）で蓮實重彦は、「三島由紀夫が生きていたら、彼に読まれるということだけで、書けない小説があったはずだ」と述べたあと、こう言葉を続けていた。「おそらく小林秀雄が現役のときも、そういうことがあったと思うんです」。

実際、小林秀雄の没後にデビューし大ブレークした作家に、かつて小林に師事した隆慶一郎がいる。

正宗白鳥

『白鳥随筆』『白鳥評論』講談社文芸文庫　二〇一五

「つまらない」とつぶやき続けた人——『白鳥随筆』

正宗白鳥という作家の名前が私に強く記憶されるようになったのは小林秀雄によってである。と言っても、小林秀雄と白鳥との間で交された有名なトルストイの家出論争のことではない（この論争については『白鳥随筆』に続いて刊行される『白鳥評論』の「解説」で触れるだろう）。

高校二年（一九七五年）の夏休み、代々木ゼミナールの夏期講習に通った。代々木ゼミナールには代々木ライブラリーという書店があって、その中心は学習参考書や問題集だったが、一般書も扱っていた。つまり文庫や新書のコーナーもあった。

その文庫・新書のコーナーでもっとも目立つ位置に平積みされていたのが、新刊ではなく、小林秀雄の『考えるヒント』（文春文庫）と丸山眞男の『日本の思想』（岩波新書）だった（当時小林秀雄と丸山眞男は大学入試の現代国語に一番よく登場する筆者として知られていた）。

『考えるヒント』は『文藝春秋』の「巻頭随筆」を中心に構成されたエッセイ集であるから、小林の作品の中では一番読みやすいものだが、それでも、当時の私（現代文学や現代思想に無知だった青年）には難しかった。

きちんと理解できたとは言えない。

しかし、小林秀雄ならではのフレーズにやら、れた。

小林秀雄は特に書き出しが上手だ。

『考えるヒント』に収められたエッセイの書き出しを私は幾つも暗唱していた。

「青年と老年」の書き出しもその一つだ。

「つまらん」と言うのが、亡くなった正宗さんの口癖であった。「つまらん、つまらん」と言いながら、何故、ああ小まめに、飽きもせず、物を読んだり、物を見に出向いたりするのだろうといぶかる人があった。しかし、「つまらん」と言うのは「面白いものはないか」と問う事であろう。正宗さんという人は、死ぬまでそう問いつづけた人なので、老いていよいよ「面白いもの」に関してぜいたくになった人なのである。

この書き出しに出会って以来、私たち（一緒に代ゼミに通った友人と私）は、時に、「『つまらん』と言うのが、亡くなった正宗さんの口癖であった」と声に出して笑いあったりしたのだ。

浪人時代を経て大学に入学する頃には本格的な読書家になった。特に浪人時代は近代日本文学をかなり読んだ。

しかし正宗白鳥に手を出すことはなかった。

その頃になると私の中で近代日本文学史の見取り図が出来上っていて、いわゆる自然主義に対する私の評価は低かった。

自然主義の作家すなわち島崎藤村、田山花袋、そして正宗白鳥の作品は、カビくさく、くすんでいて読む気がしなかった（私の父が徳田秋聲こそ近代日本最高の作家だと口にするのが不思議だった）。

国木田独歩の作品は大好きで、たくさん読んだけれど、私の見立てでは独歩は自然主義の作家ではなかった（今でもそう思っている）。

世田谷線の三軒茶屋駅、今キャロットタワーが建っている近くに進省堂という古本屋があって、その店の棚の上の方に昭和四十年代に新潮社から出た『正宗白鳥全集』全十三巻の揃がかなり廉価で並んでいたけれど、装丁がその中身を想像させるくすんだものだったので、手に取ることもなかった（この全集は私が初めて目にした時から、この店が閉店するまで、すなわち二十年近くずっと売れ残っていた）

ちょうど私の大学時代、『今年の秋』、『思い出すままに』が相い継いで中公文庫に入り、父が買ってきたその新刊を読んだけれど、あまり楽しめなかった。

ただし私はずっと正宗白鳥のことが気になっていた。

今ではかなり冷静に見ることができるが、私の学生時代、小林秀雄はまだ現役の批評家で（彼が亡くなるのは私が大学を卒業しようとする一九八三年三月のことだ）、私もそれなりに小林秀雄に夢中になった。

その小林秀雄がライフワークとも言える大作『本居宣長』のあとで始めた仕事が「正宗白鳥の作について」だった。

「正宗白鳥の作について」は『文學界』に断続連載され、小林秀雄の逝去により未完（全六回）で終わった。

だから小林秀雄との関係の中で正宗白鳥も読まなければと思っていたのだが、小林秀雄に対する興味が薄れて行くに従って（むしろ反発をおぼえるようになって）、その行動は中断されたままだった。

しかし逆に、正宗白鳥その人に対する興味は高まっていった。

私が二十代の半ばを過ぎる頃から、テレビや雑誌や街がどんどんつまらなくなっていった。そして気がつくと、「つまらん」というのが私の口癖（声には出さない秘かな口癖）になっていた。

正宗白鳥に対する興味は、また、彼が長生きしたことにも由来する。

明治十二（一八七九）年生まれの正宗白鳥と同い年の作家に永井荷風がいる。

昭和三十七年まで生きた白鳥同様、荷風も昭和三十四年まで生きたが、白鳥が最後まで現役だったのに対して、荷風は既に降りていた。

「現役」というのは作家として、さらに広い意味で言えばジャーナリストとしてである。

荷風は戦後も小説を幾つか発表していたが、ジャーナリストとしては戦前で終わっている。もちろん「断腸亭日乗」というジャーナルはずっと書きつづられて行ったが、ここで私が言うジャーナリストとは、新聞や雑誌に文章を発表する人という意味だ。荷風の新聞・雑誌嫌いはよく知られているが、白鳥は最後まで新聞や雑誌に文章を発表した（亡くなる前年に産経新聞や読売新聞でエッセイを連載していたし、亡くなった年には『文藝』に「白鳥百話」を連載中だった）。

しかも昭和三十四年と三十七年では時代相が少し異なる。

つまり、昭和三十七年の方が新しい。

これは、当り前のことを言っているわけではない。

昭和三十四年と昭和三十七年の間に、六〇年安保の昭和三十五年がある。そして六〇年安保のあとで本格的な高度成長が始まる。

正宗白鳥が亡くなった昭和三十七年十月二十八日は、東京オリンピックがすぐ近くまで来ているのだ。

学生時代、早稲田の古本屋街の日本近代文学専門店、平野書店でよく文芸誌のバックナンバーを買った。

主に追悼特集号を買ったのだが、その中に『文藝』昭和三十八年一月号、「正宗白鳥特集」がある。

六十頁を超える大特集で、中野重治や井伏鱒二らがその思い出を書き、小林秀雄と河上徹太郎の対談や丸谷才一の論考などが載っている（丸谷才一はついこの間まで現役で、その人が正宗白鳥の追悼特集に加わっているのだ）。

興味深いのはもう一つの特集（「新年創作特集」）に載っている深沢七郎の短篇「枕経」だ。

言うまでもなく深沢七郎は正宗白鳥と深い縁のある作家で、深沢の中公新人賞受賞作「楢山節考」を白鳥は大絶讃し、深沢の名作『言わなければよかったのに日記』の巻頭に収められている「言わなければよかったのに日記」は正宗白鳥との捧腹絶倒なやり取りが次々と登場する。

さて「枕経」だ。

『文藝』昭和三十八年一月号の目次にはこのような紹介文が載っている。

死期せまるガン患者に施す若い医師の最後の治療「朱色の塔」とは？　現世を超えたこの作者独特の終末観！

「枕経」のガン患者は五十二歳であるが、しかし、この作品は、正宗白鳥への追悼のように読める。『言わなければよかったのに日記』と中公文庫の新刊で出会った頃、昭和六十二（一九八七）年秋、私は『東京人』の編集者になった。

そして私は、同誌の編集長だった粕谷一希さんからよく、正宗白鳥の話を聞かされた。

『白鳥随筆』に収められた文章を読めばわかるように、中央公論社は正宗白鳥ともっとも縁の深い出版社だった。そして粕谷さんは同社の出身（『中央公論』の編集長を二度つとめた）である。

正宗白鳥は戦争中に軽井沢の別荘に移り住み、昭和二十年五月の東京大空襲で洗足池畔の自宅が焼け、戦後は同潤会の江戸川アパートに部屋を借り、しばしば軽井沢から上京し、昔からなじみの出版社をノーアポで訪れた。一番よく訪れたのが中央公論社だった。

上京する時に白鳥は必要なものをリュックにつめ、よく、そのリュックを逆にかついでいたという「伝説」があるが、粕谷さんの話によるとその「伝説」は本当だった。

粕谷さんは言った。いやぁ。白鳥というのは面白いジィさんだったよ、ある作品評を注文すると、まず、ほめるのか、けなすのか、と聞いてから引き受けるんだよ。つまり、ほめて下さいと言ってもけなして下さいと言っても、わかった、と引き受けてくれるんだよ。

究極のニヒリストだなと思って私は白鳥にますます興味がわいた。

そして創元文庫の『作家論』（一）（二）や『自然主義文学盛衰史』を読み進め、福武書店の『正宗白鳥全集』に出会ったのだ。

新潮社版と違って装丁も明るくモダンだった。

当時の福武書店の社長福武總一郎は地元岡山出身の作家の全集を出すと決めていたそうだが、例えば内田百閒はともかく白鳥のような地味な作家の全三十巻もの全集はそのような決意がなければ生まれなかっただろう。しかしそのおかげで私は白鳥の面白さに本格的に出会えたのだ。

白鳥の面白さ、と書いたが、それは、小説にではなく随筆や評論（福武の全集で言えば第十九巻以降）にある。

全集のそれらの巻の端本は古本展で二千円ぐらい（時には千円）で並らんでいたので、それを私は買い集めていった（ただし私はまだコンプリートしていないので残りは世田谷中央図書館で借り出し何度も読み直している）。

今回その全集をもとに、単行本未収録の文章を選び、『白鳥随筆』と『白鳥評論』の二冊を刊行することとなった。

白鳥の文章は何故こんなに面白いのだろうか（少なくとも私にとって）。するするするすると読み進めることが出来る。

白鳥の面白さを解くカギは最初に引いた小林秀雄の文章にある。

つまり、「つまらん」というのが白鳥の口癖だったが、そうつぶやくこと、「つまらない」と口にすることは、「面白いものはないか」と問う事であり、白鳥は死ぬまで「面白いもの」を探し続けたのだ。

戦後の混乱がまだ収まらない東京にしばしば軽井沢から訪れ、街を歩き廻り、編集者たちの話を聞くのもそのような好奇心があったからだ。

もちろん、同年齢の永井荷風も死ぬまで好奇心は捨てなかった。

しかし好奇心のベクトルは逆だった。

ある時期（いや、かなり早い時期）から荷風は同業者との接触を避けるようになった。

だが白鳥は最後までその関係を続けた。

正宗白鳥の追悼号である『文藝』昭和三十八年一月号の奥付に「編集者　坂本一亀」とあるのは感動的だ。坂本一亀は戦後日本文学を創り上げた編集者の一人なのだから。

正宗白鳥と小林秀雄――『白鳥評論』

『白鳥随筆』に続いて『白鳥評論』をお届けする。

まずこの巻の構成について説明する。

福武書店の『正宗白鳥全集』の内、評論編は七巻をしめる。すなわち第十九巻から第二十五巻までで、具体的に述べれば、「文学論一般」、「作品論・書評」、「外国文学論・翻訳」、「文芸時評」、「芸術論」、「人生論他」ということになる。その中の第十九巻「文学論一般」と第二十巻「作家論」の二冊から選んだのが本書である（いつの日か「芸術論」に収められている「演芸時評」と「文芸時評」の巻から選んで『白鳥時評』という一冊も編んでみたい）。

すなわち「小説界新陳代謝の期」（明治三十六年）から「小説是非」（昭和三十五年）までが第十九巻、「大学派の文章家」（明治三十九年）から「荷風追憶」（昭和三十四年）までが第二十巻である（全集のその分類に従ってあえて年代順に揃え直すことはしなかった）。

さて、解説に入る前に。

一般に白鳥を評論で論じる場合、二つの大きなポイントがある。

一つはキリスト教との関係。

内村鑑三の影響で若き日にキリスト教の信者となった白鳥は、のちその信仰を捨てる（そのことを白鳥は何度か筆にしている）。しかし癌で亡くなる直前でその信仰を復活させる（白鳥自身は遺書の形でそれを書き残していないが復活させたという証言がある――しかしその証言を信じていない人もいる）。

そのことをテーマとした長篇評論に山本健吉の『正宗白鳥』があり、その評論はこのように結ばれている。

恐ろしい神からつねに遁れようとしながら、「われらの主なるキリスト」への信頼感を片時も忘れなかったクリスチャン白鳥の生き方は、世の神学者たち、牧師たちから見たら、嗤うべき姿かも知れない。だが、それこそ日本という風土にふさわしい生き方ではなかろうか。少くとも私という一人の異教徒にとって、そのような白鳥の姿はこの上なく親しいものに見えるのである。

山本健吉は折口信夫門下の「異教徒」である。だからこそこのような言葉を口にする。

しかし私にはこの問題がよくわからない。

つまり、日本人にとってのキリスト教という問題が。

たしかに内村鑑三はキリスト教の伝道家だった。

しかし、いわゆる宗教家を超えた影響力を明治の青年たちに与えた（そのような青年の一人に志賀直哉がいた）。

しかも、文学もまた、今よりずっと強い影響力を当時の青年たちに与えていた。

すなわちキリスト教と文学は交差していた。

この交差は昭和期に入ってしばらく途絶えていたが、不思議なことに戦後のある時期に復活する。特に一九二〇年代生まれの作家を中心に。思いつくだけでも遠藤周作、安岡章太郎、矢代静一といった人たちがいる。

しかし私には日本の作家とキリスト教の関係がよくわからない。

そもそも日本人（といってもいつの時代の？）のイメージするカミはキリスト教のカミと重なるのだろうか。

と、こう書いている私は十二歳の時にキリスト教（カソリック）の洗礼を受け、しかし二十代後半になった頃には教会に足が向かなくなった、そういう人間である。

だから私は正宗白鳥とキリスト教の関係に深入りしたくないし、深入りしたとしても無駄だと思う（そもそも正宗白鳥が最後までキリスト教徒であったか否かは批評家白鳥の評価と無関係だと思う）。

さてもう一つのポイント。

それは正宗白鳥と小林秀雄だ。

小林秀雄は正宗白鳥についてしばしば書き記しているが、一番有名なのは「トルストイの家出論争」だ。

文学青年になった頃、つまり大学に入った頃、その論争についての小林側の文章を目にした。白鳥の言っていることの方が正しいと思った。

青年時代の白鳥はトルストイから思想的影響を受けた。だからトルストイが家出して、田舎の停車場で病死したと報じられた時、「人生に対する抽象的煩悶に堪えず、救済を求めるための旅」の途中で亡くなったのだと感動した。しかしそれから二十五年経って真相が明らかになった。すなわちトルストイは細君（山の神）を「怖がって」家出したのだ。だから正宗白鳥はこう言う。「ああ、我が敬愛するトルストイ翁！」。正宗白鳥がこの一文「トルストイに就て」を発表したのは昭和十一（一九三六）年一月、五十六歳の時だから、その二十五年前は三十代に入ったばかりだ。

昭和十一（一九三六）年と言えば、一九〇二年生まれの小林秀雄は三十代初め。ちょうど正宗白鳥がトルストイの家出および客死に感動した年頃だ。

この論争で小林秀雄は三本の文章を書いているが、その最後の物、「文学者の思想と実生活」でこう述べている。


問題は、トルストイの家出の原因ではない。彼の家出という行為の現実性である。その現実性を正しく眺める為には、「我が懺悔」の思想の存在は必須のものだが、細君のヒステリイなぞはどうでもいいのだ。どうでもいいという意味は、思想の方は掛替えのないものだが、ヒステリイの方は何とでも交換出来るものだという意味だ。

二十代の私ならこの啖呵の切れ味にごまかされてしまったかも知れない（もっとも、ごまかされなかったわけだが）。

だが、今の私はもっと別のパースペクティブで眺めることが出来る。

小林秀雄は若き日、長谷川泰子と同棲していた。しかし彼女のヒステリーに耐えられなくなって家出し、奈良に向った。

そして同地に暮らす志賀直哉の世話になるのだが、誰も行き先を知らされていなかったので、辰野隆の門下生たちの間で大騒ぎとなった。新聞に載っていた身元不明の轢死体について新聞社に問い合わせてみた、と東大仏文で同級生だった中島健蔵の当時の日記に記されている。

昭和三年のことだ。

「文学者の思想と実生活」はそれから僅か八年しか経っていないのだ。長谷川泰子との記憶がまだ生々しかったのだろう。その上で思想と実生活は別だと小林秀雄は考えた（考えたい）のだ。

むしろ彼の本音は同じ文章中のこういう一節にあるのかもしれない。

僕は正宗氏の虚無的思想の独特なる所以については屢々書きもしたし、尊敬の念は失わぬ積りであるが、氏の思想には又わが国の自然主義小説家気質というものが強く現れているので、そういう世代の色合いが露骨に感じられる時には、これに対して反抗の情を禁じ得なくなるのである。

「自然主義小説家気質」、「世代の色合い」と小林秀雄は言う。

「自然主義小説家気質」というのはリアリズムのことだ。

しかし正宗白鳥のリアリズムは他の自然主義作家たち（例えば田山花袋や島崎藤村）の誰とも似ていない。

しかもこのリアリズムはとても若々しい。いわば世代を超えている。大家風にならない（その点でむしろ小林秀雄たちの「世代」の方がいつの間にか大家風になって行った）。

その小林秀雄が大家風になった昭和二十四年、『文藝春秋』二月号に白鳥は「文学放談」という一文を発表する。質量共にとても読みごたえある。

小林秀雄が新しい文学や文化に背を向けているのに対し、正宗白鳥は新しいものを待っている。例えば新しい評論を。


私は、近来、とぎれ〳〵に雑誌の評論や作品を読み、或いは西洋の評論をも、偶然目に触れたものを読むにつけ、文学評論は蔑視し難いもので、今までの型を破った清新なる文学評論の出現を、熱烈に期待していいように感じた。私の云うのは、政治にかぶれ、政治に追随したような文学評論でなくって、純粋の文学評論であるのだ。今日の世にそんな評論があるものかと思われるかも知れない。それは私の空想裡に存在するだけかも知れないが、私はこの頃その「文学評論」の出現を期待している。

現役の文学者としての正宗白鳥についての記憶はないが、小林秀雄は私にとって現役の文学者だった。

『本居宣長』が刊行されたのは昭和五十二（一九七七）年、私が浪人生だった秋のことだ。出たばかりのその本が、御茶ノ水駅近くの新刊書店（茗渓堂）の棚に鎮座ましましていた姿をありありと憶えている。

それが小林秀雄のライフワークだと思っていたから、『文學界』昭和五十六年一月号から「正宗白鳥の作について」という連載が始まった時は驚いた。

結局この連載は小林秀雄の死によって六回で中断されてしまったが、『文學界』の小林秀雄・追悼特集（昭和五十八年五月号）に一挙再掲載された。

正宗白鳥について論じられるのは第一回と第二回で、三回目は内村鑑三、四回目は河上徹太郎の『日本のアウトサイダー』、五回目六回目はフロイトについて語られる。

フロイトの途中でユングが登場し、これはベルグソン好きだった小林秀雄が、例によって神秘思想の方に向って行くのかなと思っていたら（正宗白鳥はおよそ神秘思想とは無縁だ）、そこで小林秀雄の死によって中断されてしまう。

ずっと小林秀雄のそばにいた編集者の郡司勝義による「白鳥論覚え書」によれば、小林は、あと二回、ユングとフロイトについて書き、正宗白鳥に戻って三回書き、完結する予定だったという。

どのような流れで正宗白鳥に戻り、どのように決着をつけたのだろう。

そしてその長篇の正宗白鳥論は私を説得しただろうか。

永遠の謎として残されてしまった。
しかし文学者小林秀雄の始まりと終わりに正宗白鳥の存在があったことは事実だ。
私は今その意味を考えている。

「第三の新人」としての長谷川四郎

三田文学　二〇一四・夏

〔『三田文学』〕編集部から送られて来た執筆依頼状によれば、この号の特集は「第三の新人」で、その中で私に、長谷川四郎と「第三の新人」について執筆してもらいたい、とのことだった。

その依頼状を目にした時、まず最初は意外に思い、続いて、なるほど、と思った。

長谷川四郎は私の大好きな作家で、戦後の日本人作家の全集をあまり持っていない私も彼の全集（晶文社、全十六巻）の過半数を架蔵している。

しかしそれは、作家のというわけではなく、優れた文章家のとしてである（同様な理由で私は花田清輝や吉田健一の全集及び著作集をかなり所有している）。

一方、「第三の新人」の作家たちの場合、そのエッセイはもちろんだが、小説も愛読している。ただし彼らの全集や作品集は一冊も所有していなくて、文庫本で愛読しているのだ。彼ら、というのは吉行淳之介や安岡章太郎、そして庄野潤三らだ。

もちろん私は長谷川四郎の小説も文庫本（『鶴』や『シベリヤ物語』）で愛読している。しかしその長谷川四郎の小説は、先に名前を挙げた「第三の新人」の人たちの作風とは微妙に異なる。

だから、意外に思ったのだ。

では、なぜ、なるほどと思ったのか。

「第三の新人」という作家のくくりを、私は、未来の位置から振り返って述べている。

しかしリアルタイムでの「第三の新人」のくくりは、最終的にその言葉が定着してからのそれとは少し異なっている。

そもそも「第三の新人」という命名は、山本健吉の同題のエッセイ（『文學界』昭和二十八年一月号）によるものだが、そのエッセイに目を通せばわかるように、その言葉を考え出したのは山本氏ではなかった。当時、キャロル・リード監督の映画『第三の男』が日本で大きな話題を呼び（実際の制作は一九四九・昭和二十四年だが日本公開は昭和二十七年九月）、それにちなんで、『文學界』の編集部からこのようなエッセイの依頼があったと山本氏は述べている。つまり「第三の新人」の命名者は山本氏ではなかった。

その中で山本健吉が長谷川四郎を吉行淳之介や伊藤桂一、沢野久雄らと並べて「第三の新人」と見なしていたのだ（ただし山本氏は安岡章太郎や三浦朱門を「第二の新人」に含めている）。

実際、「小さな世界を描く」という点で長谷川四郎は「第三の新人」たちと共通していた。

今回の原稿依頼があって、改めて芥川賞の受賞作及び候補作のリストを眺めていったら、興味深いことに気がついた。

長谷川四郎が芥川賞の候補になったのは二度、昭和二十七年下半期と昭和三十年上半期だ（長谷川四郎は一九〇九年生まれだから当時既に四十歳を過ぎている）。昭和二十七年下半期の受賞者は五味康祐と松本清張で、候補者に吉行淳之介、安岡章太郎、小島信夫らがいて長谷川四郎は「鶴」で候補になった。

次の第二十九回（昭和二十八年上半期）で安岡章太郎が受賞し、三十回は該当作品なしで、三十一回は吉行淳之介、三十二回は小島信夫と庄野潤三、三十三回は遠藤周作、そして三十四回の石原慎太郎でガラッと流れが変わるわけだが、長谷川四郎が二度目の（そして最後の）芥川賞候補となるのがその直前の第三十三回・昭和三十年上半期だった。

その候補作は『世界』三月号に載った「阿久正の話」。

先に私は「第三の新人」は「小さな世界を描く」と述べたが、「阿久正の話」はまさにその種の作品だ。

阿久正というのは片道二時間かけて丸の内の電気工業会社に勤務する二十七歳の会社員だ。結婚しているけれども子供はいない。

この作品の書き出しはこうだ。

私は阿久正（アク・タダシとよむ）について知っていることを書いてみたい。ある会社の庶務課にそういう一人の男がつとめているのだ。あるいはつとめていた、とすべきか。とにかく、風采のまことに平凡な中肉中背のがっしりした男である。

「第三の新人」の作家たちの初期作品の多くは私小説あるいは私小説風だ。

「阿久正の話」も一見、私小説風だ。

しかし実は違う。「阿久正の話」は強く寓意的な作品なのだ。

様々なことが明らかになったのち、巻末近くにこういう一節が登場する。


青年よ、大志を抱け、というのはどうやら阿久正を素通りした言葉だった。彼にはおよそ大志とか野心とかいうものはなかったばかりか、そういう言葉に対する消極的な反応すらもなかったようである。つまり、「ぼくにはそんなものないよ」などと、言いはしなかったのである。彼にはただ、目前に与えられた事務をきれいさっぱりと片付けたいという意慾があるだけだった。


つまり「阿久正の話」の阿久正は、魯迅の『阿Q正伝』の阿Qが戦後日本の社会に生まれ変って現れた人物だったのだ。「阿久正の話」はその阿久正の「小さな世界」を描いた寓意小説の傑作だ。

ところで「第三の新人」を代表する作家は吉行淳之介だが、その吉行淳之介と長谷川四郎が交差したことがある。

井伏鱒二への追悼「井伏さんを偲ぶ」(『新潮』一九九三年九月号)で吉行淳之介はこのように語っていた。

八木岡英治という名文芸編集者がいた。

一九七〇年代半ば、その八木岡が亡くなり、新宿で開かれた追悼の会に吉行が出席したら、「意外なことに七、八人の少人数の会」で、メンバーは井伏鱒二、河盛好蔵、大岡昇平らだった。つまり吉行淳之介が最年少だった。

会が終わって吉行が皆を新宿の文壇バー「風紋」（今も健在）に案内した。

その店で飲んでいると、長谷川四郎（故人）が静かに酔っぱらっていた。当然、大岡昇平も知り合いだ、と私はおもっていた。

長谷川四郎は、井伏さんの隣の椅子に座って、

「井伏さんは、いいなあ」

と繰返し、そのうち井伏さんの肩に頭を載せて睡ってしまった。井伏さんは長谷川四郎を知らないようで、迷惑そうな顔になっていたが、相手の親愛感と素直な心が伝わるらしく、肩を動かすことはなかった。

その時たまたま同席していた「T社の編集の人が気を使って」、長谷川四郎を店の外に連れ出した。

そして吉行淳之介と大岡昇平はこういうやり取りをする。

「あれは誰だ」

「長谷川四郎ですよ。お仲間でしょう」

と言うと、大岡昇平は驚いて、

「えっ、これはT社のやつがいかん。ちゃんと紹介しなくちゃ駄目じゃないか」

と怒鳴った。

いまさら仕方がないので、私は半分あきれて、笑っていた。

井伏鱒二はそのやりとりに加わらず、何事もなかったように、機嫌よくしておられた。


井伏鱒二は言わば「第三の新人」のゴッドファザーのような存在で、その井伏鱒二のことを酔っぱらった長谷川四郎が「井伏さんは、いいなあ」と繰返し、睡ってしまう。それを長谷川四郎の「お仲間」のはずの大岡昇平がイラ立ちながら眺めている。

「第三の新人」である吉行淳之介の方が、長谷川四郎の「お仲間」だったのだ。

『群像』で辿る〈追悼〉の文学史

群像　二〇一六・十

初の追悼特集まで

『群像』の創刊号は昭和二十一（一九四六）年十月号。つまり今号は七十周年記念号だ。

それに合わせて、「『群像』七十年に見る追悼特集」という原稿執筆を依頼された。

明治に創刊された『新潮』は別格として、『文學界』と『文藝』は、版元は変ったものの、戦前からの文芸誌だ。

それ対して『群像』はまさに戦後雑誌だ。

だから初期の『群像』には追悼文や追悼特集が殆ど載っていない。殆どというより皆無だ。

武田麟太郎が亡くなったのが昭和二十一年。そして織田作之助や横光利一が亡くなったのが翌二十二年。『群像』は彼らと縁がなかった。

不思議なのは昭和二十三年六月十三日に亡くなった太宰治だ。

戦後の彼を代表する短篇「トカトントン」が載ったのは『群像』昭和二十二年一月号。亡くなる年の四月号には「渡り鳥」が掲載されている。

なのに、彼についての追悼特集はなされていない。たまたま凄いタイミングで(予見的に)福田恆存の「道化の文学―太宰治について―」という評論が同年の六月号と七月号に載っているからそれで代用したのだろうか(それから十一月号には彼の師である井伏鱒二の「十年前頃―太宰治に関する雑用事―」という一文が載っている)。

昭和三十年二月十七日に亡くなった坂口安吾の場合も同様だ。昭和二十二年八月号には「散る日本」が載り、未完に終わったとは言え、「火」という作品が連載されもしたのに(その年の八月号に阿部知二の「酒仙昇天――豊島与志雄氏の死を悼む」という一文が載っているのに安吾の死の時は何も載っていない――例えば「火」をめぐって講談社と安吾との間で何らかのトラブルがあったのだろうか)。

戦後すぐの文芸誌で強力な追悼号を出していたのは『文藝』だ。

堀辰雄(昭和二十八年五月二十八日没)の時も岸田國士(昭和二十九年三月五日没)の時も一冊丸ごと特集を組んでいる。

それに対して『群像』は神西清の「岸田先生の死」(昭和二十九年五月号)一本だけだ。神西は堀辰雄とも縁の深い作家だったのに原稿を依頼されなかったのだろうか。

そんな『群像』初の追悼特集は昭和三十四年四月三十日に亡くなった永井荷風の追悼号(同年七月号)だ。ただし、荷風と講談社は縁がなかったから、佐藤春夫の「荷風文学の頂点」はあるものの、もう一本は太田三郎の「荷風の知られざる在米時代―新資料による解明―」という、追悼文とはちょっとアングルの変ったものだ（もっとも翌八月号には野村兼太郎の「永井荷風のこと」、そして九月号には野田宇太郎の「荷風の詩と遺言」が載っている）。

ところで講談社は戦後、〝出版社の戦争責任〟が問題になった時、まっ先に槍玉に挙げられた出版社だった。

二人の大物作家

『群像』はそのイメージを払拭するために創刊された。しかし創刊することになったものの、執筆を拒否する作家も多かった。

それを救ってくれた二人の大物作家がいた。

一人は永井荷風と並ぶ明治からの生き残りで、しかも、荷風よりずっと現役バリバリの作家だった。

そう正宗白鳥だ。

『物語　講談社の100年』第三巻『再生』でこんなエピソードが紹介されている。

編集部の有木が、軽井沢の正宗邸を訪ねたときの出来事だ。有木は玄関に立って挨拶をしたが、正宗は「あがりなさい」ともいわず、ただ黙って立ったまま。有木が新雑誌の趣旨を話すと、開口いちばん、「おまえのところでは、そういう雑誌を出して、また儲ける気か」といわれる始末だった。有木も引きさがるわけにはいかない。必死に食いさがったすえ、「そのうち書けたら書こう」とのひとことをもらった。正宗は、小説「田園風景」を執筆し、「群像」創刊号を飾ることになる。気難しい大文豪と思っていた有木は、その率直な姿に胸を打たれたという。

講談社と白鳥の関係はロケーション的にも恵まれていた。

白鳥の自宅は洗足池の近くにあったが、戦況の悪化と共に長野県の軽井沢に疎開した。そして戦後、上京する際も、空襲の被害にあった洗足池の家には戻らず、江戸川橋の同潤会アパートに借りていた部屋を根拠としていた。それは講談社のある護国寺の近くだった。『群像』の四代目編集長（昭和三十年十月号就任）で正宗白鳥からもっとも信頼されていた大久保房男は、白鳥が上京して朝の散歩をする時によく『群像』編集部に顔を出したと回想している。

後世の読者にとって危険なのは、雑誌のバックナンバーの目次を眺めていただけでは同時代における作家とその雑誌との関係性が正確には見えてこないことだ。

私はずっと、正宗白鳥が亡くなった時に一番関係深い文芸誌は『文藝』だと思っていた。近代日本文学を専門とする早稲田の古本屋平野書店で『文藝』の昭和三十八年一月号を購入したのは大学生の時だ。

これはとても読みごたえのある白鳥追悼号だった。何しろ小林秀雄と河上徹太郎の対談があり、中野重治、井伏鱒二、杉森久英、若手では丸谷才一といった人々の追悼が載り、「最後の白鳥日録」

や妻正宗つねによる「病床日誌」まで紹介されているのだから。

しかし今回調べてみたら『群像』のそれの方が文学史的意義がある。

白鳥が亡くなったのは昭和三十七年十月二十八日。

つまり昭和三十七年十二月号には間に合わない。

ところが同号の編集長大久保房男による編集後記「正宗白鳥氏を悼む」は三段組三頁もあって、とても読みごたえがあるのだ。

一番見のがせないのはこういう一節だ。「正宗氏は深澤氏を深く愛し信頼していた。入院中、深澤氏が正宗氏のいろいろの用を足していた」。

「深澤氏」というのはもちろん深沢七郎のこと。深沢七郎は当時、風流夢譚事件によって居場所を転々としていた。しかし白鳥とは連絡を取り合い、入院先で、白鳥夫人に寄り添っていたのだ。

その深沢七郎は『群像』昭和三十八年一月号の白鳥追悼特集で「正宗白鳥と私」という素晴らしい一文を寄稿している。『文藝』の同年一月号に深沢は「枕経」という小説を発表しているが追悼特集のメンバーに入っていない。『群像』と『文藝』のこの差はとても大きいと思う。

さてもう一人の大物作家とは中野重治だ。

先にも述べたように講談社は戦犯出版社と呼ばれていた。だから政治色（左翼性）の強い、いわゆる第一次戦後派と呼ばれる作家たちを取り逃がしてしまった。その反動（?）で大久保房男は「第三の新人」の作家たちを大切にして行く。

『物語　講談社の100年』第三巻『再生』にこうある。

〔昭和〕二九年初頭の話題作は、新年号から連載が開始された、なかの・しげはる「むらぎも」（七月号完結）だろう。共産党員の中野は、講談社を〝戦犯出版社〟として攻撃する側にいた作家であり、本作連載は、「群像」の社会的評価が定まってきた証ともいえる。

中野重治の連載が載ったことで、埴谷雄高、佐々木基一、平野謙、小田切秀雄といった『近代文学』系の人たちの代表作や力作、さらには花田清輝、大西巨人といった人たちの作品が誌面に登場して行くのだ。

つまり『群像』は最も戦後文学的な雑誌となる。その一方で、先にも述べたように、もう一つの中心に「第三の新人」たちがいた。

「戦後文学」の終わり

戦後文学と述べたが、戦後文学の終わりをどこに置くかは様々な考えがある。

私が大学に入学した頃、すなわち一九七〇年代終わり、江藤淳と本多秋五との間で「無条件降伏」をめぐる論争があった。

「無条件」という条件つきであったのに「無条件降伏」と信じ込んだことにいわゆる戦後文学の堕落があったと江藤は考える。つまり戦後文学があったのか、なかったのか、という論争だ。

ベクトルは逆だが、今振り返るとこの二人は、同じものを見つめていたように思える。つまりその頃、一九七〇年代末、いよいよ戦後文学が終焉したのだ。

ではその始まり、「終焉の始まり」はいつ頃なのか。

私は一九七〇、一（昭和四十五、六）年頃だと思う。

つまり、三島由紀夫と高橋和巳が立て続けに、時代に「殉死」していった時。

その意味できわめてシンボリックな追悼座談会が二つ、『群像』に載った。

昭和四十六年二月号に載った「文学者の生きかたと死にかた」と同年七月号に載った「戦後文学と高橋和巳」だ。

前者は三島由紀夫追悼特集に、そして後者は高橋和巳追悼特集に、載った座談会だが、驚くのは、前者に、その四ヵ月半後に亡くなる高橋和巳が参加していることだ。

高橋和巳はこう述べている。

「そこでひょいと考えたのは、三島由紀夫氏の死は、現実にこれまで起ったいろいろな状況の中での死というものよりは、文学作品の中の死に似ているぞと感じ出したわけです」

また、こうも。

「たった一人の人間のものであっても、その死の重みが精神的状況を大きく変えるということはありうる。みずからの立場に戻って言えば、何というか、しっかりせないかぬなということですね。私なんかある部分相当に近しい側面を持っていましたけれども、覚悟のほどをきめてふんばらなければ思想者としてみっともない」

「戦後文学と高橋和巳」では高橋の葬式の規模が話題となっている。「千五百人はいたと思います」と武田泰淳は言い、それを受けて本多秋五は、「一時間半、献花の列が初め三列、あと五列、最後は七列か」と述べている。

しかもその千五百人を越える若者たちが、「みんな一様に、一種宗教的な雰囲気につつまれている」と武田は述べたあと、こう言葉を続けている。「あんなに続いてくるということは、まず戦後のどのお弔いにもなかったことであるし、今後もおそらくないんじゃないか。それは一種の葬式ブームみたいなことがあるんですね。葬式に参加することによって、文学に参加しようという気軽な気持ち、それは三島由紀夫のときからあらわれた現象だけれどもあるでしょう」。

武田はまた高橋和巳と三島由紀夫をこのように比較する。「あの葬儀は文壇批判及び既存勢力批判ですよ。それはあるいは三島批判でもあったわけでしょう、あの大衆参加は」。

三島由紀夫と高橋和巳が亡くなった時、『新潮』と『文藝』がそれぞれ臨時増刊号を出し、内容も充実している。しかし二つの出来事の連続性（時代における意味）をとらえる点で『群像』のこの二つの座談会がとても役に立つ。

武田泰淳を批判するわけではないが三島由紀夫もまた（特に早すぎた晩年は）非文壇的作家だったと私は考える。

つまりこの時期、既成の文壇は滅びつつあったのだ。

その点でシンボリックなのは昭和四十六年十月二十一日の志賀直哉の死、そして昭和四十七年四月十六日の川端康成の死だ。

しかしここで時計の針を少し戻す。

作家の死という点でエポックとなったのは昭和四十(一九六五)年だ。

この年、谷崎潤一郎が、高見順が、江戸川乱歩が、小山清が、山川方夫が亡くなった。

江戸川乱歩はともかく、小山清も山川方夫も(共に今は講談社文芸文庫に作品集が収録されているものの)、『群像』に追悼は載っていない。そして同年十月号が谷崎潤一郎と高見順の追悼特集号だ。

特筆すべきは同年九月号で梅崎春生の追悼特集が組まれている事だ(執筆者は椎名麟三、浅見淵、遠藤周作、そして梅崎の兄梅崎光生)。

梅崎春生は大正四(一九一五)年生まれだけれど、やはり大正四年生まれの小島信夫同様、「第三の新人」の作家と見なされることが多い。

「第三の新人」も個々の作家はそれぞれにバラエティーに富んでいるが、ひとことで言って、作風が私小説的な点で共通する(小島信夫の怪作『別れる理由』も戦後文学を代表する梅崎春生の『桜島』や『幻化』も私小説的である)。そして、当時の編集長大久保房男が「第三の新人」の作家たちを大切に扱ったのは先に述べた通りだ。

「第三の新人」と追悼特集

ここで時間軸をまた変更する。

つまり、「第三の新人」の追悼を中心に『群像』のバックナンバーを眺めてみる。

「第三の新人」は長命な作家が多く、梅崎春生の次に追悼されるのは昭和六十二（一九八七）年一月号の島尾敏雄（大正六・一九一七年生まれ）まで待たなければならない。

まず安岡章太郎、吉行淳之介、小川国夫による座談会があり、埴谷雄高、佐々木基一、黒井千次、高橋英夫、奥野健男の追悼文が載っている（島尾と一番古くからの付き合いがある庄野潤三の名前が見当らないのが不思議であるが）。

その座談会で「第三の新人」たちの形成の過程が明らかにされる。

昭和二十七年、安部公房を中心にした雑誌『現代』に関わる「現在の会」があり庄野潤三がその会に呼ばれた。以下吉行淳之介の回想。「僕が庄野と神保町のおでん屋で飲んでいたら、『気が進まぬ会があるんだけれども、どうしようかと思っているんだ』という。一緒に行ってみると、なるほど気の進まぬ会で……」。

何故、「気が進まぬ」かと言えば、メンバーの過半が政治的（左翼的）だったからだ。

その空気に合わなかった人たちが、市ヶ谷にあった吉行の六畳一間に行って焼酎を飲み直した。

以来そのメンバーでちょくちょく顔を合わせた。彼らは皆遊び好きだったから、自分たちを野球チームに見立ててオーダーを組んだ。

吉行淳之介はラストバッターでショートと言い、安岡は二番セカンドと言った。

そのあたりについての吉行と安岡のやり取り。

吉行　でも、本当は一番っていいたかったんだろう。

安岡　いや、そうでもないんだ。やっぱり四番とかそういうのがいいんだろう。庄野は、「三番、センター庄野」、これがピッタリだなという。

吉行　あのポジションを握って離さなかったな。（笑）

安岡　最初から終始一貫。そうすると、「四番、サード島尾」というのは、やっぱり三人一致したね。

「第三の新人」の中で島尾敏雄がこのように重く見られていたことに私は驚いた記憶がある（しかしこれは当事者たちならではの発言だ）。

「第三の新人」の中心にいたのは吉行淳之介だと私は思っていたし今でも思っている。

その吉行淳之介が亡くなった時の追悼号（平成六・一九九四年十月号）の座談会のメンバーが凄い。

阿川弘之、遠藤周作、小島信夫、庄野潤三そして三浦朱門。

ここでも改めて彼らの最初の出会いが詳しく語られる。

その中で聞き逃がせないのが、庄野潤三の、「僕が吉行とつき合ったのは、本当に初めの方、若いときだけです。昭和二十年代の終りころ」という発言だ。

何故二人が会うことがなくなっていったのかというと、「これはプライバシーになってくるからあれだけれども、吉行の家庭の環境が変わった」からだ。

庄野潤三は家庭の平和を最後まで描き続けた作家だ。同じ私小説であってもそのベクトルが吉行とまったく異なる（島尾敏雄の追悼特集に庄野が参加していなかったのも同じ理由によるのかもしれない）。

そして、興味深いのはこういうやり取りだ。

遠藤　しかし、あのころ、吉行をしのぶ座談会なんかするなんて、夢にも考えていなかったなァ、辛いよ。

阿川　あのころは僕もまだ三十代だからな。

遠藤　でも、この間三浦が終戦記念日にひっかけて「産経」に書いていたけれども、吉行の死というのは、我々同世代の作家の死でもある。

阿川　みんなの終りが近づいているね。

遠藤　いよいよ最後のカーテンが開いたということだな。

そのカーテンの向こう側に遠藤周作が消えていったのは平成八・一九九六年九月。同年十二月号の追悼特集の座談会のメンバーは安岡章太郎と三浦朱門とカソリックの神父井上洋治だ。

庄野潤三は吉行淳之介と離れて行ったが、小沼丹との付き合いはずっと続いた（小沼も「第三の新人」の一人と見なされていた）。その庄野の小沼丹追悼「小沼とのつきあい」が平成九年一月号に載っている。

さらに追って行くと、小島信夫の追悼号は平成十九・二〇〇七年一月号で、「第三の新人」の作家の内で執筆しているのは三浦朱門ただ一人だ。そして庄野潤三が平成二十一・二〇〇九年十一月号（大久保房男が「第三の新人は日本文士の嫡流」という一文を執筆している）、安岡章太郎が平成二十五・二〇一三年四月号で、坂上弘、三浦雅士、リービ英雄、富岡幸一郎、そして安岡氏と一面識もない私が愛読者だったということだけで追悼文を執筆している（その翌年の五月号に寄稿した大西巨人への追悼文中で書いたように大西氏の場合は面識があった）。

寂しいのは阿川弘之。平成二十七・二〇一五年十月号は追悼号ではなく、三浦朱門の「阿川弘之が亡くなった」という一文のみが載っている。

ところで、島尾敏雄の追悼号であった昭和六十二（一九八七）年一月号はまた円地文子の追悼号でもあったが、昭和六十二年は忘れられない年だった。

この年の九月に私はニート生活を終えて雑誌『東京人』の編集者になったのだが、こうしてはいられないと私に思わせるほど、この年次々と文学者たち（私の気になる文学者たち）が亡くなっていった。

一月二十一日の梶原一騎は別としても、二月五日磯田光一、四月五日中里恒子、四月十九日長谷川四郎、六月六日森茉莉、七月十二日臼井吉見、七月十五日富士正晴、七月二十七日前田愛、八月五日澁澤龍彥、八月十八日深沢七郎といった風に。

この内、磯田光一、前田愛、澁澤龍彥の三人の死が特にショックだった。

三人共にまだ六十歳前の早死だったし、東京をテーマとする編集活動を目指していた私はぜひ一緒に仕事させてもらいたいと思っていた人たちだったから。

『東京人』という雑誌の編集者になって改めて私は、遅かった、と後悔した。

この文学者たちの死が『群像』でどのように扱われているのか調べてみた。

追悼が載っているのは四月号（磯田光一）、六月号（中里恒子）、七月号（長谷川四郎）、八月号（森茉莉）、九月号（富士正晴）、十月号（深沢七郎）で（同じ十月号には野口武彦の「超大型のコンパス―前田愛氏を追憶する―」という一文が載っている）、つまり臼井吉見と澁澤龍彦への追悼は載っていない（そもそも澁澤は『群像』に登場したことがなかったのではないか）。

『群像』の「床の間」とも呼ぶべき長期連作をした作家への追悼も力が入っていた。

つまり、「日本文壇史」の伊藤整（昭和四十五年一月および二月号）、「年月のあしおと」の広津和郎（昭和四十三年十二月号）、それから「あの日この日」の尾崎一雄（昭和五十八年六月号）。

中で注目したいのは尾崎一雄の追悼特集だ。丹羽文雄、円地文子、藤枝静男、阿川弘之の座談会にはじまり、中谷孝雄、川崎長太郎、大岡昇平、安岡章太郎、庄野潤三ら十名の文学者たちが寄稿している。

そのボリュームもさることながら特筆したいのは……。

尾崎一雄が亡くなったのは昭和五十八年三月三十一日。そのひと月前、すなわち三月一日、小林秀雄が亡くなった。

『文學界』はほぼ丸ごと、そして『新潮』は臨時増刊で小林秀雄追悼号を出した（その『文學界』昭和五十八年五月号には三月二十一日の日附けを持つ尾崎一雄の絶筆が掲載されている）。

『群像』は小林秀雄と縁が薄かったから、その追悼号（昭和五十八年五月号）も四人の文学者（秋山駿と勝又浩と三浦雅士と磯田光一）しか登場しない。

その分、翌六月号の尾崎一雄の追悼特集のボリュームが際立つのである。

文学者が死ぬタイミング

ところで、文学者には死ぬタイミングというものがある。

いかに長寿社会になったとはいえ、先に紹介した庄野潤三や安岡章太郎や阿川弘之のように九十歳近くあるいはそれ以上生きると追悼号は薄い物になる。

その点で尾崎一雄（一八九九年生まれ）も小林秀雄（一九〇二年生まれ）もギリギリで間に合った。

割を喰ったのは九十五歳まで生きた井伏鱒二（一八九八年生まれ）だ。

井伏鱒二の追悼特集（平成五・一九九三年九月号に掲載）は二十頁足らずのボリュームしかない（私は小林秀雄による井伏鱒二追悼が読みたかった）。ただし小沼丹はまだ存命だったから特集の巻頭にその追悼が載っているし、二年後に亡くなる寺田透の「追悼井伏鱒二」の、「小林秀雄より河上徹太郎をより日本人だと感ずる僕は、井伏はあの時代に出た新感覚派、新興芸術派の誰より日本人だつたと今思ふのである」という一節はきわめて示唆に富む。

先に私は『近代文学』系の人も『群像』によく登場したと述べた。

だから彼らの追悼特集も充実していた。

その最初は平野謙を追悼した昭和五十三年六月号（ちなみにその同じ号に載っている群像新人文学賞の受賞作の一つが中沢けいの「海を感じる時」だ）。続いて荒正人を追悼した昭和五十四年八月号（中島健蔵の追悼号でもある）。同じ昭和五十四年の十一月号が中野重治の追悼号だ。つまりこのあたりで、戦後文学はいよいよ終りつつあったのだ（この年の群像新人文学賞でデビューしたのが「風の歌を聴け」の村上春樹であったのはきわめてシンボリックだ）。

それからしばらく間があく。

そのあいだに昭和から平成へと移るのだが、その時期、大物批評家が次々と亡くなって行く。

まず山本健吉（昭和六十三年七月号）。続いて中村光夫（同年九月号）。

大岡昇平は小説家であったけれど、晩年は主に批評家として活躍した。

その大岡昇平が亡くなったのは昭和六十三年十二月二十五日だが、追悼特集が組まれたのは平成元年三月号だ。

『近代文学』同人で次に追悼されるのは佐々木基一と藤枝静男（正確に述べれば藤枝は同人ではなかったが昭和三十五年に創設された近代文学賞の賞金提供者だった）で、平成五（一九九三）年七月号は二人の追悼号でその特集の巻頭に「藤枝静男と佐々木基一」という座談会が載っている（出席者は本多秋五、埴谷雄高、小田切秀雄、安岡章太郎、小川国夫）。

『近代文学』同人で『群像』ともっとも関係が深かったのは埴谷雄高だ。

長く中断していた『死霊』の第五章が「夢魔の世界」と題されて『群像』に発表されたのは昭和

五十年七月号。当時私は高校二年生だったが、これは新聞だけでなくテレビのニュースでも報じられ、文芸誌でありながら増刷されたことを憶えている。

だからその平成九（一九九七）年四月号に載った追悼特集は五十頁を越える。

追悼の最初に載っているのは同年二月二十四日に新宿の太宗寺で開かれた「お別れの会」での挨拶に加筆した本多秋五の「ごあいさつ」。

本多秋五は『近代文学』の「送り人」で、小田切秀雄の追悼号（平成十二・二〇〇〇年七月号）に寄せた談話「小田切秀雄君のこと」を、「山室静君に続いて小田切君が逝き、これで『近代文学』は、ついに私ひとりになってしまいました」と結んでいる。

その本多秋五は翌平成十三年一月十三日に亡くなる。

吉本隆明、小川国夫、高井有一ら六名が寄稿している追悼号（同年三月号）はなかなか読みごたえがある。

埴谷雄高に話を戻せば、没後一年経った平成十年三月号は「埴谷雄高の文学と思想」特集で川村湊と奥泉光の対談と鶴見俊輔、島田雅彦の論考が載っている。

この号はまた中村真一郎の追悼号で、中村真一郎は、昭和二十二年春に『近代文学』が第一次同人拡大を行った時に、花田清輝や野間宏や大西巨人らと共にその同人となった一人だ。

もう一つ「また」を重ねれば、この平成十年三月号は、「随筆」欄で私が『群像』デビューした号でもある。

大西巨人の追悼文も『群像』に発表することが出来た。

つまり私は『群像』のおかげで戦後日本文学史に参加することが出来たのだ。

もう一度、『近代文学』の第一次同人がすっかり消えてしまった時を振り返って見よう。

どうやらこの時期、二十世紀から二十一世紀に変って行く時、従来の意味での文学（純文学）は消失したようだ。

ということは追悼という表現スタイルもその意味を失なう。

その点で一番意味ある『群像』の追悼号は平成十一（一九九九）年十月号、つまり江藤淳と後藤明生と辻邦生の追悼号だ。

江藤淳の追悼特集としてもっとも充実していたのは『文學界』の同年九月号だった。

江藤淳が亡くなった七月二十一日という日附けを考えれば、それはあり得ないスピードで作られた、あり得ない内容の追悼号だ（明治末に中村武羅夫が中心となって作った『新潮』の国木田独歩追悼号の内容の充実が文学史的に有名だがそれに匹敵するあるいは越える充実振りだった）。当時『文學界』の編集長だった細井秀雄さんはもともと凄腕の編集者だったが、江藤淳の最後の、しかも自殺する直前に原稿を受け取った編集者だったからこその、不思議なパワーによって作り出されたものだろう。

しかし文学史的に見た場合、『群像』十月号の方が重要だと思う。つまり江藤淳、後藤明生、辻邦生の三名の文学者が並ぶことが。

やはり、この時、何かが終わったのだ。

『群像』の追悼特集を眺めて行くだけでそのことがよく体感出来た。たぶん『新潮』や『文學界』や

『文藝』の追悼特集からでは（もちろん一つ一つの特集や特集号は優れているかも知れないが）、そのようなことは体感出来なかっただろう。

ありがたい体験をさせていただいた。

十返肇は文壇の淀川長治だった

『「文壇」の崩壊』講談社文芸文庫　二〇一六

昭和三十三（一九五八）年生まれの私が文学的出来事を認識できるようになったのは十歳頃からだ。

すなわち昭和四十三年の川端康成のノーベル文学賞受賞のことは憶えているし、昭和四十五年十一月の三島事件は強く記憶している。

逆に言えば、昭和四十二年以前のことは記憶にない。

だから昭和四十年、谷崎潤一郎、江戸川乱歩、高見順、梅崎春生、山川方夫、小山清といった文学者たちが次々と亡くなっていったことはまったく記憶にない（だいいち梅崎春生という名前を知ったのは高校生になってからで山川方夫や小山清を知ったのは大学に入ってからだ）。

まして昭和三十八（一九六三）年八月二十八日に亡くなった十返肇はさらに昔の人だった。

十返肇の名前を知ったのは吉行淳之介の文章によってだった。

高校時代私は吉行淳之介の主にエッセイを愛読した。

当時角川文庫に吉行のエッセイ集が次々と収録されていったのだ。

そして私は高校三年の時に吉行の『私の文学放浪』に出会った（私の手元にある角川文庫版の奥附を見ると昭和五十年三月三十日初版発行で昭和五十二年六月二十日五刷発行とあって凄い売れ行きだ）。

吉行淳之介が作家として世に出るまでを描いた文学的自叙伝だが、作家吉行淳之介を世に出したキーパーソンの一人が十返肇だった（一九二四年生まれの吉行と一九一四年生まれの十返は十歳しか違わないが十返は文学的に早熟で十八歳の時に吉行の父である作家の吉行エイスケと親交を深め淳之介少年のことも知っていた）。

昭和二十二年に野間宏が発表した小説「顔の中の赤い月」のコミュニズムとのかかわりを吉行少年は見落とし、きわめて感傷的な小説としてしか受け取れなかった。「その感傷は私を悲憤させ、なぜ憤慨せねばならぬかという理由を当時十返肇氏に話し、十返さんはある若い友人の言葉として評論の中に書きこんだことがある」（『私の文学放浪』）。

そういうことがあって、「二十四年ごろ、十返さんは私に、評論家になる勉強をしろ君には素質がある、としばしば私にすすめ、私は途方もないことを聞く気持でおどろき苦笑したものだ」。

詩を書いていた吉行青年の処女小説「薔薇販売人」も「十返肇氏に激励されて書き、氏の推挙で活字になった」（吉行淳之介自筆年譜）という。

そういうエピソードを紹介したのち、

ここまで書いて、ふと気付いた。この文章に、これまで何度か故十返肇に登場してもらったが、十返さんとの出会いについて書き落としていた。大井廣介、柴田錬三郎、十返肇の三氏に知遇を得たことは、私の習作時代の心の支えとなっていた。いまここでは、十返さんとの出会いについて、書いておきたい。

と述べて、十返との出会い（再会）について詳述して行く。

角川文庫版『私の文学放浪』には「拾遺文学放浪」という文章（それは講談社文芸文庫『私の文学放浪』に収録されている「拾遺・文学放浪」とは異る）が収録されていて、高見順の思い出と十返肇の思い出が語られる。

十返肇は四十九歳の若さで舌癌で亡くなる。「病の進み方が奔馬性といえるほど速く」、つまり急死だった。

その葬式の時に山本健吉、池島信平、田村泰次郎、戸板康二に続いて弔辞を読んだのが吉行淳之介だった。

その時、戦後文学史上有名なエピソードが起きる。

『文壇挽歌物語』（筑摩書房、二〇〇一年）で大村彦次郎はこう書いている。

吉行はその朝、予め原稿用紙二枚に弔辞の文章を書いておいたが、それを祭壇の前に立ち読む段になって、思いがけず混乱して、嗚咽した。葬式のさい、遺族はともかく、他人が人前で泣くのは吉行の最も嫌うところであった。過剰な感情をむき出しにするのは不躾であり、恥しいことでもある、と日頃考えていた。ところが、いざとなると、十返との三十年来の数々の思い出が、一斉に蘇って、それどころではなくなった。吉行の弔辞の後半は声が詰まってしどろもどろになり、周囲には何を言っているのか、よく聞きとれなかった。

私が大学に入学したのは昭和五十三年（一九七八）年四月だが、その頃小説家野口冨士男が復活する。

すなわち『かくてありけり』（講談社）の刊行が同年二月（翌年二月に読売文学賞の小説部門を受賞する）。『流星抄』（作品社）の刊行が昭和五十四年十月。『散るを別れと』（河出書房新社）が五十五年四月、『なぎの葉考』（文藝春秋）が同年九月。

それらの作品集にリアルタイムで出会い、私は野口冨士男の大ファンになった。

そして私は『暗い夜の私』（講談社、昭和四十四年）に出会った（裏表紙を開くと五十嵐書店八〇〇円というシールが張ってあるがこれは早稲田の古本屋街ではなくデパート展で出会ったものだと思う）。

その中に十返肇との思い出を描いた実名小説「彼と」が収められていた（今改めて調べてみると初出は『風景』昭和三十八年十一月号だからこれは十返肇追悼小説だ）。

先に私は十返肇が文学的（いや文壇的）に早熟だったと述べたが、それゆえの不遇も知った。

野口冨士男は明治四十四（一九一一）年生まれ、つまり十返の三歳上だが、彼らは昭和十五（一九四〇）年、田宮虎彦、青山光二、船山馨らと青年芸術派を結成する。

翌年十返は処女評論集『時代の作家』、続いて『意志と情熱』を刊行し、さらに昭和十八年には『文学の生命』、十九年に『作家の世界』を刊行し、戦争が終わるまでに四冊もの著作を持っていた。

野口もまた『風の系譜』（昭和十五年）、『女性翩翻』（昭和十六年）、『眷属』（昭和十七年）、『黄昏運河』（昭和十八年）という著書を持っていた。

つまり二人は、戦争が終わった時、もはや過去の文学者だった。

昭和八年九月、野口冨士男は株式会社紀伊國屋出版部に就職し、雑誌『行動』の編集者となった。

野口が十返と出会うのはそのしばらくのちのことだ。

「彼と」で野口は書いている。


「行動」の編集室は紀伊國屋書店の二階にあったが、株式会社紀伊國屋出版部は会社名で、紀伊國屋書店の出版部ではなかった。紀伊國屋書店のPR誌としては別に「レッツェンゾ」という小冊子が発行されていて、いつのころからか十返が編集をするようになった。彼と私は年齢が近いせいもあったが、一名「ションベン横丁」と呼ばれていた森永キャンディー・ストア横の路地奥にあったバルザックという喫茶店に入りびたっていたばかりではなく、お互いの住居が徒歩十分ほどの距離にあったところからも一そう親密の度をくわえた。

「紀伊國屋書店の出版部ではなかった」という部分に注意してもらいたい。野口のいた株式会社紀伊國屋出版部は昭和十年八月末に倒産、『行動』の終刊は同年九月号で、その年十月、野口は作家岡田三郎の斡旋で都新聞社に入社する。

一方、十返が紀伊國屋書店のPR誌『レツェンゾ』の編集部に勤め始めたのは昭和十年二月。別会社とはいえ、同じ紀伊國屋の人間として約半年一緒になり、二人は親しくなっていったわけだ。

しかも二人は近所同士。市ヶ谷駅近くの吉行あぐりが経営する美容室（その隣りが吉行エイスケの家でもちろん淳之介少年も住んでいた）近く（十返の家はその真裏にある中華ソバ屋の二階で野口はそこから歩いて十分ほどの所）に住んでいた。

つまり二人は古い付き合いで、戦後の十返の不遇（文学的不遇）時代も野口は知っていた。

「彼と」にこうある。

彼が俄かにジャーナリズムの寵児となってブームを巻き起すきっかけをつくったのは、その死に十年先立つ昭和二十八年に「朝日新聞」に書いた文芸時評である。

「戦前から書いているものとちっとも違ってないのにな」

私が言うと、彼はウンウンとうなずいた。デビューが早かっただけに、彼の不遇も長かった。

「金、こまってないか。俺のブームも今年一年や。来年になったら貸せんようになるから、今のうちに借りてくれ。五万円ぐらいやったら、いつでもいいぞ。十万円やったら、前から言うてくれ」

彼がそんなことを私に言ったのは死の四年ほども以前のことであったか、新橋附近の酒場でのことであった。

「金はいつでも困ってるけど、今はいい」

私が応えると、

「来年になったら、貸せんようになるから、今のうちに借りてくれ」

「借りろといっても、今は要らないんだ」

「よわるな」

「よわるのは俺のほうだよ」

吉行淳之介や野口冨士男の文章によって十返肇という文学者に興味は持ったものの、私はその著書に手を出すことはなかった（早稲田の古本屋街を探せば安い値段で二〜三冊すぐに見つかったのに）。

そういう私がオヤッ、と思ったのは一九八〇年代に入った時だ。

当時は様々な分野で大きな転換期で、文学も同様だった。

その〝新たな時代の文学〟について様々な文芸誌や新聞の文化面が論じた。

その中の一つに、たしか朝日新聞の夕刊だったと思うけれど、蓮實重彥のインタビューがあった。

新しい時代の文学について蓮實重彥が語るのは、当時、順当だった。

しかし、その語られた内容が意表をついていた。

つまり、蓮實氏はこのようなことを口にしていたのだ。

映画の世界には淀川長治がいる。しかし文学の世界にはそれにあたる人がいない。それが今の文学の不幸だ。かつてはそういう人がいた。つまり十返肇だ。今ふたたび十返肇のような人が登場しなければ文学は復活しないだろう。

私はとても驚いた。

昭和の文芸評論家のツートップは小林秀雄と平野謙だと考えていたからだ。

もちろん他にも福田恆存や中村光夫や山本健吉といった文芸批評家がいる。

そういう彼らをさておいて十返肇だ。

しかし私は淀川長治との比較ということでわかった気がした。

映画評論家として淀川長治は、見ること第一で、理屈を言わないし、単なる印象批評に逃げない。

たぶん十返肇もそうなのだろう。つまり、読むこと第一。

読むこと第一なら平野謙も同様に思える。

しかし平野謙は、「平批評家」を自称しながら、時に、ためにすると言おうか、自分の理屈を補強するために作品を利用することがある(これは平野謙とベクトルは逆のようで私の眼には江藤淳の批評も同様に見える時がある)。

それから三十年以上の時が経ち、講談社の二冊本の著作集をはじめとしてほぼすべての十返の作品が私の手元にある。

それらの内の新書本を読み進めて行く中で、「軽評論家」としての十返肇は充分堪能した。

だが本格的な発見には至っていなかった。

そのために今回、この選集を編ませていただいたのだ（「軽評論家」としての十返を期待して入手した読者には申しわけない）。

この「解説」から先に目にする読者も多いと思うが、そういう人たちはまず巻頭の長篇「贋の季節」は飛ばして、「文芸雑誌論」から読んでいってもらいたい。そして最後に「贋の季節」に戻るのだ。

戦後日本文学に興味を持っていった学生時代、無頼派や第一次戦後派あるいは「第三の新人」といったタームはわかったものの、そのつながり具合がよくわからなかった。

特に第一次戦後派から「第三の新人」に至る〝第二の新人〟の時代がよくわからなかった。

私が大学二年の時、講談社から『増補改訂戦後日本文学史・年表』が刊行され、それに目を通したが（昭和二十年代の執筆者は松原新一）やはりよく理解出来なかった。

ところで今回、ゲラで「贋の季節」を熟読し、ようやく、その時期のことが文学史的に理解出来た（その意味で「贋の季節」は画期的すなわち同時代的でありながら文学史的でもある批評だと思う）。

「贋の季節」は『文学者』昭和二十八年二月号から十二月号まで連載された（それをすべて収めると文芸文庫丸ごと一冊になってしまうので今回は残念ながらその三分の二程度しか収録されていない）。

その時期、すなわち昭和二十七年から二十八年にかけての芥川賞受賞作を列記して行く。

昭和二十七年度上期は「なし」。同下期は五味康祐の「喪神」と松本清張の「或る『小倉日記』伝」。昭和二十八年上期は安岡章太郎の「悪い仲間」と「陰気な愉しみ」。同下期は「なし」。そしてそのあと吉行淳之介、小島信夫、庄野潤三、遠藤周作と「第三の新人」たちが続き、昭和三十年下期が石原慎太郎の「太陽の季節」ということになる。

先にも述べたように、第一次戦後派から「第三の新人」へのつながり具合をきちんと説明した戦後文学史はない。

というよりも、第一次戦後派についても、その作家や作品について個別に論じた批評はたくさんあるけれども、ディテールを押えつつ大きな枠組みでとらえているものは殆どない。

例えば江藤淳の戦後文学批判も今の私にまったく響かない（と、こう書いてきて思い至ったのは江藤のいわゆるフォニー批判の「フォニー」には贋の季節の「贋」の影響があるのではないか――だとしても十返の贋物《フォニー》批判および読みの方が全然深い）。

「贋の季節」の初出が『文学者』であったことに注意してもらいたい。

『文学者』とはすなわち丹羽文雄が主宰していた同人誌だ。

既に戦前に四冊もの著書を刊行していた十返は、先に述べたように、過去の文学者と見なされ、主に匿名のコラムや文章で生活していた。

そして昭和二十五年七月、『文学者』の同人となり、最初は小説を発表していたのだが、同誌の昭和二十七年七月号から九月号まで「文芸時評」を連載し、翌年の「贋の季節」に至るのだ。

『感触的昭和文壇史』（文藝春秋、昭和六十一年）で野口冨士男はこう書いている。

文学活動の過半が匿名批評によって占められていた彼が、文芸評論家として第一線に躍り出たのは、『贋の季節』の同人雑誌掲載とかさなった二十八年五月から十一月まで「朝日新聞」に連載した「文芸時評」が評価されてから以後であり、ようやく雌伏の期間から脱出できたとはいうものの、すぐさま有頂天になれるほど彼の文学歴は短いものではなかった。

十返肇没後二十年以上経って書かれたものだから、ある程度客観的な物になっているが、追悼小説「彼と」では、先に引用した通り、こういう具合となる。

彼が俄にジャーナリズムの寵児となってブームを巻き起すきっかけをつくったのは、その死に十年先立つ昭和二十八年に「朝日新聞」に書いた文芸時評である。

十返肇のブレークスルーとなった作品が「贋の季節」であり、その発表舞台が『文学者』という同人誌であったことを忘れてはいけない。

だからこそ彼は「『文壇』の崩壊」という名篇が書けたのである。

第3章

福田章二と庄司薫

福田章二論

新潮　二〇〇四・十一、十二、〇五・三

一

まず基本的な事実を確認しておこう。

のちに庄司薫として『赤頭巾ちゃん気をつけて』（中央公論社、昭和四十四年）以下の四部作を発表することになる福田章二は昭和十二年四月十九日東京に生まれ、日比谷高校を経て、東京大学教養学部の文科二類（現在の分類で言えば文科三類すなわち文学部志望コース）の二年に在学中の昭和三十三年秋、「喪失」によって第三回中央公論新人賞を受賞した。中央公論新人賞は、新人賞であるものの例えば第一回の同賞を受賞した深沢七郎の『楢山節考』は文壇を越えた話題を呼び、ベストセラーとなった。

長篇評論『狼なんかこわくない』（中央公論社、昭和四十六年）で庄司薫は、こう書いている。

ぼくは、結局夏休み中あれこれと考えた末、法学部進学を決定した。第三回中央公論新人賞が決定したのは九月十五日で、ちょうど学期末試験とそして進学決定の直前にあたるなんともあわただしい時のことだった。

ここで重要なのは福田章二が昭和十二年生まれであったこと、日比谷高校を卒業したこと、「学生作家」であったこと、そして、東大の文科二類に在籍しながら、ちょうど中央公論新人賞を受賞した時に、法学部への進学を決めていたことである。

昭和十二年すなわち一九三七年生まれの表現者には例えば赤瀬川原平、別役実、養老孟司、つげ義春、山藤章二らがいる。その内の一人、東海林さだおは『本の話』（文藝春秋）の最新号（二〇〇四年十月号）の特集「ショージ君、かく語りき」に掲載されたインタビュー（「人生いろいろ、明るくクヨクヨ」）で、昭和十二年生まれの特徴について、こう語っている。

僕たちの世代って、時代の両側を見てきた感があるよね。昭和十二年生まれの前後の人たちって、軍国少年も、その後の民主主義少年も、平等に見えるんです。昭和十九年に国民学校に入って、国民学校二年生の時には終戦になった。そして教科書に墨塗ってたんです。野坂昭如さんの世代は、戦後教育と民主主義でだまされた、みたいなことを言ってますが、ああいうのは僕らにはありません。

東海林さだおは、さらに、「十二年生まれって、意外にみんな淡々としてますね。思想的にもあまり力が入らないんです」と言葉を続けている。

先に名前を挙げた昭和十二年生まれの人たちの顔を思い浮かべれば、東海林さだおのこの発言は、きわめて納得が行く。そしてそれは、福田章二（庄司薫）という表現者にもよくあてはまる。

昭和十二年生まれの福田章二は、しかも都立日比谷高校の出身者だった。

旧制東京府（都）立一中も超エリート校として知られたが、それを引き継いだ都立日比谷高校は、のち昭和四十二年にいわゆる学校群制が採用されるまで、やはり、東京中の秀才の集まる超名門高校だった。しかもこれは私の単なる直感で言うのだが、新制日比谷高校は旧制府（都）立一中に比べて、その秀才たちの都会的洗練度が増している感じがする。男女共学制に変ったことが強く影響したのであろうが、学生たちのバンカラ色がうすれ、ソフィスティケイトされていったように思える。

旧制から新制へと移って行った同校の雰囲気を知る第一級の資料に篠沢秀夫の『ぼくらの學校』（杏文堂、昭和六十一年）がある。

昭和八年東京に生まれた篠沢秀夫は旧制府立一中に入学後、在学中に制度が変わり都立日比谷高校生となった（〃一中崩れ〃である彼は同書の中で、新制の人たちに感じた異和を書き記している）。篠沢秀夫は、落第や肋膜炎による休学（同じような理由で休学した同級生に江藤淳がいた）などで同校に計六年間在籍したが、その間に出会った同級生に、今名前を挙げた江藤淳や映画監督の佐藤純彌、青土社の創業者の清水康雄、さらには文芸編集者の杉山正樹や塙嘉彦らがいた（のちに『海』

の編集長となる塙嘉彦が東大の仏文科に進学後、大江健三郎と親しい交友を結んだことはよく知られている)。

福田章二と江藤淳が日比谷高校を媒介に近い距離にあったこと、しかし入学後に新制と旧制という世代差があったこと、この二つは同時に記憶しておくべきである。

江藤淳は昭和二十三年九月、旧制湘南中学から旧制都立一中に転校し、在校中に新制都立日比谷高校に変わった。

その日比谷高校時代、昭和二十五年の夏休み、彼は、高校の演劇グループの仲間たちと、友人の一人の父親が持つ軽井沢千ヶ滝の別荘で合宿を行なった。「場所と私」(昭和四十六年)で江藤淳はこう書いている。


　この千ヶ滝のO別荘に集まったグループは、六、七人だったたろうか。私は、義母が寝たきりの十二坪のバラックを、数日のあいだでも抜け出すことのできる解放感にひたってはいたが、友人と起居をともにしているうちに、やがて自分がいかに人並みでないかという違和感が身に沁みて、妙に沈んだ気分にならざるを得なかった。

日比谷に転校する前に通っていた、神奈川県の旧制湘南中学の同級生と一緒にいるときには、こういう違和感を感じることがなかったから、これは単に転校生特有の感情だったかも知れない。

江藤淳が日比谷高校の同級生に感じていた最大の異和は、彼らが「父親を反抗すべき対象と考えていたのに対して」、自分は「どこかで父を庇わねばならぬと感じていた」ことであるという。父親に反抗する若者である同級生たちに対し、父親を庇おうとする江藤淳。すでにして江藤淳の治者的な側面のうかがえるエピソードであるが、これは、それだけであるのだろうか。

少年江藤淳は、父親に反抗する同級生たちの姿を、本当の反抗ではなく、単なるポーズとして受けとめたのではないのだろうか。つまり、日比谷高校の同級生たちの「反抗」は生活の余裕からくるポーズに映ったのではないだろうか。それは「純粋」をよそおった「不純」である。江藤淳の日比谷高校生に対するこのような厳しい視線は、この数年後、一つの作家論という形で繰り返されることになるだろう。

江藤淳は昭和二十八年三月、都立日比谷高校を卒業する。

それと入れ替わるように同校に入学したのが福田章二だった。

福田章二と同い年、昭和十二年（十一月十九日）生まれの作家に古井由吉がいて、彼は昭和二十八年四月、独協高校に入学後、同年九月に日比谷高校に転入する。古井由吉の自筆年譜（『昭和文学全集』第二十三巻、小学館、昭和六十二年）の昭和二十八年の項にこうある。

四月、独協高校に入学、ドイツ語を学ぶ。隣のクラスにのちの古今亭志ん朝がいた、九月、日比谷高校に転校。同学年に福田章二（庄司薫）、塩野七生、一級上に坂上弘がいた。

坂上弘（昭和十一年生まれ）は、慶應義塾大学二年の時に『三田文学』昭和三十年六月号に発表した小説「息子と恋人」で、十九歳の芥川賞候補作家となった。以後彼は、『三田文学』を中心に作品を発表し、「学生作家」として活躍する。

その坂上弘が、「ある秋の出来事」で第四回中央公論新人賞を受賞したのは昭和三十四年秋のことである。

つまり福田章二は、そういう「学生作家」としてキャリアのある坂上弘が中央公論新人賞を取る前年に、同じ「学生作家」として（しかも坂上弘よりさらに一つ若い年齢で）、彗星のごとく現われ、第三回中央公論新人賞を受賞したのである。

「学生作家」と言えば、東京大学フランス文学科に通う学生大江健三郎（昭和十年一月三十一日生まれ）が「飼育」で芥川賞を受賞したのも、福田章二が中央公論新人賞を受賞したこの年昭和三十三年上半期のことだった。

だから、福田章二は「学生作家」として、坂上弘や大江健三郎とほぼ同期生だったわけである。

実際、「喪失」で中央公論新人賞を受賞した二十一歳の学生作家福田章二はジャーナリズムの話題となった。

例えば『週刊読売』昭和三十三年十月二十六日号は……。

いや、その話題に触れる前に。

福田章二の小説「喪失」は、このようにはじまる。

その日、私といとこ達は啓子の大学合格祝いに集っていた。そして一通りのお祝いと昼食のあとで啓子の両親があっさり外出してしまってから、私達は庭に出たのだった。今考えると、思わず睡くなるような暖かい日光に誘われて私達が庭に出てから啓子がメロンを持って現れる迄は、時間にして十五分位ではなかったろうか。（中略）そして私は、あの時の私が包まれていた睡気の意外な深さを、達夫と優子を除くいとこ達が誰が何人どこにいたかということがすっかりぼやけてしまって、時々笑い声などを響かせる他には庭の植物や土と殆ど変らないような背景だけの存在になっていたことによって知るのだ。

優子と「私」は恋人に近いような存在だが、実は「私」は、以前から、啓子に対しても心を寄せていた。「私」以上に啓子に好意を寄せていたのが達夫で、「私」は、達夫が啓子に好意を持っているからこそ、啓子のことが好きだったのだ。

つまり達夫は「私」のライバルだった。「不具」をかかえているものの達夫は服のセンスが良く、身のこなし方も優雅で（そういう達夫の身のこなしを「私」は真似てみたりするのだ）、知識もあり、文学的警句にもたけている（「私」は時にそれを先廻りして口にする）。

物語は、啓子をめぐるこの二人の若者の神経戦を中心に展開する。

啓子をめぐる、と言っても、彼女は、小説の中で一つの風景に過ぎない。要するに、「私」と達夫、その二人の青年の感受性の「競争」の物語である。

この作品を執筆していた当時のことを回想して、福田章二（庄司薫）は、『狼なんかこわくない』の中で、こう語っている。

若者が夢を持ち、その夢を実現しようとするには、そのための具体的な力を持たなければならない。そしてその力を獲得するためには、彼は、この現実の社会の中で、必ず他の人々との比較競争、特に同年輩者との激しい競争関係に入らざるを得ないわけだが、この競争関係に入るということは、そのこと自体で他者を傷つけ、自らはその最も大切な人間らしい何かを喪失するようなメカニズムを持っている。つまり、頭と尻尾をつなげて簡単に言えば、ぼくたちは、その夢を実現しようとすれば必ず他者を傷つけ、自分はその大切な人間らしい何かを失うような結果を招く……。

当時ぼくが最高の価値として考えていたものは、言葉で言えば「純粋さ」と「誠実さ」だった。しかし、今話したようなぼくの考えに従えば、この、原理的にはどこからもケチのつけようのない価値も、これをいったん理想とした場合には、たちまちそれをめぐる比較・競争関係の中にまぎれこまざるを得ないという点で例外ではなかった。

「純粋さ」に最高価値を置きながらも、しかし、「若さ」イコール「純粋さ」というセンチメンタルな青春ノスタルジー論は偽善に思えた。「純粋さ」というのは若者すべてが持っているものではなく、それは意志によって志向しなければならない。しかもそれはまた一つの競い合いでもある。

言いかえれば、そこには、若者もまた一人前の人間として他者を立派に傷つけることができる、加害者になり得る、という重大な事実がすっぽりと抜けている。しかもすでにのべたように、ぼくに言わせれば「青春」とは、その猛烈でしかも最もあからさまな比較競争という人間関係を通じて実は最も他者を傷つけやすい時期ではないか？

その「純粋」「誠実」合戦の勝利者である「私」を描いたのが「喪失」だったわけであるが、ここには一つの逆説がひそんでいる。

要するに、「純粋」と「誠実」を人間の最高目標として求めようとすれば、そのこと自体で「純粋」と「誠実」を喪失する、ということになってしまう。一生を通じた持久戦の目的として純粋と誠実を考える時、青春のさ中の白兵戦ではただひたすら純粋さと誠実さを失うかに見える、といいかえてもいい。

また、ぼくが『喪失』の中で導いた結論の中で具体的に注目すべきことは、その場合、競争で破れ傷ついた方はまだ一種の「救い」があるけれど勝った奴の方はどうにもこうにもしようがない、ということだった。

「喪失」が掲載されたのは『中央公論』昭和三十三年十一月号であるが、この「学生作家」のデビュー作は、間髪を入れず、ある新進気鋭の批評家から文芸誌で五頁に渡って論評された。それはすなわち、『新潮』昭和三十四年一月号に載った江藤淳の「新人福田章二を認めない」である。

周知のように当時江藤淳は大江健三郎の文学的同伴者だった。江藤淳の「新人福田章二を認めない」は、作家論である以上に、一つのポレミックであった。江藤淳の福田章二への批判の最大のポイントは、このわずか一時間半程の出来事を、主人公の「私」の綿密な心理描写によって構成して行くプルースト的小説の作者である福田章二が、この作品を創り上げることで何の「行動」も起していないことにある。

作家が意識的に「現実」参加の行動をおこさなければ、彼の計画と「現実」との間の葛藤が生れるわけはなく、「現実」そのものの生じる義理合いもないであろう。「喪失」の作者の「計画」が自己完結的なもので、まるで床の間の置き物のようにチンマリとスタティックにまとまっているのは、作者が実際にはなんの文学的な行動も開始していないからである。

江藤淳は「喪失」を三島由紀夫の「真夏の死」と比較して、「真夏の死」が「現実無視ではなく、現実の拒否によって書かれた作品」(傍点は原文)であるのに対して、「喪失」は無視した作品であると批判している。これは同時期の江藤淳が長編評論『作家は行動する』(講談社、昭和三十四年)で述べている、例えば次のような発言の繰り返しだった(傍点は原文)。

そして志賀直哉、小林秀雄氏らは、現実に負の行動の論理――負の文体を確立しえた人である。文学史家は、彼らにおいて最高の批評があり、最高の小説があるというであろう。しかし、そのような評価は、価値を完全に逆立ちさせている。われわれはむしろ、彼らにおいて文学が完全に圧殺された、ということを証明しなければならない。

(中略)

彼は決して価値をつくりだそうとはせず、価値をあたえようとすらしないのである。このような人間――たとえば小林秀雄氏を「芸術家」と呼ぶとしたら、それは論理的な矛盾を許容することになる。彼はむしろ鑑賞家であり、ディレッタントにすぎない。

やはり同じ頃(『文學界』昭和三十四年六月号)に発表した「吉行淳之介試論」で江藤淳は、吉行淳之介の作家的技量を認めつつ、例えば、ある娼婦との三年間の交渉を描いた吉行淳之介の「娼婦の部屋」(それは『中央公論』昭和三十三年十月号に、すなわち第三回中央公論新人賞の「喪失」が発表された前号に載った作品である)について、「三年という時間の重みがそこにとらえられているわけではない」、「時間の停止した稀薄な世界である」、「雰囲気はあるが現実はない」、「そこでは時間が停止している。そこでの行動は陳腐な儀式に似て来る、これらの場所はスタジオや芝居小屋の舞台のような仮構性をもっている」と批判していた。

つまり、福田章二は、実は、志賀直哉や小林秀雄、吉行淳之介らと並べて批判されていたわけである。江藤淳の「新人福田章二を認めない」はそのような同時代性の中で理解されなければならない。

しかし、とはいうものの、福田章二は、はたして、江藤淳の言うように、「喪失」で、行動していなかったのだろうか。

もちろん、いわゆるアンガージュ、という意味での行動なら、それをしていない。「喪失」の「私」も達夫もそのような行動をとらない。そのきっかけさえみせない。二人共に、言わば、「ディレッタントにすぎない」。けれどディレッタンティズムが一つの行動となり得る時代もあるのではないだろうか（いや、話を先走るのはよそう）。

いわゆるアンガージュ、と私は書いた。それは、「新人福田章二を認めない」の次のような部分に対応するものだ。

> 福田氏はかつて、大江健三郎氏は積極的にengagerして政治的発言をおこなったりしているが、それより前にまだし残されている小さな問題があるはずだ。自分はそっちをやりたい、という意味のことをいったことがある。だが、福田氏はまずこのような錯覚から自由になる必要がある。

この「かつて」というのは不思議なひと言である。

なぜなら、福田章二が「喪失」を発表したのは『中央公論』昭和三十三年十一月号。

そして江藤淳の「新人福田章二を認めない」が載ったのは『新潮』昭和三十四年一月号。

その間、わずか二ヵ月弱しかない。

一体、「かつて」とはいつのことなのだろうか。

江藤淳と福田章二は日比谷高校の先輩後輩として個人的な面識があり、福田章二が「喪失」で作家デビュー以前に、そのような会話が交わされたことがあったのだろうか。

大宅文庫の目録で福田章二（庄司薫）の項目を調べていたら、『週刊読売』昭和三十三年十月二十六日号に、「再びまかり出た学生作家」という記事があることを知った
「0からの出発」という特集の一つであるが、その特集の他の二つの記事のタイトルが「あるサンドイッチマンの人生記録」と「サラリーガール新経営学読本」であることから、中央公論新人賞を受賞した「学生作家」の福田章二が、当時、世間からどのような眼で見られていたかが良くわかる。

そのリード文にはこうある。


今度の第三回中央公論新人賞には、まだ二十一歳の東大生、福田章二君が当選した。芥川賞で話題をまいた大江健三郎氏よりさらに二歳も若い。学生作家では一番の若さではないだろうか。

ピアノが二台、それにテープレコーダー、電蓄など彼の趣味で囲まれた自宅（原文ではここにその自宅の住所が書いてある——引用者注）の応接間で福田君はいくぶんテレながら、またいくぶんテレたふりをしながら、彼の〝生活と意見〟を次のように語った。

そして『週刊読売』記者と福田章二との一問一答がはじまっていくわけであるが、ここで記者の質問に答える軽妙で現代風な福田章二青年は、「喪失」の作者福田章二というよりも、むしろのちの庄司薫のイメージに近い（逆に言えば、このインタビュー記事を先に目にして興味を持ち、「喪失」を読んでみた当時の読者は、そのギャップに驚いたことだろう）。

まず最初の、「新聞記者とのインタビューについて……」という質問に対する答。

ぼくはマスコミ向きじゃないンですね。質問されて、ピタリ、うまく答えるのがテレくさくて……それでラセン状の発言をするンですが……相手はその一部だけを引きぬくので、自分のいいたいことが十分でていないという結果になってしまう……つまりイキが悪いンですよね。

福田章二は記者の質問をはぐらかしているわけではない。かなり誠実に対応している（しかし当時の読者にそれは伝わらなかったかもしれない）。そしてここでポイントとなるのは、「ラセン状の発言」というフレーズである。そのフレーズの持つ強いリアリティーである（だがそのリアリティーが明らかになるのはそれから何年ものちのことだろう）。「好きな作家とか尊敬するひとは……」という質問に対しては、

外国ではフランスの詩人ピエール・ルイス「アフロディット」「ビリティスの歌」なんかい

いですね。日本文学はあまり読まないンです。石原慎太郎さんの「太陽の季節」「完全なる遊戯」なんかスゴク愉快だった。ヤッテくれたネ、ザマアミロって感じでした。

と答え、記者の、「ザマアミロってのは、おとなの社会に対してそう感じたという意味？」という世論代表のような問いかけに、

別にそういう意味じゃなく……なんていったらいいかナ……とにかくいい気持でニヤニヤしちゃった。大江健三郎さんの小説を読んでもやっぱり、ヤッてくれたナと思います。

と言葉を続けている。

ただし、大江健三郎の小説を読んで「ヤッてくれたナ」と思ったものの、その政治的見解に対しては微妙である。だから、記者の、「大江健三郎氏は、さかんに政治的問題について発言しているが、学生運動などについてどう考えていますか」という質問に対しては、こう答えている。

大江さんの見解に対しては賛成なんですが、性格的にぼくなんかイキのいいことがいえないでテレちゃうんです。自分がダンビラを振りかざして……なんてとても……。

ただこうは思ってるンです。学生運動の指導者というか活動家たちが、先に立ってやる例の現状分析というやつ、やれケインズによればどうのとか、マルクスによればああだとかいいま

すが、そのくせ、その連中は、経済の試験で追試なんか食らったりする。チャンチャラおかしいですよ。

「チャンチャラおかしい」と福田章二は、ついベランンメエ口調で言ってしまう。記者の質問に対して「ラセン状」に答えていたはずなのに、ここで福田章二は直線的に、本音を口にする。そしてこのインタビューの中での一番の長い答が続いていく。

ソイツラ、いや、ああいう方々は、オレたちだけで平和を守ってるってな自信で行動してるンでしょうが、あれだけの行動に訴えるには、よほどの自信がなくちゃならない。そんな自信を、ぼく、信じられないンです。ソクラテスじゃないけど、自信がないということを知ってるだけ、自分はエラいンだと思ってます。だから自信のない自分が許す範囲での行動をとればいいんだと考えてます。一度だけ原水爆反対のデモに参加したことがありますが、コワイですねェ。

原水爆反対のスローガンでデモりはじめてから、途中で岸政権打倒などというのがでてくる。これはマズいですよ。要するにベランンメエ口調でいえば、テメエのこともできネェのに〝人間のこと〟がわかったようなツラをしてデモっていいのか、とうことです。

つまりこれが江藤淳が問題にした福田章二の発言であるが（この問答中の、「おこづかいは……」、

「一ヵ月五、六千円ていど。臨時は父の会社へもぐりこんで、せしめてくる。お金はどこからか、なんとなく入ってくるもんですね」というやり取りにも江藤淳はきっと過剰に反応したことだろう)、この『週刊読売』昭和三十三年十月二十六日号に載った発言を、『新潮』昭和三十四年一月号で江藤淳が「かつて」と表記することには、かなりの意図が、文壇の新鋭批評家としての意図がこめられているように思える(それとも、その頃江藤淳のまわりでは、実際、それほどの速さで世の中が動いていたのだろうか)。つまり「新人福田章二を認めない」は一種のためにする批評であったと私は思う。この翌年が例の六〇年安保騒動であり、その運動に江藤淳がコミットしたスタンス(さらにはこの時期を境とする彼の小林秀雄への評価の変化)を読者は思い起してもらいたい。

話を先の福田章二インタビューに戻せば、あのインタビューの中で一つのポイントとなるのは、大江健三郎と自らを比較した、このような発言である。

大江さんはボクと二年しか違いませんが、ずいぶん差があるんです。ボクは戦争というものを全然ハダに感じたことはないンです。

これは最初に引いた東海林さだおの見解とも重なるものであるが、福田章二(庄司薫)は、『狼なんかこわくない』で、自分たちの世代を「ミソッカス」の世代であると述べている。終戦の時に八歳で、戦争の悲惨さを「ミソッカス」として「パス」した世代であると(例えば昭和八年生まれなら終戦の時十二歳で、昭和十年生まれは十歳である。この年の差は微妙であるが、実は違いが大きい。そしてその微妙な違いの大きさは、これからその同時代人が減るにつれて、ますますわかりにくくなって行くだろう)。

そこには、戦争を悪だとし、その戦争による自分の「被害体験」を強調することで自己正当化をはかろうとするオトナへの或る不信感、時には意地悪でよそよそしい「ミソッカス」の目差しが生まれることになる。何故なら、ぼくたちは、戦争体験において「ミソッカス」であるばかりでなく、戦争否定と戦時下における「被害強調」による自己正当化からも「ミソッカス」にされたわけなのだから。

自分より二歳年上の大江健三郎の世代なら戦争を「ハダで感じる」ことができただろう。そしてそれを自己正当化して社会にアンガージュすることが可能であろう、と福田章二は考えた。しかし、自分たち(少なくとも自分)は戦争を「ハダで感じる」ことができない。だから、アンガージュできない。にもかかわらずアンガージュするとしたら、それは自己欺瞞である。不純である。

そのことに対して、福田章二は、先のインタビューで、非常に挑発的な言葉を口にしている。

大江さんのころは学生運動の指導者は、秀才の集まりだったけど、いまの秀才は文学にいって、どちらかというと、できない人が学生運動をやってるンです。

かつては学生運動をすることがアンガージュであったけれども、今は文学をすることこそが、しかも特定のメッセージを発する文学ではなく、文学そのものをすることこそがアンガージュに違いない。そのように福田章二は、「ラセン状」に考えた。そして彼は「喪失」を書いた。

ところで、私は先の疑問を繰り返す。

「新人福田章二を認めない」で江藤淳は、作家福田章二は「喪失」で行動していない、と批判した。もちろん、今も述べたように、いわゆるアンガージュという意味でなら、福田章二は行動していない。

しかし、はたして、福田章二は、「喪失」で行動していなかったのだろうか。

二

さてここで改めて福田章二の「喪失」という作品の内容およびその作品の受容(批評)のされ方について少し詳しく見ておきたい。

「喪失」はある年(たぶん昭和三十二年か三年)の三月末の午後二時からの一時間ほどの出来事を描いたプルースト風の心理(回想)小説である。

その日、「私」は、いとこの啓子の大学合格を祝って、他のいとこたちと九人で、啓子の家で会を開いていた。昼食をとり、啓子の両親が外出したのち、「私」たちは庭に出る。暖かで優しい空気に満ちた春の午後だ。

この九人の中で、固有名性を持って登場するのは、「私」、啓子、達夫、優子、そして信一の五人である。

優子は「私」の恋人であり、信一は小説中の流れの転換点を作る人物であるが、この二人は脇役に過ぎない。

つまり、この小説は「私」と啓子と達夫の三人の心理戦の物語である（ただし、先に述べたように、啓子も、実は、小説中の一風景である）。

優子という恋人がいながら、「私」は、啓子のことが好きで、達夫も啓子に心を寄せている。いや、達夫が啓子に心を寄せているからこそ「私」もまた啓子に関心があるのかもしれない。「私」は常に達夫のことを意識し、啓子は、そういう「私」と達夫の関係の触媒になっている（だから「喪失」は、啓子の側の心理がきちんと描かれていないという批判を受けることになる）。

達夫は六年程前の交通事故で片手と片足に不自由を持つ人間になったものの、服のセンスが良く、文学的な素養にも富んでいて、会話の中でも好んで引用句を使う。

そのあたりのこの小説の導入部について、山本健吉は、『群像』昭和三十三年十二月号の「創作合評」（他のメンバーは荒正人と手塚富雄）で、「これはかいつまんですじを語るということはむずかしいし、だいたいすじといったものを語るような小説ではないので」、と言いつつ、このようにまとめている（「創作合評」の出席者の役割の一つに、その作品の粗筋を手短かに説明する、ということがあって、その点でこの山本健吉の力量はなかなかのものである）。

その達夫が非常に華やかな才能に溢れているように「私」には見えて、その仕草を模倣するとか、あるいは達夫が読んでいる本を自分も追っていって読むとか、そういう一種の崇拝の対象になっていたのです。なぜ優子とそういった仲になったかというと、「私」も達夫と同じように啓子の崇拝者であったわけで、啓子のことについて「私」をからかうような達夫の言葉の端々に、心理的に屈折して、優子にひかれるというよりも、むしろ意識的に優子と遊んだりするというような行動をとっているわけです。

この優子のような役割を持つ女性はこの後福田章二の作品に繰り返し登場することになり、そこにある種の読者は強い反発を感じたわけであるが、それはさておき、ここで、達夫と「私」と啓子との間で一つのゲームが始まる。「私」は射撃の名手で、そんな「私」のことを意識するかのように達夫は、いとこたちを相手にウィルヘルム・テルの話をしている。啓子がデザートのメロンを運んでくる。達夫は「私」の射撃の腕まえを挑発する。

達夫はちょっと微笑んで右手のメロンをちょっと眺めたが、それからさり気なく言った。
「じゃあ、たとえばね。そうだな、誰でも勿論かまわないんだが、そうねたとえば啓子さんね、啓子さんの頭の上にこのメロンを載せたらどうだろう。」
《さあいよいよだ》

私は啓子を見たが、啓子は別に驚いた様子もなく、微笑みながらサッシュをいじっていた。

私はちょっと首をかしげると達夫以上にさり気なく答えた。

「別にどうってことはないな。的が逃げだしたりしなければね。」

誰かが笑った。

《さあ、筋書き通りじゃないか?》私は微笑みながら達夫をじっと見つめた。

これは、啓子の目を意識した達夫の、いや達夫と「私」の心理戦、いわば一種の芝居だった。ところがやはり射撃の腕に自信のある信一の思わぬ介入によって、この芝居が芝居でなくなってしまう。現実になる。その現実を芝居（フィクション）のレベルに達夫は引き戻そうとする（傍点は原文）。

「君や信一君の腕較べに水を差すわけじゃないが、啓子さんの頭の上にって言うのは、勿論たとえばの話だったんだ。」そして彼は啓子を見つめると言った。「啓子さん、あんないたずら小僧の玩具《おもちゃ》になったりなんかしないでしょう?」

ところが啓子の答は、「メロンを射つだけなら、あたしかまわないわ」だった。つまり、この時、芝居が芝居でなくなってしまったのだ。フィクションが（達夫と「私」が共作したフィクションが）現実に重なってしまうのである。

《おっ》

私は思わず声を立てそうになった。《なんて素晴しい答え方だろう》『メロンを射つだけなら、あたしかまわないわ。』か……。私はその啓子の一言で、急に機械仕掛を忘れた人形のように嬉しくなった自分を感じた。

啓子が「私」を信頼していることを、すなわち愛していることを知って「私」は嬉しくなったのだが、その時、「私」が達夫の表情をちらっとうかがったら、「私の心にうかんだ優しい素朴な愛情はあっさりと消えてしまった」。なぜなら、達夫は、そういう私の視線に対して、「明らかに筋肉を操作して微笑もうとしてその結果何かぎごちない歪みを見せた」のだから。

《なんだ。やっぱりそんなに啓子が好きだったんだな》私は、純粋な恋がどうの、牧場《まきば》の乾草がどうのと言った達夫を思い出した。それが今のあの目つき。私はおかしくなった。《なら、さっさと素直に白状すればいいのに》私は、達夫のことをそう思ったのだった。

このあたりの「私」と達夫の心理は複雑であるが、要するに、「私」と達夫は、常日頃からお互いの純粋性を競い合い、その純粋性を争う対象として啓子が選ばれ（彼女はあくまで彼らの純粋性を争う道具にすぎない）、「私」の目にはこの時の達夫の行為が不純なものに——達夫はいつも「純粋な恋」を口にしているにもかかわらず、いやだからこそ――映ったのである。つまりこの時、「私」は、純粋性の勝負において、達夫に勝ったのである。自らが不純、不誠実であることを自覚しているこの一点において「私」は達夫より純粋なのだ。

その勝利はこのあとさらに決定的なものになるのだが、この二人の心理合戦において啓子があくまでも道具、触媒に過ぎないことを次に引く。ポイントとなるのは、もちろん、最後の「《筋書も知らねえくせに、黙れ》」という「私」の内なる声である。

啓子はメロンを持った手をあげると、ちょっと首をかしげるようにしてメロンを頭に載せようとした。私は、そんな啓子の微笑を浮かべた静かな仕種を見て、ふと唇を噛んだ。突然私は、銃を投出して啓子の傍に駆けより、その足元に身を投出したいような衝動を感じた。彼女の白い小さい冷たい足に頬をつけて、そのまま泣きだしてしまいたいようなそんな気持に襲われたのだった。その時啓子が優しい声で言った。

「よく載らないわ。」

誰かが笑った。私もつられてちょっと笑いかけた。が不意にビクッとした。

《筋書も知らねえくせに、黙れ》

先にも述べたように、「私」の達夫への勝利はこのあと決定的なものになる。

すべての準備が整ったら、達夫は「左足をひきずりながら」、猟銃を持つ「私」の方に近づいてきて、「私」の耳元で、「冗談からとんだ駒が出たが、つまらぬ恋のさやあてはやめよう。君の愛と名誉の両立するうまい休戦の方法があるんだ。今のうちに装弾《たま》を抜いて不発だと言うんだ。分るもんか」とささやく。私は無視して引き金をひく。しかし不発だった。すると達夫は「私」を見つめてニヤッと笑った。私はその笑いに皮肉な意味を感じ取る。「なんだ、君はやっぱり装弾《たま》を抜いたんだな」、という意味である。

すると信一が、今度は自分にやらせてくれ、と申し出る。

達夫は先と同じように、今度は信一の方に近づいて行き何事かささやく。

信一はちょっと何か言ったが、それからあっさり笑って腕を叩いた。達夫はなおもしばらくそこに突っ立っていたが、やがて放心したように真蒼に顔を硬くして戻って来た。

「私」の時と同様、不発だった。達夫の説得がきいたのだろうか。

だがそれは信一の言葉によってくつがえされる。信一は言った、「装弾《たま》が駄目なんだ。やっぱり新しいのを作らなくちゃ」、と。その時、達夫が、「やめてくれ!」という悲痛な叫び声と共に、「左足をひきずり、左右に醜く傾きながら」、いちご畑の方に駆け出して行く。

《どうだい》達夫のあのぶざまな駈け方と言ったらないじゃないか。あれで彼は、いちご畑に倒れ込みそれからぶどう棚の下の古い籐椅子に身を投げかけて、肩を顫わせて泣くんだぜ。

傍点は原文であるが、いちご畑といい、ぶどう棚といい、そしてメロンといい、福田章二はこの「喪失」で果実のイメージをとても上手に使っている（ここで使われる果実に対してキリスト教的なアレゴリーまでを読んでしまうのは深読みがすぎるだろうか）。

達夫を追って「私」もまたいちご畑の方に向かって行く。それは達夫の「ぶざまな」姿を確認しに行くわけではなかった。

私はどうしようもない空虚な焦燥で一杯になって、そのまま西の庭へ続く木戸に向った。《まだ遅くないんだ》と私は漠然とそんなことを考えた。そして私はいちご畑の柔らかい乾いた土と藁の上に身を投げたのだった。それは別に何かはっきりした目的を持っていたわけではなかった、それにそんなことはどっちでもいいだろう。何故ならどっちみちただそこ迄だったのだから。

私は、ふと達夫がすすり泣いている気配を微かに感じるや否や、パッと反射的に顔を上げた。いちご畑にはまだ苗も植えてなくて、上にかぶせた藁の間から土が見えていた。植込みや芝生の多い南の庭よりもずっと明るく素朴なあっさりした土の匂いがした。

『狼なんかこわくない』で庄司薫は、「喪失」で福田章二が描こうとしたものについて、このように述べている。

……「純粋」と「誠実」を人間の最高目標として求めようとすれば、そのこと自体で「純粋」と「誠実」を喪失する、ということになってしまう。一生を通じた持久戦の目的として純粋と誠実を考える時、青春のさ中の白兵戦ではただひたすら純粋さと誠実さを失うかに見える、といいかえてもいい。……その場合、競争で敗れ傷ついた方はまだ一種の「救い」があるけれど勝った奴の方はどうにもこうにもしようがない、ということだった。

人が二人集まったならそこですでに権力が派生すると述べたのは『アポカリプス論』のD・H・ロレンスであるが、真に純粋であるにはその権力（競争）構造を自覚しなければならない。つまり力への意志を持たなければならない、ということが福田章二の「喪失」の最大のテーマだった。そして、力への意志を持った競争の勝者には「救い」がない。「どうにもこうにもしようがない」。福田章二の「喪失」は、いわゆる青春小説のようにすがすがしい読後感を読者に持たせない。マイナスの力を与える。

この「マイナスの力」という言葉は、『狼なんかこわくない』の中の、こういう一節から借りてきたものである。

およそ知的フィクションとしての芸術作品には、その「受け手」に対してその「知性」を解放するように働くものと、その「知性」を萎縮させるように働くものとの二つがある。そして、前者こそが社会的に有効なプラスの「力」を持つものであり、後者は、たとえその作品がどんなにすぐれていても、「力」としてはマイナスである。

そして、ではぼくの『喪失』はどうかとなると、これはもう言うまでもなくマイナスにちがいなかった。つまりこの小説は、青春の一つの構造を確かに相当に精密にとらえて分析し、「若さ」というものがそのまっただ中に抱えている問題を克明に提出してはいるけれど、これを読んだ「受け手」は、ちょっとギョッとして考えこむかもしれないが、それによってなにか新たな「力」を与えられてのびやかに知性の翼をひろげるようなことにはならないだろう。

ただし、ここで強調しておきたいのは、たとえマイナスであっても、そこ（「喪失」という作品中）にはたしかに一つの「力」がはたらいていることである。

当時の文学者たちは「喪失」が描こうとしたその「力」をどのように読みといたのだろうか。例えば、先に少し触れた『群像』昭和三十三年十二月号の「創作合評」で山本健吉、荒正人、手塚富雄の三人の文学者たちは、それぞれ、福田章二の早熟な才能に対して一定の評価は与えながら、この小説に、必ずしも肯定的ではない。

荒正人は、

「喪失」という題の意味ですね、作者ははっきり言ってないんですが、もうすこし具体的にいうと、一体どういうことなんでしょう。

と問いかけ、手塚富雄は、

非常に才能もあるし、頭もいいし、文学ずれをしたわれわれには、わかると思うんですが、要するに優等生文学で、私は日本の今の文学がこう優等生ばかりに期待していいのかしらと、そういう疑いをちょっと持ちました。

と語り、山本健吉は、戦前の堀辰雄や川端康成らの心理主義小説とこの作品を比べて、

この心理主義は、いちおう新しいと言えるけれども、あのころのそれは、もっと心理と心理との葛藤はきびきびしていたし、はっきり的確に描かれていたけれど、これはそういう的確さに欠けるような気がする。

と述べている（ただし、当時、文壇きっての新文学の目利きとして知られていた平野謙は、この作品について、毎日新聞の文芸時評で、「うなじのほそいキャシャな骨骼で今後の成長があやぶまれるが」と留保しつつも、「この作者の文学に対する鋭敏な感覚と意識的な計算は偉とするにたる。すくなくとも、これが小説世界の創造というものだ」と高い評価を与えていた）。

しかし、「喪失」の評価の上で決定的な影響を与えたのは、前回も述べたように、『新潮』昭和三

十四年一月号に載った江藤淳の「新人福田章二を認めない」だった。

山本健吉や荒正人や手塚富雄や平野謙は福田章二の遙か年長者であった。つまり彼らの評は、肯定的なものであれ否定的なものであれ、「今どきの若い作家」に対する年長文学者からの評であった。

それに対して江藤淳は福田章二のほぼ同世代だった。

だから江藤淳の評が持つ言葉のリアリティは全然違う（とまわりから受け止められたことだろう）。

「新人福田章二を認めない」の批評（批判）のポイントは次の一節に集約されている。


作家が意識的に「現実」参加の行動をおこさなければ、彼の計画と「現実」との間の葛藤が生れるわけはなく、「現実」そのものが生じる義理合いもないであろう。「喪失」の作者の「計画」が自己完結的なもので、まるで床の間の置き物のようにチンマリとスタティックにまとまっているのは、作者が実際にはなんの文学的な行動も開始していないからである。


ここで江藤淳が口にしている「文学的な行動」とは、ちょうどこの福田章二論と時を同じくして刊行された彼の書き下ろし評論『作家は行動する』（講談社）の「行動」と同義である。

しかし、はたして、その意味で「喪失」は、その作者である福田章二は、「行動」していなかったのであろうか。

なぜなら、他ならぬ『作家は行動する』の中に、次のような一節が登場するからである。

この点で、すくなくとも真の文学者の行動は、当世流行のプラグマティックな社会科学者たちの行動——より正確には非行動——と劃然と区別される必要がある。俗流社会科学者たちの分析はスタティックな分析であって、彼らにとってこの現実は、時間を外側にしめだした日常生活の諸現象にすぎない。

（中略）

さて、そのように作家、詩人、散文家たちが主体的な時間を把握し、自らの行動によって充実した持続をつくりだしていくことに成功したとすると、彼らはまさにその行為によって現実を時間化（主体化）しているということになる。なぜなら、そのとき、彼らは現実の構造を完全に転換させることのできるひとつの視点を獲得したのであるから。

先に私が引用したいくつかの箇所からもわかるように、「喪失」は、このような江藤淳的な文学タームに即しても、「行動」していたのではないだろうか。たとえその「行動」の「力」がマイナスにはたらいていたとしても。

江藤淳の、たぶんにポレミカルであるこの福田章二批判をまともに受け止めたのが福田章二だった。

「新人福田章二を認めない」が載った次の号の『新潮』、すなわち昭和三十四年二月号に「僕ら文学するもの」と題する当時の新人作家たちの座談会が載っている。出席者は河畠修と神崎信一（この二人の作家の名前を私は知らない）と福田章二と山川方夫である。
その座談会で、福田章二は、開口一番、率直に、こう語っている。

本誌の新年号で江藤淳さんにボクの「喪失」（中央公論新人賞）についての批評をしていただきましたが、あれに僕、あるエネルギーを結集しようとする意欲を感じました。で、そのエネルギーをどう把握するのか、ということにとても興味を惹かれたのです。

福田章二は言う。江藤淳の「新人福田章二を認めない」に、「あるエネルギーを結集しようとする意欲を感じました」、と。
そのエネルギーとは何を意味しているのだろうか。
解答は福田章二が『赤頭巾ちゃん気をつけて』の作者庄司薫となってのちの『狼なんかこわくない』の中にある。

つまりぼくにとっては、小説を書くとか書かないとかいったこと以前に、この『喪失』を書くことでぼくがあまりにもはっきりとつかまえたと思った「若さ」をこのぼく自身がどう生きたらいいのか、という問題が改めて目前にはっきりとたち現われたと言ってもいい。つまりさきに言ったように、ぼくが他者を傷つけたり自らもその大切な人間らしい何かを喪失することをこんなにもはっきり知りながらなおも力を欲するとしたら、一体その後始末というか「うめ合せ」は具体的にどうすればいいのか。どうしてくれるんだ。

その「うめ合せ」という一つの行動に小説があると福田章二は考えた。

何故ならぼくは、小説、というより芸術を、いま言った「うめ合せ」の一つの有効な方法、つまりぼくの「力」を社会に還元するための方法の重要な一つとして考えていたのだ。ところが『喪失』という小説は、よりによって、この「うめ合せ」の方法も分らぬまま競争関係の中で傷つけ合う「若さ」をとらえ、その不毛と残酷さを完全に抽出しながら、要するに問題の提示と分析だけに終っているではないか。

作者である福田章二は、一つの行動として「喪失」という作品を書き上げた。

しかしその小説「喪失」は読者に対してマイナスの効果しか持たない作品になってしまった。

ぼくは、小説を書くということをぼくの「力」を社会に還元するための方法、つまり一つの行動として考えていたわけだが、『喪失』を書きあげた結果、ぼくはぼくの小説の「プラス」の効果に疑問を抱き、小説を書くということも含めてぼくがぼくの「力」をどう育てどう使うかという点において、全般的な「判断中止」と「行動力喪失」の状態に陥らざるを得なかったわけだ。

つまり「喪失」の作者福田章二は「行動」するものとしての作家のあり方を、もしかすると江藤淳以上に、真摯に考えていたのである。

三

福田章二の「喪失」は昭和三十三年秋、中央公論社の中央公論新人賞を受賞した。受賞決定の知らせを受けたのは同年九月十五日のことだった。それは皮肉なタイミングだった。東京大学教養学部に通っていた福田章二は、同学部の学生誌『駒場文学』(「喪失」の初稿はその同人誌に載った)のリーダー的存在でありながら、この時、文学部にではなく法学部への進学を決めていた。

つまり彼は文学(小説)からの退却を考えていた。

若さとは一つのエネルギー、「力」にあふれた季節である。可能性に満ちた季節である。逆に言えば、「力」と可能性がありながら、その「力」をどのような可能性にかけ、現実化して行けば良いのかわからない時期である。

現実化という言葉を、『狼なんかこわくない』の庄司薫は、「うめ合せ」という言葉で置き換えている。

一体どうやって「うめ合せ」をつけたらいいか、それよりもほんとに「うめ合せ」ができるのかどうか分らないまま、毎日毎日の白兵戦の中で同年輩の若者を中心とする他者と競争し傷つけ合い、そのことにうんざりしながらいらいらいらしたりしょげかえったりして暮しているところが「青春」の一つの日常的な実態といってもいい。

その「うめ合せ」の方法として福田章二青年は小説を考えていた。

ぼくは、小説、というより芸術を、いま言った「うめ合せ」の一つの有力な方法、つまりぼくの「力」を社会に還元するための方法の重要な一つとして考えていたのだ。

そして実際、福田章二は、「喪失」によって「力」を社会に還元した。つまり、「行動」した。ところが、ここで彼は予想外のことを知った。

小説によって生み出される(放射される)「力」には二種類の「力」があったのである。プラスの「力」とマイナスの「力」とである。

すなわちそれは、その作品を読んだ「その『受け手』に対してその『知性』を解放するように働くものと、その『知性』を萎縮させるように働くものとの二つである」。

この対象的な二つの例に関して、庄司薫は『狼なんかこわくない』で、とても興味深いエピソードを紹介している。

先にも触れたように「喪失」は最初『駒場文学』に発表された。その初稿を書き改めて応募したバージョンによって中央公論新人賞を受賞したのである。

この初稿の一部が『狼なんかこわくない』に引用されている。決定稿とは大幅に違う。

例えば主語が「私」でなく「僕」であることが象徴しているように、のちの『赤頭巾ちゃん気をつけて』を彷彿とさせる口語的な文体である。庄司薫自身が、「全く自由奔放というか好き勝手にあの手この手を使っていて、どういうのか、テーマの深刻さにも拘らず全体にえらく快活で屈託のない明るい感じがする」と述べているように、この初稿版で「喪失」に目を通したなら、読者は、「知性」が解放されるに違いない（もっとも昭和三十三年、すなわち野崎孝訳『ライ麦畑でつかまえて』が刊行される六年も前にあって、そういう「知性」を持った読者はどの程度で存在したか疑問ではあるものの）。

なぜそのオリジナル「喪失」を今残されている形に書き換えたのか、その具体的な理由は明されていない。しかしとにかく福田章二は、「ほんとのこと」を書こうと「坐り直した」。その結果作品は、「全体に精密になり深刻」なものになった。つまり、「私とこのテーマとの関係がより一層高度になった」。

そして、作者である福田章二青年にとってこの改稿が及ぼした「力」はこのように回想されている。

書くということはなんとも不思議な行為なのだ。ぼくは、まだ相当に快活で屈託なく明るい感じの「原型」を書いたあとには、あんなに憂鬱で沈み込むような気持になったのに対し、その憂鬱と深刻さにまさにふさわしいような書き直しをやりとげたら、今度は逆にとたんにお風呂からあがったようにサッパリして、かえって快活さを取り戻すことになったのだった。

改稿によって内容は精密になった。しかし深刻なものにもなった。つまり、作品の受け手の「知性」を解放させるものではなく、むしろ萎縮させるものになった。

クレバーな福田章二はそのことを充分すぎるぐらい自覚していた。

つまりこの小説は、青春の一つの構造を確かに相当に精密にとらえて分析し、「若さ」というものがそのまっただ中に抱えている問題を克明に提出してはいるけれど、これを読んだ「受け手」は、ちょっとギョッとして考えこむかもしれないが、それによってなにか新たな「力」を与えられてのびやかに知性の翼をひろげるようなことにはならないだろう。いやむしろ、特にぼくと同じような若者が読んだ場合には、それまで自分でも漠然と感じていながら、でもはっきりと分析しようとはしないで目をつぶっていたような問題を、無理やり明らさまにつきつけられてうんざりするというか、かえってその自己嫌悪や絶望を拡大させられるように働くのではあるまいか。

聞きのがしてはならないのは、今引いた文章のあとに続く、「これではいけない。もうだめだ」という二つの言葉である。この『狼なんかこわくない』は、それから十二年の歳月を経て回想されているのだが、この二つの言葉には、時の退色を感じさせない強いリアリティがある。「これではいけない、もうだめだ」と二十一歳の福田章二は思った。その思いは三十三歳の庄司薫も同様だ。

だから彼は『狼なんかこわくない』で、こう書いた。

　小説を書くのは怖ろしいことだ、とぼくは、当時はまだかなり漠然としてはいたにしろつくづくと思ったものだった。もっともこれは今でも同じといってよい。小説を書くというのは怖ろしいことだ。もしぼくに十分の力の余裕がない場合には、自分が書いた小説（極端に言えば、ぼくが書いた嘘）が、現実のぼくを動かすことでバランスをとろうとして迫ってくる。言いかえれば、自分によほどの力がない限り小説を書く自分自身を支えきれない、ということが文学には常にあるのだ。

この言葉は昭和五十二（一九七七）年に刊行された『ぼくの大好きな青髭』以降小説家として三十年近い沈黙を守り続けている現在の庄司薫にあてはめてみるとさらに興味深いが、それはさておき。

皮肉なことに福田章二は「喪失」によって中央公論新人賞を受賞してしまった（しかし新人賞に

る)。

応募したという行為には、単なる腕だめしを越えた、何らかの意志の力がはたらいていたはずであ

つまり「作家」になってしまった。

「喪失」で中央公論新人賞を受賞した半年後、一九五九年三月、福田章二は、大学の春休みを利用して、次の小説「封印は花やかに」を書いた。

のちに「要するに一冊の本を作るために必要ということから」(『狼なんかこわくない』)と回想しているが、それは韜晦だろう。本音は、これに続く、「ちょうど一年前に書いた『喪失』のテーマ、そしてそれに基いてぼくを『総退却』に導いたもろもろの決定を一年という時間をおいて再検討するために」という言葉の方に込められているだろう。

「封印は花やかに」は「喪失」の倍以上のボリュームを持っている。

四百字詰め原稿用紙にして約二百五十枚ということは、のちの『赤頭巾ちゃん気をつけて』とほぼ同じくらいの長さである。

「喪失」で若い男女(男二人と女一人)の三角関係が描かれていたように、「封印は花やかに」も男二人と女一人の三角関係が描かれる。しかも、「喪失」同様、ここでも、男二人の純粋合戦――対象へのより純粋な愛がテーマとなっている。

ただし、「喪失」と大いに異なっているのは、この三人が同世代ではなく主人公の「私」は二十歳の大学生で「喪失」の私の延長線上にあるものの、彼のライバルである「叔父」は四十過ぎの中年男である。

「叔父」は三ヵ月前に二十二歳の美しい若妻を迎え、「叔父」の家に同居している「私」も彼女のことを恋している。いや、恋などという生やさしいものではなく、「私」と彼女は関係を持っていた。

　私と叔母は玄関の石段の上に立ったまま叔父が戻ってくるのを待っていた。夜の十時だった。

　これがその小説の書き出しである。季節は夏だ（より正確に言えば、「私」の大学の夏休みがもうすぐ始まろうとする頃）。「私」と「叔父」と「叔母」は友人の家で開かれた小さなパーティーに出席し、戻ってきた所である。「叔父」が車を車庫に入れている間、玄関の前で「私」と「叔母」は二人で待っている。例えばこういう行為をおこないながら。

　私は彼女との接吻にからだを燃え立たせながら、でもこの私達の情熱的な抱擁と接吻は私達の間に今ふと現れた曖昧で苛立たしい何かを省略させる一つの手段なのだということを感じていた。

　その時、こちらに近づいてくる「叔父」の足音が聞えてきた。そして、「私のうちに一つの不逞な衝動が突然湧き上った」。つまり、「叔父の足音に気づいてからだを離そうとした叔母を、私はしっかりと締めつけたのだった」。

しかし「叔父」の足音は途切れ、門の方へ引返して行く姿が見えた。

「叔父」は言った、車のキーを忘れてしまって、ガレージまで取りに戻ったのだ、と。

本当だろうか。

抱擁する二人の姿を見止め（のちにまた触れるように、二人の関係は既に人びとの噂になっていた）、けれど、あえてその事実に触れたくなかったので、キーを忘れたことを理由に、「叔父」は門の方へ引返して行ったのではなかろうか。

だとしたなら、それは不純だ。

「私」はそういう不純をゆるせない。そしてそのような不純な人間に美しく純粋な「叔母」を愛してもらいたくない。

だから「私」は「叔母」のことを強く愛する。

つまり「私」の「叔母」に対する愛は純粋である。

そのことを見抜いているもう一人の「私」がいる。

「私」の大学の友人である「私」だ（以下、こちらの「私」は『私』と表記する）。

「封印は花やかに」は「喪失」よりも複雑な（重層的な）構造を持っている。奇数章の主人公（主語）が「私」であり、偶数章のそれが『私』であり、その「私」と『私』の章が交互に描かれて行く。

『私』が主語の第二章はこのように書き始められる（最初に言及される「槇夫」とはもちろん

「私」のことである)。

槇夫と小泉氏夫妻が帰ってしまうと客達はその関心の一致した対象を見失ってしまう。人々は陽気に飲み始める。槇夫の演技に見事してやられた彼等は、その期待を裏切られたという失望を隠すために一層うがった解釈を求めている。彼等の口から、罪悪感だとか、善悪の観念だとか、本質的な残酷さだとか、計画性だとかいった言葉がさかんに囁かれている。私は少しおかしくなる。彼等は槇夫の演技に眩惑されて、この小泉一家の三角関係の最も肝要な点、槇夫が心から小泉夫人を恋しているという最も単純で本質的な基点を忘れているのだ。

「私」の観察者である『私』も、その夜のパーティーに出席し、パーティーの場での「私」の快活なふるまい(大人たちはそれに様々な感想を述べ合っている)をこのように「解釈」する。

私の解釈が最も正確であるということは私にとって何よりも大切だ。何故なら、今夜の彼のあの優しく陽気な態度は私が既に予想していたところだったから。彼が、その小泉夫人に対する純粋で素朴な恋が小泉氏のあの卑劣で虚栄心に満ちた策略のうちに次第に複雑さの中に拡散して失われていきそうな苛立ちを隠すために、却ってあのような優しく陽気な態度をとるだろうということは既に私の予想していたことだ。

観察者、と先に書いたように、『私』の独白は、さらにこのように続いて行く。

そして私は、彼がこのように必要以上に過剰な演技で隠さねばならなかったところに彼の苛立ちがようやく飽和点に達しようとしていることを感じ、そこで彼がどのような飛躍を行わねばならぬかを待ちうけるのだ。

『私』は彼が「飛躍」を行なう瞬間を今か今かと待ち受けている。つまり、彼が叫び声を上げる瞬間を。その声を耳に出来た時、『私』の「解釈」の正しさがいよいよ証明され、『私』は彼に勝利する。

もし今度の恋に於て、彼がその複雑で魅惑的な怠惰をついに振棄てて或る単純な叫びをあげる時、私はまだ叫ばずにいるこの私を彼から隔てるその何かに親しみあるそして若干の誇りを籠めた挨拶を送り、又彼に対して、実験者が実験材料を前にして持つような優しい誇りを持つことが出来るだろう、と。

この『私』と「私」の関係は、「喪失」における「私」と「達夫」の関係に似ている。実は「封印は花やかに」の中心テーマは「私」と「叔父」と「叔母」の三角関係ではなく（そちらはむしろサブテーマに過ぎない）、「私」と『私』の関係性、すなわち「私」を観察する『私』と、その観察から下される解釈を越えるような行動をとる「私」の方にある。「封印は花やかに」はそういう心理小説である（『私』と「叔母」は何の関係性も持たないから、その点で、「喪失」の描く世界とは異なる。ただし『私』は「私」の「叔父」にある決定的な心理的影響を与える）。
この「私」と『私』の関係について庄司薫は『狼なんかこわくない』でこのように述べている（ここに登場する「帳をちぎった男の話」とは「喪失」に先立つ短篇小説のタイトルである）。

奇数章の「私」とは、「蝶をちぎった男の話」の「私」と「喪失」における競争相手「達夫」を兼ねるような位置を占めるものであり、偶数章の「私」とは、「喪失」の「私」と「蝶をちぎった男の話」「喪失」という二つの小説を書きそして「総退却」したこの「ぼく自身」、とを兼ねるような性格を持つ。そしてこの二つの「私」がフーガのように交互に一人称で語り継ぐという構成によって、「蝶をちぎった男の話」と「喪失」を総合すると同時に、この二つを書いたあげく「総退却」するに至ったぼく自身をも再認識し、そして、そのすべてを一挙に封印してしまうことによって、「そこから自由に」なったぼく自身を確立する手がかりを見つけよう……。

つまり、自分自身を「客体化」することがこの小説の目的だったと庄司薫は言う。
「蝶をちぎった男の話」と「喪失」において、ぼくはぼくにとっていわば永遠の「青春の構造」と思われたもの、そしてそのまっただ中で生きるぼく自身の問題について書いたのだが、今度はその二つの作品を書いた自分自身をも客体化して見つめること、具体的に言えば、二つの作品を書くことといわば刺し違えるような格好で小説をやめて「総退却」した、「若々しさのまっただ中」のぼく自身の現実の生き方自体をも客体化して確認すること、を目的としたのだった。

そのために「私」と『私』という二人の私を交互に登場させることを必要としたのだ。対象を「客体化」すれば良いのなら、普通、三人称小説が考えられる。

でもぼくとしては、ぼくがこれまで焦点を合わせてきた二人の「私」(そして達夫)を、「彼」という小説作法上ではごく自然な三人称で客体化するよりは、不自然で奇妙ではあってもみんな「私」にしてしまって、それこそ「私」の問題、ほかならぬこの「ぼく自身」ののっぴきならぬ問題として客体化することの方を選びたいと思わざるを得なかったのだ。

その「客体化」の成功例が「封印は花やかに」の第二章に登場する。『私』の独白の、先に引いた箇所に続く部分である。

『私』は彼(=「私」)が「飛躍」を行なう瞬間を待っている。つまり「私」が叫び声を上げる時を、さらに言えば「行動」を起す時を、待っている。

『私』はこのように独白する。

つまり決して叫ばないこと、これこそ私達の時代を最も見事に象徴するための一つの細やかな命題だ。私達はこの時代を英雄的に象徴する典型に絶対になり得ないという苛立たしい緩慢さに耐えていくというところに逆にこの時代の象徴的な性格を認めねばならない。私達は言わば言葉の裏側の世界に追いやられているようなものだ。絶対に野心を持たないという野心、何事にも徹底しないという徹底の仕方、危機意識を持たないという危機意識等々……。こういったことは全て馬鹿気た言葉の操作のあとの、漠然とした空々しさを醸し出す。だが、それに苛立って叫んではいけない。ほら、よく言うではないか、大きな声の持主には精緻な問題は考えられぬものだ、と。

こういう『私』の内省は、「喪失」に対して、アンガージュしていない（非行動的である）と批判した江藤淳の「新人福田章二を認めない」への一つの回答となっている。

話を「封印は花やかに」のストーリーそのものに戻そう。

パーティーから帰ってきたあとの「叔父」の家の一階の居間で三人は、「叔父」の出張旅行の話をしている（その前に、二階の「叔母」の部屋で、服を着替えようとする「叔母」と「私」は愛撫を交していたりしたのだが）。もうすぐ大学の夏休みが始まり、「私」は実家に戻る予定だったのだが、「叔父」は「私」に、その予定を三日間ほど延して、この家で「叔母」と二人で留守番していてくれれば「心強いのだが」と言った。それは「叔父」の「心理的駆引」のように思えた。つまり、あくまで「私」と「叔母」との関係に気づかぬふりをしているのだ、と。

その時『私』と『私』の「伯母」が彼らの家を訪れる。実は『私』の家は「叔父」の家の隣りであり、パーティーが終わったあとでドライブを楽しんでいた『私』と「伯母」は、ふと思いついて（もちろん『私』は「叔父」たちの三角関係を観察したくて）、もう十一時近かったけれど、「叔父」の家に立ち寄ってみたのである（『私』と「叔父」＝「小泉氏」はそれぐらい親しい間柄でもあった）。

『私』たちがやって来たら、また「叔父」の旅行の話題になった。

「このお暑いのに、では大変ですのね。」と伯母は精一杯の同情を示している。「奥様まで捲添で……」

「いいえ、私は……」とその時、小泉夫人は小娘のように当惑する。

「ああ、瑤子は連れて行かないのですよ。何しろ仕事が詰っていますから。」と小泉氏は微笑みながら話を引取るが、伯母は何かにぶつかりでもしたように目ばたきをする。私はふとこれも余計なことだとは思いながら、助け舟を出す。

「ほんとにこの暑さじゃ大変だ。」

小泉氏は私を見て微笑むが、その微笑は一瞬、私の意図を探るような表情の中に隠れる。

そして差しさわりのないやり取りが続いたのち、「私」が、ある緊張を破るかのように、「叔父」に向って、「叔父さま、今夜も睡眠薬をお使いになりますか?」と口にする。「小泉夫人」=「叔母」は、「ちょっと眉を上げるようにして曖昧な不安の表情」をうかべる。一方、「叔父」は、穏やかに、「そうだね。こう暑くてはね。」と答える。さらに、皆に向って笑いながら、「毎年暑くなるとなかなか寝つけなくなる」などと言葉を続ける。

伯母は何かに気づいたように、重大な場面に居合わせた証人のあの重々しく気の弱い様子をしている。私は少しうんざりしながら、再び陽気な調子で助け舟を出す。
「うちの母なんかも時々使っているようですよ。母はバラミンですけれど。」
私達はそれから暫く、睡眠薬の効能についてしゃべり始める。旅行の話の時は助け舟を出した私を少し不安そうに見つめた彼も、今は、明らかに私の意識的な助け舟を知って、感謝の表情を浮かべている。話の出来るのは君だけだね。私達は或る眼差を交す。

ここで話題に登った「睡眠薬」が小説のクライマックスで重要な意味を持ってくるのだが、その時、水槽の近くにいた「槙夫」=「私」が、「小泉夫人」の大切にしていた一匹の美しい熱帯魚を静かに手でつかまえ、「暫くして手を引上げ」、「その熱帯魚は急に水面で浮かび上ってしまった」姿を『私』は見逃さなかった。たぶん『私』以外の誰もそのことに気づいていないだろう(いや、「小泉氏」は気づいていたかもしれない。にもかかわらず、例によって、気づかないふりをしているのかもしれない)。

『私』は心の中でつぶやいた。「これは一種の叫び声ではないか」、と。

そして家に帰った『私』は、「槇夫」宛の長い手紙をしたためる。その「叫び声」を明確にさせるための行動を。それが『私』にとっての「行動」なのである。

僕は君の中に、小泉さんとの心理的駆引のうちにいつの間にか君の恋の純粋さが歪められ見失われていくのに気づいて苛立つ、多くの衝動の周期を見つけた。

(中略)

でも君達は駈落するのではないかという僕の考えは変らない。僕は今夜、小泉さんがまるで君達の恋を全く知らないかのように二人を残して旅行に出かけることを知り、同時に、熱帯魚を握り潰すような馬鹿気た真似を君にさせた君の抑えきれぬ苛立ちを見つけた。そうなのだ。君には、彼の寛大さによって与えられた何日間かに便乗するような恋は耐えられないのだ。

書き終えたあとで『私』は再び隣りの家に忍び込み、二階の「槇夫」の部屋のドアを開け、「死んだように寝入っている」彼に気づかれぬように、ドアの後ろの椅子の上にその手紙を置いてくる。

ここで第I部が終わり、続く第II部から物語が大きく動きはじめる。

「私」は「叔母」との駆落ちを決意する。『私』の計画通りである。

しかし、実は「私」は『私』の手紙を読んでいなかったのである。つまり、駆落ちは「私」の意志によるものだった。

「手紙ってなんだ？」と彼は、私が突然秘かな惧れを抱いた通りに、意外そうに訊き返す。

私は怖ろしい不安の中で、なおも暫く彼の表情を探る。

「何を言っているんだ……」

だが私は言葉を続けることが出来ない。彼はもしかするとほんとうにあの手紙を読んではいないのかも知れない。そうすると……。そうすると……。私は私を支えていた全てが崩れていってしまうのを感じる。


手紙を読んだのは「叔父」だった。『私』の観察に気づき、『私』や「私」に幾つかの「小細工」を行なった「叔父」だった。「小細工」という言葉は、手紙を読まれたことを知った『私』が「叔父」に向って投げかけたこういう台詞から借用したものである。「あなたがこれ程迄卑劣な方だとは思いませんでした。もっとも、あの手紙をお読みになったなら改めて言うこともないでしょうが。あなたは卑劣な小細工をなさる」。そしてさらに『私』は「叔父」を問い詰めて行くのだが……。

彼は静かに笑いながら快活に言う。

「君の洞察はなかなか素晴しかったけれど、君が一つだけ忘れていることがあったね。僕が心から瑤子を愛していたということを。」

私はふと胸を衝かれて立ちすくむ。だが彼はそう言うと、再び静かに目を伏せてしまう。私は駆出しそうな私を抑えて、ゆっくりとくぐり戸に向う。

心から彼女を愛していたことを証明するかのように、「叔父」は、若い二人が駆落ちに向かおうとする深夜（早朝）、致死量の睡眠薬を飲む。

『狼なんかこわくない』で庄司薫は、「封印は花やかに」という小説で「封印したつもりの」ものは、「これが実は『愛』だった」と述べている。「愛」とはつまり「他者への愛」である。

もちろん、愛したいと願うこと、そしてほんの短い或る瞬間だけ愛することとは、これは誰にでもできる簡単なことだ。ところが、いったんその「持続」をはかる時、「他者への愛」を持続させようと考える時、そのとたんにわれわれはこんなにも難しいものはないということに気づく。何故なら、この「持続」させるという前提に立つ場合、「他者への愛」は人類にとって最高の贅沢品といってもいいと思われるほどの「力」の裏付けを要求するのであって、そしてもしぼくにその「力」の裏付けがない場合には、結局自らの破滅を招き、たちまち愛することも終りを告げざるを得ないのは明らかなのだから。

「封印は花やかに」が『中央公論』小説特集号に掲載されるのと相い前後して、昭和三十四（一九五九）年春、福田章二は東京大学法学部に進学し、作家としての筆を捨てる（作品集『喪失』は同年秋に刊行される）。

彼が庄司薫として『赤頭巾ちゃん気をつけて』で復活するのは丁度その十年後の昭和四十四年のことである。

例えば『バクの飼主めざして』の講談社文庫版の巻末に載っている「自筆年譜」を見てもそのように記されている。

私もずっとそのように信じていた。

だから半年ほど前に、偶然、『文學界』一九六〇年七月号に福田章二の「軽やかに開幕」という中篇小説（「喪失」よりは長く、「封印は花やかに」よりは短い作品）を発見した時は驚いた（六〇年安保の渦中に出たこの『文學界』一九六〇年七月号には、他に、寺山修司の戯曲「血は立ったまま眠っている」や石原慎太郎の連載小説「日本零年」が載っている）。

「封印は花やかに」でまさに小説に封印をしてしまった福田章二にこのような秘密の作品があったことを知って驚いたのである。

すぐに一読した。

作品の構成は「封印は花やかに」ほど複雑ではなく、一つの時制と話体で物語が展開して行く。

しかし描かれるテーマ――「僕」と「叔父」と「叔父の恋人」との三角関係――は似ている（ただし「封印は花やかに」の「叔父」が四十過ぎであったのに対し、「軽やかに開幕」の「叔父」は「僕」と九歳違いの二十八歳という若さである）。実際、この作品の「僕」も、さあ、これは又とない機会なんだ。彼の仮面をはぎとり、その下にある愛に充ちた善意と弱さをむき出しにしてしまうための。

などという独白を行なう。

だが、「封印は花やかに」と大きく異なっているのは、この作品の「叔父」と「恋人」は結局元のさやに収まり、二人は結婚してしまうことだ。

その点でこの「軽やかに開幕」は、むしろ、「封印は花やかに」の前日譚とも言える。ただし、それは、この作品の最後のこういう一節をどのように受け取るかによる。

女は僕を遠くから見かけると目を伏せた。僕は一瞬脚が震え、そして胸元に熱ぽい何かがこみ上げてくるのを感じた。だが僕は、そんな僕を揶揄し叱りつけた。そして次の瞬間には、僕は既にお祝いの言葉を言うために彼女の方に真直に歩いていた。

これは「封印は花やかに」で描かれる世界に先立つ光景なのだろうか。それとも、この「真直に歩いていた」という結びのひと言は、その先へと進む何らかの「行動」への決意表明なのだろうか。

あきらかなことは、六〇年安保の渦中に発表されたこの作品が福田章二の本当の最後の小説であり、のちに庄司薫が作成した「自筆年譜」からは削除されていることだ。たぶんその削除は確信犯的であろうが、今の私にその謎はまだわからない。

庄司薫『ぼくの大好きな青髭』

『ぼくの大好きな青髭』新潮文庫　二〇一二・六

私は庄司薫の愛読者であり、編集者（になれなかった男）であり、年少の友人でもある（私は庄司薫が本名の福田章二で中央公論新人賞を受賞した年昭和三十三年に生まれた——つまり私と庄司薫は二十一歳年が離れている）。

愛読者であるから私は庄司薫の「赤・白・黒・青」四部作をすべて読んでいる（愛読者であっても四部作を通読している人はその前三部を読んでいる人の半分ぐらいしかいないのではないか——その理由は後述）。

『ぼくの大好きな青髭』を読んだのはちょうど十年振りだ。

十年前（二〇〇二年）の十月、中公文庫から四部作の改版が刊行された（その二年前、二〇〇二年のやはり十月にはかつて講談社文庫に入っていた『バクの飼主めざして』が中公文庫に収録されていた）。

『週刊文春』で連載している「文庫本を狙え！」で私はこう書いている（『文庫本福袋』文藝春秋、

二〇〇四年に収録）。

四部作の前三部とはちょっと間があいて『青髭』が刊行されたのは一九七七年夏。すぐに神保町のパチンコ人生劇場で入手し、あっという間に（しかし頁が進むのを惜しみながら）読了した私は、感動した。一九六九年七月の新宿の熱い一日を描いた作品を、八年ものちに読んでも、少しも古びた感じがしなかった。それは私が、主人公の薫クンと同じ年頃の浪人生だったからだろうか。

ところが二十五年振りで再読しても、やはり、強く心を動かされた。

それからさらに十年。もうすぐ五十四歳になる私は、「やはり、強く心を動かされた」。しかもその間に私は似たようなテーマと構造を持つ『1Q84』を読んだが、その大長篇小説の仰々しさに比べて『ぼくの大好きな青髭』の方がずっと純文学的完成度が高いことを確認した。

先に引いた文章で私は、「ちょっと間があいて」と書いている（それが前三部に比べて四部作を完読した人は少ない――もちろんベストセラーではあったが比較の問題として――と述べた理由だ）。

「赤頭巾ちゃん気をつけて」が『中央公論』に一挙掲載されたのは昭和四十四（一九六九）年五月号。それが第六十一回芥川賞を受賞し、単行本として刊行されたのは同年八月。そしてその年の『中央公論』の八、九、十月号に「さよなら怪傑黒頭巾」が連載され、単行本になるのが十一月。

翌昭和四十五（一九七〇）年新年号から六回に渡って『中央公論』に「白鳥の歌なんか歌えない」が連載される（単行本化は昭和四十六年二月）。

この連作の主人公である庄司薫は一九六九年春に都立日比谷高校を卒業し、東京大学の入試中止のあおりを受け手浪人を余儀なくされた青年だが、この連作は現実世界とほぼリアルタイムで時が進んで行くのだ。そのタイムラグはせいぜい一年（いや数ヵ月）に過ぎない。

ところが「ぼくの大好きな青髭」の連載が『中央公論』で始まったのは昭和五十年新年号からだ。連載は二十四回に渡り、単行本になったのは昭和五十二年七月。

つまり『白鳥の歌なんか歌えない』から『ぼくの大好きな青髭』まで六年以上の時間が経っているのだ。

この違いは大きい。昭和五十二（一九七七）年には薫クン世代（一九五〇年生まれ）が二十七歳、そろそろ社会人慣れしていたはずだから（学生時代に三部作を読んだサラリーマンの何割ぐらいが『ぼくの大好きな青髭』を手にしただろう）。『白鳥の歌なんか歌えない』が刊行された昭和四十六年二月に小学六年生だった私が『ぼくの大好きな青髭』の時には薫クンと同じ年の浪人生になっているのだ。

いや、それだけではない。

私たちは、その間に起きた事を知ってしまっていた。

その事を述べる前に、ここで改めて時代を振り返ってみよう。

警視庁の機動隊によって東大本郷キャンパスの安田講堂に立て籠っていた学生が排除されたのは

昭和四十四（一九六九）年一月十九日。翌一月二十日にその年の東大入試中止が正式決定される。

十九歳の少年永山則夫が連続ピストル射殺事件の容疑で逮捕されたのが四月七日。

三島由紀夫と東大全共闘の学生と駒場の東大教養学部九〇〇番教室で「対決」したのは五月十三日。

六月十日、日本のGDP（国民総生産）世界第二位が発表される。いわゆる「いざなぎ景気」だ。

そして七月二十日、アポロ11号が月面着陸に成功する。

『ぼくの大好きな青髭』はその日の新宿を舞台とした小説だが、当時の事を記した年譜（『昭和二万日の記録』講談社）で見逃せないのはその前日（七月十九日）のこういう一節だ。「警視庁、新宿西口地下広場のフォークソング集会を『通路』を理由に規制」。

この年二月下旬からいわゆるべ平連の若者が中心となって毎週土曜日の夜、新宿駅西口地下広場でフォークソング集会が開かれ、五月二十四日には三千人を超える若者が参集した。その集会が七月十九日をもって禁止になったのだ。

翌七月二十日、日曜日がアポロ11号の月面着陸で、『ぼくの大好きな青髭』はその日の新宿の、「うねるような人波と熱気がちょうど淀んで渦を巻く感じになる紀伊國屋前」の様子が描かれるが、ここで注意しておきたいのは当時はまだ「歩行者天国」が実施されていないことだ（それが始まるのは翌年夏）。

それでは一九六九年夏から「ぼくの大好きな青髭」が『中央公論』で連載の始まる一九七五年までに起きた「その事」について語りたい。それはもちろん「よど号」ハイジャック事件であったり三島由紀夫事件であったり成田新空港をめぐる三里塚闘争であったりするのだが、最大の「その事」は連合赤軍事件である。
連合赤軍事件が起きた時、庄司薫は栄養失調になった。
エッセイ集『バクの飼主めざして』（講談社、一九七三年）の「序文　バクの飼主めざして」で庄司薫は作家というのはバクと同様に「夢を食べる」作業を行ない続けると述べたあと、こう言う。

ところでぼくの栄養失調の原因は、小説を書くという「夢を食べる」作業のせいばかりでなく、直接的には連合赤軍のせいだったのかもしれない。ぼくは、例の一連の連合赤軍事件にすっかり心を奪われ、それこそごはんを食べるのも忘れるほどだったのだ。

もちろん連合赤軍事件はきわめて衝撃的な事件だった（十四歳だった私も衝撃を受けた一人だ）。
しかし庄司薫の受けた衝撃はもっと切実なものだった。

たとえば、浅間山荘で最後まで抵抗した吉野雅邦と処刑された山崎順は、ぼくの日比谷高校の後輩だった。それも、ただ後輩というだけでなく、山崎順は、ぼくの『赤頭巾ちゃん気をつけて』以下の連作の主人公「薫」のまさに同級生であり、吉野雅邦は三年先輩に当るはずだった。

（中略）

さらに、およそ小説というものがなんらかの形で常に作者自身の経験であるという意味で、もし「薫」をぼくと考えれば、そう、十余年という時間をへだてながらも、ぼくはたちまち数多くのぼくの山崎順、ぼくの吉野雅邦をまざまざと思いうかべる。

（中略）

バクとは、悪い夢を食べることによって人々の安らかな眠りを守る動物と伝えられるわけだが、彼等はまさに、少なくとも主観的には「社会のために身を犠牲にして」バクになり、同時代を生きるぼくたちの悪夢をひたすら食べ続けていたのではあるまいか。そしてその結果、消化不良を起し栄養失調に陥った。それも肉体だけでなく、いわば魂の栄養失調とでもいうべき状態にいつの間にか追い詰められていき、気づいた時には、「社会のために」という他者肯定を目ざす最初の夢とは正反対の、他者否定、社会否定そして人間否定へとのめりこんでいた……。

先にも述べたように私は『ぼくの大好きな青髭』に十九歳（一九七七年）の夏に出会った。御茶ノ水の予備校に通う駅前ではビラをくばるヘルメット姿の学生たちがいたが、内ゲバが日常化し、その予備校で東大をはじめとする一流大学を目指す若者たちは急速に政治（イデオロギー）離れしていった（それに変るものとして精神世界が浮上していったがオウム事件が起きることを彼らはまだ知るよしもない）。

そういう時に私は『ぼくの大好きな青髭』に出会い、主人公薫の同級生高橋の自殺未遂を記事に

しようとする週刊誌記者（実は彼の方が一九七七年当時にあっては薫クン世代に近い）の、

「なんていうのかな、要するに若者がね、その青春という限られた時期に短期決戦で世界を動かすという種類の試みが、このたった今、最終的に敗北しつつある、ということなんだろうね。ということは、あとは言ってみれば、誰にとっても年甲斐もない馬鹿騒ぎ、といった感じの長い人生が残るということになる」

であるとか、

「二十歳前後の時期に、われわれはよく枝の部分のような一直線の他者救済に走る。そして挫折したあとは葉っぱの部分になって、われわれと同じようにうかつな他者救済はヤバイゾと説得する形での他者救済を試みる」

であるとか、

「真面目な十字架をかついだ人々の間には、どっちがこの世界に対して真剣であるかを争う激烈な競争がありますが、われわれの間では、どっちがより深くこの世界に絶望しているか、どっちがより深刻に、いや、言ってみれば真剣に不真面目に徹し切れるか、という競争が激化するというわけです」

と言った言葉（メッセージ）を、深く受け止めたのだ。
そのメッセージと共に私は二十代つまり青春時代を生き抜いた。
十九歳の時に『ぼくの大好きな青髭』に出会えた私は幸福だった。

第4章
雑誌好き

『文藝春秋』新年号に時代を読む

文藝春秋　二〇一三・二

『文藝春秋』の周年号

大正十二（一九二三）年一月号創刊の『文藝春秋』が九十周年を迎えた。

それに合わせて九十周年記念号を二号立て続けで刊行することになったから、文春小僧、文春青年を経て文春中年になったツボウチさんも何か一本原稿を、と頼まれて困ってしまった。

五十周年や六十周年あるいは八十周年ならともかく、九十周年というのは中途半端ではないか。

十年後の文春百周年はもちろん、三十年後の文春百二十周年の時だって私は文春古老として何か執筆したい。

しかしとは言え元文春小僧で来るべき文春古老だ。九十周年記念号の目次にも名を残さなければ。

そこで考えた。

文春の九十周年を十年ごとに振り返ってみればどうか。

最初に述べたように『文藝春秋』の創刊は大正十二年一月。

その年の九月一日に関東大震災が起きる。

大正はまだそれから三年続くが、関東大震災によって時代は大きく変った。つまりそれ以前、それ以降に分けられる。

『文藝春秋』は「それ以降」の雑誌だ。

「それ以前」の雑誌に例えば『中央公論』や今はなき博文館の総合誌『太陽』がある。

しかも、「それ以降」でありながら改造社の総合誌『改造』は疾《と》うに廃刊した。

それを思うと『文藝春秋』が九十年経った今も総合誌、国民誌としてキープオンしていることは凄いことだと思う（『改造』の名前を出したが、今から三十年ほど前、大学生だった私に、当時ダイヤモンド社の社長だった父が、『改造』の権利を持っている人間がやって来てその権利を買わないかと言ってるんだけど『改造』の復刊おまえはどう思う？　と尋ね、私は、絶対やめた方がいい、オレは特殊人間だから『改造』のこと知っているけれどオレの同級生で読書家と言われるやつだって『改造』に反応するやつは一人もいないよ、と答えたことがある）。

九十年を十年ごとに、ということは十周年、二十周年、三十周年……と見て行くのだ。

その時ごとにそれを記念する特集が組まれていたはずだと思って、『文藝春秋七十年史［資料篇］』を、つまり『文藝春秋』の創刊から平成三（一九九一）年十二月号までに至る総目次を眺めて行った。

すると昭和七（一九三二）年一月号が「十周年記念新年特別号」だった。それから昭和十七年一月号の巻頭には菊池寛の「発刊二十周年の辞」が載っている。

この二つの号を見てもわかるように、当時の「周年」の数え方は満《まん》ではなくて数《かぞ》えだった。

戦前は人の年齢も満ではなく数えで言ったからその慣例に従っているのかと思ったが、『文藝春秋』昭和二十七（一九五二）年四月号が「創刊三十年記念号」であるし、昭和三十七年二月号が「創刊四十年記念特別号」、さらに昭和四十七年二月号が「創刊五〇周年記念特別号」といった具合に、戦後も相変らず数えでカウントしている。

だからここはあえて満で行こう。

しかもその方が特別の記念号ではないから、かえって、その時々の時代相が反映されているはずだ。

ということで、これから、昭和八（一九三三）年一月号、昭和十八年一月号、昭和二十八年一月号、昭和三十八年一月号、昭和四十八年一月号、昭和五十八年一月号、そして平成五（一九九三）年一月号、平成十五年一月号の誌面を眺めて行く。

総合誌と時代の風――昭和八年一月号

良く知られているように創刊時の『文藝春秋』は総合誌や文芸誌ではなく随筆誌だった。

大正末から昭和の初めにかけては新聞小説を中心に大衆小説が大きな力を持って行くが、一方で随筆文学もブームとなる。

愛書家で出版研究家でもあった斎藤昌三は『閑板　書国巡礼記』（書物展望社、昭和八年／平凡社東洋文庫、平成十年）で、「仮りに娯楽的な読み物の読者層を、玄人と素人との二つに大別できるとしたら、大衆的な小説類は素人層の読者に属し、それらに少し喰い足らなくなって来た者は随筆ものに走る。これを読者層の玄人とも云えよう」と述べたあと、こう言葉を続けている。「近頃の作品に、芸術的な作品よりは大衆小説の歓迎されるのは素人筋の拡大で、一面には中々優れた随筆がよく出るようになったのは、玄人読者層の進展と見る」。

そのような随筆ブームの中で創刊された『文藝春秋』は創刊直後から「創作」欄はあったものの、それは超短篇中心で半ば随筆小説と呼べるものであり、本格的な小説が載るのは昭和に入る頃だ。『文藝春秋』の名物に座談会があった。その始まりは昭和二年三月号の「徳富蘇峰氏座談会」だが目次での扱いは小さい。

その扱いが大きなものになるのは翌四月号の「後藤新平子座談会」からだが、またその号から『文藝春秋』は総合誌の体を成して行く。

総合誌になったということは、すなわち時代の風に敏感に反応するということでもある。「時代の風」、満洲事変が始まり、いわゆる十五年戦争に突入して行くのは昭和六年のことだ。

さて昭和八年一月号。

四百頁を越えるその号（ちなみに十年前に出た創刊号の本文は僅か二十八頁）の五十一頁に自社広告のような記事が載っている。

その見出しはこうだ。

「文藝春秋社特派員　新満洲国へ！」

東京日日新聞（現毎日新聞）の名物記者だった平野零児（本名嶺夫）が文藝春秋の特派員として満洲に派遣され、そのレポートが今後随時『文藝春秋』と『オール讀物』に掲載されるというのだ（小説家および随筆家としての平野零児のことは良く知っていていてその著書も持っているが彼が文藝春秋の満洲特派員だったことは今回初めて知った）。

「出発に際して」という一文で平野嶺夫はこう書いている。

私は、昨年の事変の際も、従軍記者として、貨物列車や軍用列車で、全満の各地を飛び歩いて、我が将卒と共に戦塵のなかで、匆忙の日を送つた。それはまるで悪夢のやうな思出となつてゐる。

一年有半の後私は再び出かける、今度は静かに戦士達の勇奮の跡を葬ひ、又建国の意気高き新満洲国の要人達と逢ふのも念願だ。新首都新京の繁華も見たい。新らしく送られた第一の移民の様子も見たい。更に川崎大尉等の悲憤の跡も早く伝へたい。大尉は私とは同郷の人だ。昨年のやうに、飛行機で私は飛んで行く……。

ここで見逃していけないのは、「まるで悪夢のやうな思出となつてゐる」というリベラルな一節だ。

そしてリベラルといえば当時の『文藝春秋』には「文藝春秋」というコラム（五〜六行から十数

行に至る短文が二十本）の他に「社会春秋」というコラムもあって、その内の一本の全文を引く。

フーヴァ景気をうたはれたフーヴァ大統領が、世界不景気の中に転落して、春色動かんとする三月、いよ〳〵若いルーズヴェルト氏が白亜館の主人となる。国際協調、関税定率化、等、等、それもやつてみないうちは、果してどんなことになるか、アメリカ人にもわからないことが、日本人にわかるはずもなく、まして極東にどんな影響を及ぼすかは、今から何ともいへないが、たゞ一つ、たしかに事実とみられるのは、大統領就任祝賀の宴に、大ぴらで祝盃の挙げられること！

だがこの「祝盃」は続かなかった。

「多くの障害や困難」――昭和十八年一月号

昭和十六（一九四一）年十二月八日、アメリカとの間で太平洋戦争が始まる。
だから昭和十八年一月号も戦時色が濃厚に立ち込めている（頁数も二百頁しかない）。
名物コラムだった「話の屑籠」で菊池寛は書いている。

大東亜戦争は、第二年目には入つた。第一年目に於ける大戦果は、何人も予想しなかつたほど素破らしかつた。

「が」、と菊池寛は言葉を続ける。

戦争の前途は、実に遼遠である。ガダルカナルに於ける米軍の抵抗も相当執拗である。今後とも、戦局の発展に連れて、多くの障害や困苦が、突発することを覚悟しなければならない。

リアリスト菊池寛ならではの発言だ。

しかしそんな菊池であっても神がかりな台詞を口にする（菊池が愛していた作家横光利一——戦時中に書きつがれていった彼の長篇小説『旅愁』の発表舞台は『文藝春秋』だった——が当時禊《みそぎ》を行なったことは文学史的に良く知られているエピソードだ）。

戦争の勝敗は、単なる国民の数でなく、真に国家のために、死なんとする国民の数に依つて決せられるのである。日本国民の凡てが国家のために莞爾として死する覚悟が出来れば、天下何物も怖るべきものなく、わが勝利は確固として動かないであらう。

同じ号にはまた「『戦争完遂力の根源』座談会」も載っている。出席者は古賀斌、坂口三郎、高宮晋、中西寅雄、村松久義の五人でその誰一人として私は知らないが、その中で肩書きの載っていない坂口三郎という人物を調べると、例えば『文藝春秋』昭和十七年六月号に「皇道経済理念の純化」という原稿を寄せている。

戦時下に入って生産力の低下が懸念されていた。

それに対して古賀斌はこう言う。

私等が大雑把に観察してみて、毛利元就が七年間戦争をしてをつても人民は困つてゐない。武田信玄はあゝいふ戦争をしてをつても甲斐の国は滅亡してゐない。さういふ昔の例を見れば、今日この位の戦争で生産力が減退したなどといふのはをかしいのではないか。事実はともかくとしてさういふ感じを持つのです。さう狼狽へたものではないのですよ。

「事実はともかくとして」という正直な言葉が少々苦しいが、同様の正直さを中西寅雄も持っている。

近代の戦争といふものは、結局、国民がどれだけ苦難に耐へ、生活を低めても戦ひ抜いて行くかといふことが決定的で、生産力をどれだけ増し得るかといふことも、結局どれだけ苦難を忍んで物を生産に向け得るか、といふことに帰着するのだらうと思ふのです。その点日本人なんかは、非常に生活を下げてやつて行く力を持つてゐるやうに思ひますね。

しかし大政翼賛会国民生活本部長の村松久義は、「生活を下げるといふ言葉はよくないと思ひますね」、と言う。「下げるのではない、合理化するのです」。

こういうやり取りを目にすると別に戦争が特殊な情況であったようには思えない。

いつの時代にあっても（つまり今も）日本人は変らないのだ（『文藝春秋』昭和十八年一月号はその変らなさをきちんと残してくれた）。

「文藝春秋祭」のルポ——昭和二十八年一月号

昭和二十（一九四五）年八月十五日、戦争は終わった。

戦中の『文藝春秋』の最後の号は昭和二十年三月号。

復刊するのは同年十月号だが、翌昭和二十一年、文藝春秋新社となり（だから同年三月号と五月号は休刊）、「新社第一号」となるのは同年六月号からだ。

だが新社となっても苦戦続きだった（例えば昭和二十二年二月号は「用紙難のため」休刊している）ことは戦後の『文藝春秋』復興の立て役者だった池島信平ら多くの人が語っている。

その復興のきっかけとなったのが昭和二十四年六月号に載った辰野隆《ゆたか》と徳川夢声とサトウハチローの座談会「天皇陛下大いに笑ふ」で（ただしその号の頁数は百頁に満たない）、昭和二十五年一月号は二百三十二頁のボリュームに戻る。

そして昭和二十八（一九五三）年一月号は三百四十四頁もある。

巻末に「文春クラブ」という〝黄色ページ〟の新コーナーが始まり（昭和二十九年七月号まで）その第一回は渋沢秀雄の「文藝春秋祭の記」と題する帝劇で開かれた文藝春秋創刊三十年記念会のルポが載っている。

一旦おりた「トウランドット」の最後の幕が、観客の拍手にこたえてまたあがると、出場のタカラジエンヌ全員が唱歌をうたつた。文藝春秋の社歌らしい。これが「酒飲むな」の類だつたら客席に合唱ぐらいおこつたかも知れない。

（中略）

また幕があがつた。舞台一面に文春社員の幹部諸氏がカミシモに袴の正装で一列に頭を並べてヘイツクばつてる。歌舞伎役者の「口上」の真似事だ。顔が見えないから、役者と遜色ない。

座談会「『世界大戦はない』その理由」や入沢達吉の「大正天皇御臨終記」や菅原通済の「昭和電工事件と私」（菅原通済は小津安二郎の映画などに脇役として出演しているが私の世代にはエロ雑誌を「読まない見せない売らない」の〝三ない運動〟あるいは〝三悪追放運動〟のテレビCMの人として知られていた）などが載っているその号で興味深い（と言うより感慨深い）のは今東光の随筆「お正月の下駄」だ。

今東光は『文藝春秋』の初期同人の一人だ。

しかし彼が菊池寛に弓を引き、大正十四年遂に文藝春秋からパージを受け（その原因は横光利一にあった)、その状態がずっと続いていたのだ。

横光利一(昭和二十二年十二月没)のあとを追うように菊池寛が亡くなったのは昭和二十三年三月。

それから五年経って今東光と『文藝春秋』の関係は「時効」になったのだろう(ちなみに彼が「お吟さま」で直木賞を受賞するのは昭和三十一年下期)。創刊から三十年経って当時のことを知る人も数少なくなったことだし。

実際「お正月の下駄」は菊池寛との思い出が語られる(その重要な脇役というか、主役として登場するのが藤澤清造だから、藤澤清造キ××イの西村賢太は必読だ)。

五輪・官僚批判・都知事――昭和三十八年一月号

私は昭和三十三年生まれだから創刊四十周年に当たる昭和三十八年一月号からは同時代だ。

東京オリンピックを翌年にひかえたその新年号には「都政二つの判断」という小特集が組まれていて(その号はまた松本清張の「現代官僚論」という連載が始まり八波《はっぱ》むと志の「わが交通事故白書」という予見的な――何故なら八波むと志が交通事故死するのは翌昭和三十九年一月のことだから――手記も載っている)、「マンモス都市に負けない」(サブタイトルは「都知事三年有半の仕事を回顧する」)という談話記事を寄せている東龍太郎(美濃部亮吉の前の東京都知事で昭和四十二年まで都知事をつとめる)の事は記憶に残っている。

医者出身で都知事をつとめて三年半になる東龍太郎はこう言う。

この期間で、私が痛感したことは、戦後の特殊事情もあったのであろうが、国と地方を通じて、いわゆる総合開発計画が確立されていなかったため、人口および産業が極端に東京に集中してきてしまって、ほとんど手のつけようもないほどの状態になってしまっているということであった。

たとえば「下水道を例にとってみると」、「現在整備されているのは」、想定の「わずか二〇パーセント」にすぎず（たしかに私の住んでいた世田谷区赤堤のあたりでもたくさんの家が汲取り式便所だった）、上水道も都部で「約八二パーセント」で、しかもしばしば水不足となった（東京オリンピックの年の夏の水不足を私も記憶している）。そのくせひとたび大雨が降ったら、「江東デルタ地帯」への浸水が心配されるのだ。

「私としては、東京大会の決定が東京再建の一番有効なカンフル注射の役をはたすことになる、またそうでなければ大きな意義はない」、と東龍太郎は言う。

東京の場合、具体的には道路の問題がある。いま建設中の環状七号線、放射二十四号線、ともに十数年前に計画されながら今日まで放置されてきたものなのである。それが期限がきめられたことで、はじめて活動することになった。

松本清張の「現代官僚論」の連載が始まったのもこの号だと先に述べたが（「政治体制がどう変っても生き残る不死身な存在の本質を鋭くえぐる」とリード文にある）、大の役人嫌いで東京オリンピック大好きな前東京都知事もこの号に寄稿している。

もちろん石原慎太郎だ。

題して、「死のヨット・レース脱出記」（この号の巻末に文春の自社本の広告が載っていて、「年末年始の休暇に・文春のベストセラー」、堀江謙一『太平洋ひとりぼっち』がそのトップだ）。

佐藤栄作の長髪——昭和四十八年一月号

そして昭和四十八年一月号。

『一九七二』で詳説したように、この前年、一九七二（昭和四十七）年は様々な分野で日本の転換期となる時だった。

政治の世界でもまた。

自民党の一党支配は変らなかったけれど、総理大臣がそれまで続いていた高学歴エリートたちから〝今太閤〟田中角栄へと変った。

それまでの佐藤栄作内閣が長かった。

昭和三十九年十一月から昭和四十七年七月までだ（それはまた私の義務教育期間の殆どでジャイ

アンツのＶ９の時期とほぼ重なる)。
昭和四十八年一月号にはその佐藤栄作のインタビュー「今だから話そう」が載っている。サブタイトルに「自慢の長髪を撫でながら語る激動の七年八カ月」とあるが、当時のファッションリーダーの一人だった森進一（本当だよ）が髪を切って話題となり若者のトレンドは長髪から短髪へと移っていった時に佐藤栄作の長髪は子供心にもズレているなと思ったものだが、インタビューは、その長髪のことから始まる。

ああ、この髪ね、じつは今日もね、従兄の三十三回忌の法事に出席したんだが、そこで志賀義雄クン（元共産党代議士・「日本のこえ」全国委員長）に会って聞かれましたよ。どうして髪をのばしたのかって。ぼくにとって、これはいわば積極的な化粧法なんですよ。だいいち長髪を若者の独占物にしておくのはモッタイナイじゃないか。

昭和四十八年というのは大正生まれが五十代、昭和ヒトケタ生まれも四十代のいわゆる中年となって行く頃だ（野坂昭如、永六輔、それから先日亡くなられた小沢昭一の三人が「中年御三家」というトリオを結成するのもその頃だ)。
だからこの新年号に野坂昭如と綱淵謙錠と丸谷才一の座談会「旧制新潟高校はバカ当り」と宮野澄《とおる》（知性アイデアセンター専務）の「青春学校〝鎌倉アカデミア〟」が載っているのはとてもシンボリックだ。

この世代の人たちにしか語れない。

「この世代」とはまた戦争（太平洋戦争）を直接知る世代で、座談会で、「新潟高校が他とちがうのは、軍隊がない町にあったということですね」、という綱淵謙錠の言葉を受けて、丸谷才一は、「軍隊がないというのは大きいですよ。若い男にとって最大の重圧は兵隊にとられることでしょう」、と答えている。

「風見鶏」の見ていたもの――昭和五十八年一月号

私の父が『文藝春秋』を定期購読していたから物心ついた時には『文藝春秋』は身近だったが、大学に入学する頃には私の方が父よりも熱心な読者になっていた（愛読したのは丸谷才一と木村尚三郎と山崎正和の鼎談書評と開高健の芥川賞の選評）。

だから昭和五十八年一月号も愛読した（はずだ）。ちなみにその前年の秋、私は文藝春秋の入社試験に落ち、この年の四月、大学院に進学する。

（はずだ）、と書いたのは、昭和五十八年一月号、目次を眺めて行っても、読んだ記憶がよみがえってこないのだ（文春に落ちたショックで手に取りたくなかったのだろうか）。

今回、文藝春秋に足を運んで実物をチェックさせてもらってもやはり記憶はよみがえってこなかった（「セイコー写真館」というカラーグラビア広告の「父と娘の肖像」の「江國滋氏」の長女「香織さん」の無垢な笑顔に魅入られてしまったが）。

しかし、さすがは『文藝春秋』。時代相がよみがえってくる。

例えば、「中曽根新総理に大新聞が聞かない聞きにくいことを敢えて聞く」と副題のついた中曽根康弘インタビュー「大政治家はみんな風見鶏だ」（「聞き手」は田原総一朗）と赤坂太郎の「田中角栄は泣くか笑うか」。

この前年、昭和五十七年十一月、鈴木善幸のあとを受けて中曽根康弘が自民党の総裁となった。党中の第四派閥のリーダーでしかなかった中曽根が総裁となれたのは最大派閥であった田中派の支持を得たからだ。

田中派は選挙の闘い方がうまいと言われていた。その点について中曽根は田原総一朗にこう言う。

いや、佐藤・池田の戦争以来、田中さんは、もう何回も戦闘訓練積んでるからね。田中派にはそういう点では、訓練済みで能力のある人が多いんですよ。われわれは傍流だったから、そういう訓練の機会がない。アマチュアイズムがわりあい残っている。

では具体的にどの辺が選挙がうまいのか、という田原総一朗の質問に対して。

要するに、この勝負は、どれぐらいの期間の中で、どこがヤマで、そのヤマを迎えるためにはどれとどれをやるべきか。そういう、どっちかといえばナポレオンみたいな、戦術的天才的なところがありますね。

その旧田中派が今回（二〇一二年十二月）の総選挙で娘田中真紀子をはじめとしてほぼ壊滅してしまったことを思うと、やはり三十年という歳月は短いようでいて長い。

私のイメージの中で中曽根内閣はバブル景気に向ってまっしぐらの気がしていたが、それは私の記憶違いだった。

田原総一朗は尋ねる。

いま日本の国民にとって最大の問題は、何といっても景気の問題だと思うんです。いま深刻な不況だし、ちょっと出口が見つからない状態なんで、このへんの景気浮揚策といいますか、景気対策はどんなふうにおやりになるつもりですか。

それに対する中曽根の答えはかなりシンプルだ。すなわち、「切るべきものは徹底的に切っていく、しかし出すべき必要な金は出していく、そういうめりはりの利いた、山と谷のある、複合的な考え方でこの問題はいくべきではないかと思います」、と。

そう考えると、バブル景気を生み出した昭和六十（一九八五）年九月二十二日の「プラザ合意」は一種の神風だったわけだ（またこの種の神風が吹くことはあるのだろうか）。

平成の「顔」たち――平成五年一月号

時代は平成へと変り『文藝春秋』七十周年に当たる一九九三年一月号は平成五年一月号だ。

目次を眺めているだけで興味深い。

そうかあれから二十年か。

特集は「政治改革」で、小渕恵三の「昨日の同志・小沢一郎君へ」や細川護熙の『「改革」の旗のもとに』や森田実の「金丸信・田辺誠の『兄弟仁義』」が並んでいる。

それから、「金融不況・究極の救済案」という金融マン匿名座談会、「樋口可南子からマドンナまで」と題する篠山紀信と中沢新一の対談、さらには貴花田光司のインタビュー「わが父・母・宮沢りえを語る」などが載っている。

実物を開いて行くとカラーグラビアの連載「兄弟姉妹」第二十五回（こんな連載があったこと記憶にない）に石原良純と石原伸晃が登場している。

その最初の部分を引く。

ご存知〝石原ファミリー〟。兄の伸晃さんは日本テレビの政治部記者から政治浄化を訴えて平成二年に初当選した。

「竹下さんが経世会旗揚げ当時に番記者をしていましたが、記者として見ていた世界と実際は全然違いました。大変な世界に入ってしまったもんですね（笑）」

「実際」、石原伸晃は今よりも「全然」良い顔をしている（その逆に石原良純は今の方がずっと良い）。

本文をずっと眺めて行くと、「平成の変革者50人」という小特集に目が止まった。

例えば、「ハイビジョンに耐える女性キャスター　安藤優子・小宮悦子」、「地方自治の限界に挑む　平松守彦・橋本大二郎」、「法曹界も『女性の時代』　五十嵐二葉・福島瑞穂」などと並んで、「新宗教・世俗否定派と現世肯定派　麻原彰晃・深見青山」が紹介されている。

私がオヤっと思ったのは深見青山だ。

記事には、「四十五歳まではマスコミにいっさい登場しないと宣言している深見（現在四十一歳）は、コスモスメイトの会員たちの前では、講演や神道式の儀式を行うだけではなく、セミナーでは物まねまで披露するが、外部に向かっては写真を通してさえその姿をあらわしたことがない」、とあるが、この人、たしかに四十五歳を過ぎた今では、地下鉄の出入口ドアに張られた自著広告で本人が大きく前面に出ている（たしか今は違う名前でカッコの中に深見青山とあったと思うがそのカッコの意味がこの記事を読んでようやくわかった）。

再び迎えた「正念場」――平成十五年一月号

そして二〇〇三年一月号。

百十一頁ものボリュームがあるのは「医療大特集」だが、興味深いのは緊急特集「メガバンク正念場！」だ。

竹中平蔵と加藤寛の対談「金融荒療治の真意を問う」や菊池雅志の「巨艦みずほ　失敗の本質」などと並らんで、木村剛の「まっとうな銀行家はどこにいる」が載っている（この人の顔をテレビなどでよく見かけた）。

「徹底追及　拉致か国交か」という特集もあって、蓮池透さんが「弟と私　誰にも言えなかった修羅」という手記を寄せている。

この拉致被害者救済問題で男を上げたのが当時の小泉内閣の官房副長官だった安倍晋三だが、赤坂太郎は、「この一件で男を上げた安倍だが、政府部内での立場は相変わらず芳しくない」と書いたあと、こう言葉を続けている。


衆院第一議員会館の六〇二号室、安倍の部屋には晋太郎の遺影と並んで、にっこり笑う祖父・岸信介の写真が飾られている。保守本流の「銀のスプーン」をくわえて生まれた安倍にとって、拉致問題解決に向けてこれから政治家としての正念場を迎えることになる。

それから十年。様々な紆余曲折を経て再び総理大臣に返り咲いた安倍晋三は今度こそ本当に「政治家としての正念場を迎えることになる」。

『文藝春秋』の名物で私も愛読している「蓋棺録」に目を通していったら、高円宮憲仁、江上波夫、秦野章や坂本多加雄らと並らんで山本夏彦の名前があった。二〇〇二年十月二十三日没。

そうか十年少し前までは山本夏彦がいたんだ。

『文藝春秋』でコラム「人声天語」の連載をはじめた時、あるパーティーで文春のOBの人（私の尊敬する人）から、坪内さん、あそこの欄は『文藝春秋』の床の間で、山本夏彦さんもいらっしゃった場所ですから頑張って下さい、と言われたことがある。

その私の連載コラムも今年六月号で十周年。

『文藝春秋』百周年記念号でも続けていたい。

ミニコミと雑誌の黄金時代

『マイルストーン』と『マイルストーンエクスプレス』

新潮45　二〇一二・五

『新潮45』が創刊三十周年を迎えるという。

それに合わせて早稲田大学の学生ミニコミ誌『マイルストーン』と共に三十年前の雑誌世界を振り返ってもらいたい、というのが編集部からの注文だ。

言い忘れたが私はその『マイルストーン』の初期メンバーの一人だ（創刊メンバーと言いたい所だが、そうではなく創刊直後のメンバーだ）。

なぜ『マイルストーン』を元に一九八二年を振り返るのか。

一九七八年創刊の『マイルストーン』は硬派のミニコミ誌として知られていた。

だからその路線のみを続けていたら二十一世紀まで（いやそれどころか一九九〇年代までも）もたなかっただろう。

今五十歳以下の早稲田大学出身者の殆どは『マイルストーン』という雑誌のことを知っている。

しかしそれは、同じ『マイルストーン』であっても本誌の方ではなく別冊つまり『マイルストーンエクスプレス』のことだ。

サークル紹介だけに絞った『マイルストーンエクスプレス』が刊行されたのは一九八二年四月、すなわち三十年前のことだ。これが爆発的に売れ、以後毎年四月、新入学時にそのサークル紹介号を刊行し、売れ続け、いつの間にか『マイルストーン』と言えばサークル紹介雑誌のイメージが定着したのだ。

けれどその一九八二年四月の『マイルストーンエクスプレス』が創刊されるまでには幾つかの段階があった。

だから、まず、そこに至るまでの前史について述べたい。

ミニコミ誌というアンガージュ

『マイルストーン』の創刊号が出たのは一九七八年夏。その目玉は早稲田の学園闘争を描いたベストセラー小説（芥川賞受賞作）『僕って何』の著者三田誠広インタビューだ（だから特集名は「僕どうしたらいいの」となっている）。

この企画（特集名）からして当時の時代相を物語っている。

連合赤軍事件が起きたのは一九七二年。同じ年、早稲田大学文学部キャンパス内でリンチ殺人

（いわゆる川口君事件）が起きる。そして内ゲバ殺人が日常化して行く。

その頃から若者はシラケ世代と呼ばれ始める。つまり昭和三十年代生まれの若者たちだが昭和三十三（一九五八）年生まれの私もまさにジャストミートだ。

しかし一九七〇年代が終わろうとする頃、いっけんシラケ世代に見えるものの、心秘かに社会にアンガージュする若者たちが具体的にとった行動がミニコミ誌だ。

『マイルストーン』の創刊メンバー（その中には今ノンフィクションライターとして活躍している一志治夫さんもいる）は九人だが、学部は教育学部、法学部、商学部、政経学部とマチマチだ。中で一番多いのは教育学部の四人だが、ミニコミ誌を作ろうと盛り上ったのは体育選択の授業（野球だったかソフトボールだったか）で、そのそれぞれの人たちが高校時代の旧友などを誘って生まれたと聞いている。一九七八年春のことだ。

同様の考えを持った早大生は他にもいて、『早稲田乞食』や『あとらんだむ』、『ライブインワセダ』といったミニコミ誌がほぼ同時に創刊され、例えば『夕刊フジ』などで、「早稲田ミニコミ戦争勃発」という記事が載っていたように記憶する。その中でいつも代表的に紹介されていたのが『早稲田乞食』で（人気もダントツだった）、今あげた四誌の中で一番軟派に見えた同誌は、今時の若者はこの程度の問題意識なのだ、とそれらのジャーナリズム（記事を書いていたのは全共闘や六〇年安保世代の人たちだろう）で批判（揶揄）された。

いい、に見えた、と書いたのは、のちに『早稲田乞食』は革マルをめぐるトラブルの時に気骨を見せたからだ。そしてその気骨がシラケ世代の気骨だった。

一九七八年四月、早稲田大学第一文学部に入学したクラス（一年A組）の同級生に藤原昭広（のち『プレジデント』の編集長を経てプレジデント社社長となる）がいた。私と藤原はすぐに親友となった（その友情は今も変らない）。

藤原の予備校時代の女友達にやはり同時に早稲田大学第一文学部に入学したNさんがいた（彼女は普通の友達でその頃の藤原の恋人はやはり予備校仲間で上智大学の外国語学部に入学したKさん）。そのNさんが入学式の日に『マイルストーン』に勧誘され、Nさんに誘われて藤原も『マイルストーン』に入ったのだ。

高校の時に陸上で四百メートルでインターハイに出たこともある藤原は、入学早々、「リスの会」というラグビーサークルに所属し、張り切っていたのだが、私たちクラスメイトとの付き合う時間が長くて、いつの間にかそのサークルを抜けてしまった。

それでも『マイルストーン』をやめなかったのは居心地が良かったのだろう。

そういう藤原を親友に持っていながら、私は、『マイルストーン』に入ろうと思っていなかった。大学に入学した時から私は編集者を目指していた。だからこそ『マイルストーン』に入らなかったのだ。

学生時代にミニコミ誌に関わってしまったら中途半端な垢がついてしまう。編集のイロハを知った気になってしまう。

私が出版社の面接官ならそのような学生は採用しないだろう。

だから『マイルストーン』に近づかないでいた（それに藤原から購入した創刊号はもの凄くダサ

かった——藤原には悪いけれどこの先輩たちは雑誌的センスがないなと思った）。

人力車車夫を経て入部

きっかけは早稲田祭だった。

秋の文化の日の前後に行なわれる早稲田祭に合わせて創刊第二号が出るという。

その販売イベントとして芝居「人生劇場」を上演し、早稲田と高田馬場を往復する無料の人力車を走らせる。

なぜ「人生劇場」と人力車が『マイルストーン』につながるのかはわからなかったが（しかも肝心の『マイルストーン』第二号は早稲田祭に間に合わなかった）、『マイルストーン』のスタッフとその知り合いたちは「人生劇場」の方で手いっぱいで、人力車を走らせる〝車夫〟がいない、その車夫をやってくれないか、と藤原から頼まれたのだ。

早稲田と高田馬場を人力車で往復させるなどという体験は金を積んでも出来るものではない。

一も二もなく引き受けた。

早稲田祭の準備期間、時々、「人生劇場」の稽古場を覗いた。そして先輩たち（『マイルストーン』のメンバー）を紹介された。悪い人たちでなかったけれども私とは少し肌合いが違った（その中で唯一この先輩ならと感じたのが「人生劇場」に出演していなかった一志治夫さんだ）。

しかしそんな私が結局、早稲田祭終了後に『マイルストーン』のメンバーとなった（そのあたりのことは私の著書『私の体を通り過ぎていった雑誌たち』の最終章に詳しい)。

つまり私が編集に参加したのは一九七九年四月に刊行される第三号からだ。

全編集部員(十三名)のプロフィールが紹介された編集後記(「マイルストーン編集室より」)の私の項はこうある。

坪内祐三〔一文―人文学科二年〕早稲田祭の人力車車夫を経て入部。哲学の再試も落とし今は編集活動に没頭。最近は武道に手を出し一見硬派的存在。

「編集活動に没頭」というのは、私はレイアウトだとか活字の級数指定だとかいった編集実務が好きで熱心に作業したからだ(徹夜の苦手な私が何度か徹夜もした)。

先に私は『マイルストーン』の創刊号はダサかったと述べたが二号も同じくらいダサかった。表紙はまだ見られたが本文はレイアウトも活字もダサかった。奥付を見ると「印刷所　フジQ・プリント」とあるから、つまり、まともな印刷会社でなかったのだろう。それは予算の関係もあったはずだ。

『マイルストーン』に入って驚いたのは自己負担金がとてもかかることだ。一号作るために一人五万円ぐらい(三十数年前の五万円だ)払わされたのではないか。

私は自宅通学者だったが、先輩たちの多くは下宿生でバイトを掛持ちしてその費用を捻出した。それぐらいミニコミ誌を出すこと(自分たちのメッセージを発信すること)に燃えていたのだ。

私は自宅通学者で、しかも私の父は当時ダイヤモンド社の社長だった。

だからそのこねを利用して三号目の印刷はダイヤモンド社の子会社ダイヤモンド・グラフィック社にお願いした（しかもさらにこねを使って父の紹介で福本邦雄に会いに行き「フジ出版社」の広告をもらい――たしか広告代は五万円だったと思う――だからその号の表四には柳田邦男の『マッハの恐怖』をはじめとする同社の本の広告が載っている）。

つまりその号から『マイルストーン』のレイアウトや活字はすっきりと雑誌らしくなった（これが「編集活動に没頭」の意味する所だ）。

その号の特集は二つあって、一つは「ワセダの学内問題」と題して、百周年事業問題、第二学館問題、ワセダの自治会、原理研はいま、といったまさに硬派なものだった（最下級生だった私は常にキャンパスで売り子をしていたが、ある時この号の内容に不満を持った革マル派の学生から、オマエ誤爆って知ってるか、と脅されたことがある）。

そしてもう一つの特集、メインの特集が「サークル紹介」だった（この特集を思いついた先輩は誰だっただろう?）。

サークル紹介といってものちの『マイルストーンエクスプレス』のように網羅的なものではなくサークルの内容紹介がメインで、取り上げられているサークル数も三十数個だった（しかもテニスをはじめとするシーズン・スポーツのサークルはいっさい紹介されていない）。

しかし売り子だった私はこの特集に秘かな手ごたえを感じた。

三十数個しか取り上げられていないのに、サークル紹介のカタログ誌的に買ってくれる学生がけっこういる（特に他大学の女子学生たち）。それまで百部ぐらいしか売れなかったのがこの号は五百部以上売れた（もっともダイヤモンド・グラフィック社の印刷の最低部数は八百部だったからそれでも大分売れ残ってしまったのだが）。

この〝カタログ誌〟を徹底すれば千部いや三千部も夢じゃないぞ（新入学時の早稲田大学キャンパスには他大学生を含めて三万人以上のサークル探しの学生が訪れるわけだからその十人に一人が購入してくれただけで三千部を突破する）。

一部三百円なら九十万円。二百円だとしても六十万円。

このお金をプールしておけば自己負担なしで通常の号が出せるぞ。と、当時大学二年生になったばかりの私は考えた。先に、その第三号の巻末に十三名の部員のプロフィールが載っていると述べたが、その学生構成はバランスを欠いている。

㊧マークのついた、つまり留年が決定している四年生が四人、日本女子大を今春卒業が一人（速水由紀子さん）、それから四年生が二人（しかしこの二人が編集活動に加わった記憶はない）、そして三年生が二人（その内の一人が一志治夫さん）、二年生が四人である。

二年生の内の二人は私と藤原だがもう二人（女性）のNさんとSさんはこの号が出た直後にやめてしまう。

ならば新一年生は？　と言えば、もともと友達集団を中心に結成された『マイルストーン』（つまり純粋入部者は私と藤原の二人だけ）は新人を勧誘することに不熱心で、この年一人の新人も入らなかった（この年の秋に入って来たのは私と藤原の同級生のW君とO先輩の知り合いのC君というやはり二年生だ)。

幻の編集長事件

この年(一九七九年)の十二月に出た第四号は一つの到達点とも言える号となった。特集は「エポックなき70年代末に立つ僕らの自画像――80年代に何をたずさえてゆくか」で百二十八頁のボリュームがある(私はその特集に参加しなかったが「岩波書店が倒産する!?」という長篇評論を発表した)。

しかし四年生以上の先輩たちがこの号を機に編集現場を離れてから『マイルストーン』は混乱する。

左翼シンパの先輩たちの間で藤原は保守、それから私は保守反動と見なされていた。けれど三号、四号の編集過程の中で次の編集長は私(副編集長は藤原)という流れが出来てきた。

〝車夫上り〟の人間にとっては大抜擢だが、私は内心これは困ったことになったと思った。今述べたように私は保守反動と思われていた男だ。

藤原はともかく、W君は左翼、C君は左翼とは言えないものの左翼的理屈っぽさを持っていた。それにやはり四号の編集途中で入って来たMさん(私の一学年上)も左翼で、さらに四号を見て入って来た中核派シンパの二人の学生(私と同学年)を含めて廻りは左翼だらけだった。

私がそんな雑誌の編集長をつとまるはずがない。特に中核派シンパの二人と私はしばしば衝突した（二人は四号に載った私の文章に引かれて入部したというから皮肉なものだ）。

こんな雑誌作ってられないよ、と言って、結局、私がケツをまくってしまった（『マイルストーン』における「坪内祐三の幻の編集長事件」と言われている）。

だからC君すなわち千葉哲幸（現フードジャーナリスト）を新編集長に迎えて第五号が刊行されたのは翌一九八〇年八月一日（と表紙および奥附けにあるが夏休み期間に発行されたのだろうか）のことだ（つまり前号から半年以上間があいたわけだ）。

最後の頁（「編集室」）で新編集長の千葉哲幸はこう紹介されている。


青森県出身、教育部屋。人民服を愛する親中派である。しかし、現代文化の動向に興味をもち、売れる雑誌を作りたい、とのコマーシャルな面も多分に合わせ持っている。マイルストーンに入ったのは昨年の後半であり、古株連中を差しおいて一躍、編集長の座につくという世渡りのうまい面もある。


この号に私は執筆していないものの千葉の人柄が私は嫌いでなかったから、次号から一スタッフとして『マイルストーン』の編集に参加した。

それが一九八一年四月一日発行の第六号、エポックとなる号だった。

一九七九年四月二日発行の第三号「サークル紹介」特集の手ごたえを私は編集長の千葉に話した。

千葉もその話に乗って来た（先に引いたプロフィール紹介の「コマーシャルな面も多分に合わせ

持っている」という一節を思い出してもらいたい）。

当時は『ぴあ』や『ポパイ』といったカタログ雑誌の黄金時代だ。それからその頃千葉が愛読していたのは『アングル』というタウン誌（情報誌）だ。

サークル紹介のカタログを徹底してみよう。そして生み出された特集が、「早稲田大学938サークル名一挙掲載！　ワセダにサークルはいったいいくつあるのか」だ。

この特集号はバカ売れした。

千部を完売した。

岡山から上京し、早稲田大学教育学部に入学し、この『マイルストーン』第六号を購入した若者にのちに作家となる重松清がいて、重松さんは私に、オレあの号買いましたよ、さすが早稲田は学生ミニコミと言ってもレベルが高いなと思ったよ、と言い、記憶力の良い重松さんは、それにあの号は早稲田界隈の立喰いそば屋めぐりしているルポが載っていたでしょ、B級グルメっていう言葉もない時代に、早かったね、『マイルストーン』と言葉を続けた。

重松さんが語っていたその記事とは「葉村年丸の立喰いそば屋紀行」だ。

葉村年丸とはその頃シェイクスピアにこっていた（葉村年丸は明治期に翻案されたハムレットのあて字）藤原昭宏のペンネームで（葉村年丸近影と称して藤原の写真も載っている）、早稲田から高田馬場に至る立喰いそば屋が九軒も紹介されている。

このサークル紹介をさらに徹底すればもっともっと売れるぞ、と私は考えた。

九百三十八のサークル名を「一挙掲載」と言っても、それは単にサークル名を列挙していっただけだ（サークル名の下のカギカッコ、例えば（一学21）だと第一学生会館二十一号室を、（6地）なら六号館地下を、（12R）なら十二号館ラウンジを意味する）。それをもっと徹底、つまりカタログ的に充実させたら、これは売れるぞ、連絡先はもちろん、構成人数（男性数と女性数）、入会金および会費、活動日時、活動場所なども網羅的に載せたら絶対売れるぞ。一万部も夢ではない。しかしこれは文字通り夢想していただけだ。

どのようにしてそんなデータを集めれば良いのだろうか（当時はもちろんコンピュータが身近になかった頃だ）。

この時登場したスーパールーキーが、その第六号を見て入部してきたまさに新人（新入生）の鶴田裕だ。

鶴田は同じ新人仲間と（この年一九八一年十一月四日に発行された第七号の「編集室」を開くと鶴田を含めて八人の一年生――その中には今スポーツライターとして活躍している大友信彦がいる――と二年生が一人、入部している）人海戦術で、すべての校舎のラウンジや地下室（つまり部やサークルの連絡先となっている所）、それから学生会館に何度も足を運び、アンケート用紙を配布、回収していった（のちに『マイルストーン』がブランドとなってからはこの作業は容易なものになったが最初の時はセクトや宗教団体のダミー行為と疑われて苦労したと聞いている）。

そして生み出された『別冊マイルストーン』が一九八二年四月一日発行の『マイルストーンエクスプレス』だ（表紙によれば千六十四ものサークルが紹介されている）。

これはまさに飛ぶように売れた。

三千部刷って千部増刷し完売した。『新潮45』の三重博一編集長もこれを購入した新入生の一人だったと聞いている——その人が創刊三十周年を迎える『新潮45』の編集長だからそこで連載している私もとても感慨深い。

感慨深いと言えば、「編集後記」で鶴田裕（署名はないが）はこの雑誌の現役の諸先輩たち（そこに私の名前はない）に謝辞を述べたあと、「そして真打ち・鮭缶五平次大先生。ヨイショヨイショ」と結んでいる。

そしてこの雑誌を開くと三十七頁に「鮭缶五平次による意見広告」という、「新入生諸君／とりあえず入学おめでとう」とはじまる、サントリーの山口瞳の新成人や新入社員への広告コラム風の一文が載っている。

この三十年で私の文章技術は少しも進歩していない（良く言えば若くして既に円熟していたわけだ）。

一九八二年の雑誌風景

一九八二年四月一日発行の『マイルストーンエクスプレス』に至るまでのプロセスを述べている内に、与えられた紙数が残り五枚半となってしまった。

一九八二年当時の雑誌風景について語ろう。

十年ほど前に、ずっと捨てずにいた雑誌の大半を処分してしまったが、一九八〇年前後の雑誌はけっこう残してある。

特にA5判（この『新潮45』や文芸誌のサイズ）の雑誌はかなり残っている。大学時代の思い出（知的思い出）がこめられているからだろう。

いや、そういう思い出だけではない。

この時期、一九八〇年前後は知の大きな変動期（当時の流行《はやり》言葉で言えばパラダイム・チェンジ）に当たっていた。

それまでは明確にカルチュアーとサブカルチュアーが分かれていた。

しかしその線引きが曖昧になって行き（カルチュアーがサブカルチュアーに侵食され）、そこで新たなカルチュアーが生まれて行く、すなわちポストモダン情況が生まれて行くのが一九八〇年前後だ。

その意味でも一九八二年はシンボリックな年だった。

私の書庫の雑誌コーナーの書棚を眺め、一九八二年のマガジン風景がよく見える（反映されている）雑誌を三種八冊抜いてきた。三種というのは文芸誌『海』、『宝島』、そして『本の雑誌』だ。

『海』に文芸誌という但し書きが必要になってしまった（廃刊してから二十五年以上経つ！）ことは感慨深いが、『海』は中央公論社から出ていた文芸誌で（村松友視やあの〝天才ヤスケン〟らが編集者だった）、他の『新潮』や『群像』、『文學界』、『文藝』といった文芸誌が純粋文芸誌であったのに対し（もっともこの頃から『文藝』は若作りをはじめた）、かなりポストモダン的だった。唐十郎や赤瀬川原平や椎名誠の小説を最初に載せた文芸誌も『海』だったし、海外の先端文学の紹介にも積極的だった。

その『海』の編集者だった村松友視は『本の雑誌』第二十六号（一九八二年七月）に「唐シンドローム」という文章を発表し（この号は他に尾辻克彦や平岡正明や嵐山光三郎や東海林さだおが執筆している）、その中で村松氏はこう述べている（当時村松氏は中央公論社をやめ作家に専念したばかりだ）。「文芸雑誌編集者として何をやったのかと問われたとき、私はいつも『唐十郎をやった』と答えてきた。だが、編集者として関わることがなくなったいま思えば、あれはかなりしたたかな楽しみの時間だった」。「私はかつて嵐山光三郎に小説を依頼したが、編集者として無理矢理に書かせるところまで追い込めなかった」。

その村松友視が三度目の候補作「時代屋の女房」で直木賞を受賞したのはこの年の夏のことだが『本の雑誌』第二十七号（一九八二年九月）に「直木賞逆探知助平有様《なおきしょうぎゃくたんちすけべのありさま》」という一文を寄稿している。

ところで『本の雑誌』二十六号で征木高司（この人が当時『ブルータス』などに連載していた書評的コラムを私は愛読していたが今はどうしているのだろう）は、過激な小説が大好きだけれど一方で「非過激な小説というのも割と愛していたりするんですネ」と述べたあとこう話題を展開している（「過激大好き！」）。

> では、現代における非過激な小説とは何かって説明をしなくちゃいけないんだけど、これの代表選手が、村上春樹サンなのね。春樹サンの小説って、過激どころか非常に丹念に〝激〟と

いう名の小骨を抜いた小説でありまして、言うならば、動物の骨から作ったゼラチンで、舌ざわりのいい上等なワインジェリーやコンソメジュリをサーブしている人が村上春樹サンなのネ。

つまり、「春樹サンは動物を殺すところから始めて、その骨でゼラチンを作り、さらに料理を作っているんですネ」、しかし、「動物を殺したりする舞台裏《キッチン》をあまり見せたくないと思っている人でしょーねェ」と征木高司は言う（三十年後の今読んでも――いや今こそ――これは鋭い指摘だ）。

村上春樹にふさわしい雑誌

言うまでもなく村上春樹は『群像』でデビューした作家だ（この年すなわち一九八二年八月号の『群像』に初期三部作の最終部「羊をめぐる冒険」を発表する）。しかしむしろ村上春樹はそのようなオーソドックスな文芸誌よりも『海』の方がふさわしかった。

当時村上春樹は『海』に「同時代としてのアメリカ」という評論を連載し私は愛読した（この素晴らしい長篇評論がいまだ何故単行本化されないのだろうか）。例えば一九八二年二月号は「反現代であることの現代性」と題するジョン・アーヴィング論（この号の『海』にはまた蓮實重彥の「物語批判序説」二百八十枚が一挙掲載されているし巻末に載っているのはレイモンド・フェダーマンの小説「ビューイック・スペシャル」だ）。それから七月号には「用意された犠牲者の伝説」と題するジム・モリソン（ザ・ドアーズ）論。

一九八二年の『海』と言えばまた、四月号に載った吉本隆明と江藤淳の対談「現代文学の倫理」も話題となった。当時、「文学者の反核声明」が大きな論議だったが、左と右という立場が違うはずの吉本隆明と江藤淳が反「反核声明」という点で意見が重なり合った（そのあたりのことは吉本隆明の『「情況への発言」全集成2』洋泉社、二〇〇八年に詳しい）。

『群像』よりも『海』の方が村上春樹にはふさわしかったと述べた。

しかしもっとふさわしい雑誌があった。

それが『ブルータス』であり『宝島』であった。

この年の四月号が創刊100号記念号だった『宝島』はこの時期一番総合雑誌（若者の総合雑誌）的だった（今まで続いている『宝島』はもう十回ぐらいモデルチェンジがあった）。

その『宝島』一九八二年九月号（巻頭の「N・Yはロック&アートでナイト・クラビング!!」というカラーグラビアを撮影しているのは北島敬三だ）に村上春樹は「午後の最後の芝生」という小説を掲載している。書き出しはこうだ（傍点は原文）。

> 僕が芝生を刈っていたのは十八か十九のころだから、もう十四年か十五年前のことになる。けっこう昔だ。
>
> 時々、十四か十五年なんて昔というほどのことじゃないな、と考えることもある。

『新潮45』の創刊は一九八二年五月号（創刊当時の名称は『新潮45+』だったと記憶している）。

「十五年前」のダブルスコア、けっこう、いやかなり昔だ。当時の私は四十五歳なんて想像を越えた先にあると思っていた（しかもそれにプラス九歳なのだから）。

でも一方で、三十年なんて「昔というほどのことじゃないな」、と思うこともある。

でもやっぱり、『マイルストーンエクスプレス』創刊三十周年の春に『新潮45』の三十周年記念特集の巻頭を執筆しているのはとても不思議な気がする。

今こそ『新潮60』の創刊を

Hanada 二〇一八・十二

「気分」は暴発する

とうとうそういう日がやって来てしまったのか、というショッキングな出来事が起きた。

『新潮45』の廃刊だ。

といっても、廃刊したことがショックなのではない。

廃刊のされ方がショックなのだ。

パソコンとガラケーしか持たない、しかもパソコンを使うことはあまりない、つまりスマホを所有していない私はネットを通じて発信することがまったくない。

私の発信はすべて原稿（しかも手書き）による。

私はまったくガラガラ人間なのだ。

そんな私が恐怖をおぼえていることがある。

活字を無視してネットのみで意見のやり取りが交わされていることだ。

活字を無視して、ということは文脈をたどることなくだ。

だから、正確な意味を越えて、短い言葉のやり取りの中で意見がヒートアップしていく。

それは右も左も関係ない。

というより、右、左という分け方がもはや成立しない。今やウヨとサヨだ。

今年のはじめ私は『右であれ左であれ、思想はネットでは伝わらない。』という評論集を出した。

まさにその通りで、右や左といった思想はネットでは伝わらない。

ネットで伝わるのはウヨとサヨで、しかもそれは「思想」ではなく「気分」なのだ。

「気分」というものは暴発していく。

と書くと、オマエは今回の『新潮45』の論調を肯定しているのか、と述べる人が出てくるだろうが、その考えがネット的なのだ。

今回の『新潮45』騒動の流れをもう一度振り返っておきたい。

問題となった『新潮45』十月号が発売されたのは九月十八日。すぐにネットで火がついて大炎上した。

それにあわてた新潮社の佐藤隆信社長が同二十一日、声明を発表したが、かえってそれが火に油をそそぐことになり、九月二十五日に休刊（事実上の廃刊）となった。

つまり、活字で意見が闘わされる前に雑誌がつぶれたのだ（私は出版文化史の研究家でもあるが、近現代日本出版文化の中で、これは初めての例だ――つまり言論弾圧の激しかった戦前にもないし、

『中央公論』は深沢七郎の「風流夢譚」事件の時に雑誌を廃刊にしなかった）。

ネットを大炎上させた人々、すなわち非難の声を次々とつぶやいていった人たちの何パーセントぐらいが実際の『新潮45』に目を通していたのだろうか（私はそこに載った幾つかの文章の当否を述べているのではない）。

実際の、と書いたが、私は、私についてのこういうつぶやきを目にしたことがある。

つまり、坪内祐三はウヨ雑誌月刊『Hanada』で連載しているけれど、その原稿料で今日も飲んだくれているのか、という。月刊『Hanada』の原稿料は悪くないけれど週刊誌ほどではない。そして私は何本も週刊誌に連載を持っている。飲み代にはまったく困っていない。

たぶんこうつぶやいた人間は、実際の月刊『Hanada』に目を通すことなく、月刊『Hanada』はウヨ雑誌というイメージのみをいだいているのだろう。

月刊『Hanada』がウヨ雑誌であることは半ば当たっているけれど、半ば間違っている。

私は昔から編集者花田紀凱のファンなのだ。

花田さんほどの活字（雑誌）大好き人間を私は知らない。

去年私が驚いたのは、『サンデー毎日』に私が司会者となって旧制高校対談を行い、出席された旧制一高出身の中村稔さんと楠川徹さんに、たっぷりと当時を語り合っていただいたのだが、それが活字になった時にまっ先に反応してくれたのは花田さんだった。

内容は非『Hanada』的（つまりリベラル）だったのに、花田さんは、本当に読みごたえがあったと言ってくれた。

やはりこの人は信用できるな、と私は思った。

雑誌編集者として花田さんが凄いのは、柱になる部分だけでなくコラムなどにもとても目がきいている所だ。

例えば月刊『Hanada』には、みうらじゅんや高野ひろし、岡康道、村西とおる、爆笑問題、そして早稲田の古本屋・古書現世の向井透史の連載が載っていて、表紙イラストレーションを担当しているのは浅生ハルミンだ。

私のことを批判していたあのつぶやき人間は、この人たちのこともウヨと批判するだろうか。

周知のように月刊『Hanada』は月刊『WiLL』から飛び出す形で創刊されたものだが、その原因となったのは月刊『WiLL』の発行人が、今挙げた連載陣のサブカル振りを嫌ったからだ。

月刊『Hanada』創刊号（二〇一六年六月号）で、向井透史は連載「早稲田古本劇場」をこう書き始めている。


『WiLL』誌で創刊号から連載させていただいてきましたが、例の新編集部から他人事のような紙ペラ一枚でクビになりまして、移籍させていただくことになりました。

齋藤十一が「俺にやらせろ」

ところで『新潮45』に関していえば、私は一年ぐらい前から、その一部の論調にオヤッと思うようになっていた。

新潮社は文芸のラインと『週刊新潮』や『FOCUS』などのジャーナリズムのラインがあって、昔はこの二つのラインはとても仲が悪かった。それがいつの間にかミクスド・アップされていった（今回の『新潮』十一月号の「編集後記」を目にすると、また元に戻ったと言える）。

もともと新潮社は文芸ラインとジャーナリズムライン、つまり道をはさんで本館と新館が敵対関係にあったと言われている。それが中和されていったのに、今回の事件を機に（いやその少し前から）戻っていったのだ。

だが、ジャーナリズムといっても『新潮45』は『週刊新潮』や『FOCUS』と違って、創刊時（当時のタイトルは『新潮45＋』）はもっと穏健な雑誌だった。

証言しているのは、創刊時の編集部員でのちに編集長となる石井昂《たかし》だ。

日本交通公社が出していた雑誌『旅』で山口瞳の連載を担当していた石井氏は、山口氏の口利きで一九八一年秋に新潮社に入社し、翌八二年春に創刊された『新潮45＋』に配属となる。

『新潮45』の三十周年を記念した号（二〇一二年五月号）で、石井氏は当時のことをこう回想している。


それは「殺人者の顔が見たい」という『FOCUS』のコンセプトとは対極にある心温まるいい話を中心にした読み物雑誌だった。題して『45＋』（よんじゅうごプラス）。45歳以上の人のための雑誌という意味だった。表紙はねむの木学園の生徒たちの絵で飾っていたが、中身は

「上品な和菓子のような」という人がいてうまいこと言うな、と思った。雑誌の持つアクがないのだ。

しかし「上品な和菓子のような」雑誌が大きく売れるわけもなく（時代はバブルへ向かおうとしていたのだ）、「昇り龍のように部数を伸ばした『FOCUS』とは対照的に丸3年で休刊することになった」。

その時、「この雑誌、俺にやらせろ!」と言った人物がいた。あの齋藤十一だ。

新しいメンバーが集められた。旧『新潮45＋』から石井氏含め二人が残り、『週刊新潮』から一名、『新潮』から一名の計四名だった。

新編集部が発足すると齋藤は週に一回は必ず編集会議に顔を出し、企画の進み具合を点検した。そのたびに発する言葉は腑に落ちるものばかりで、私は密かに齋藤語録と称してメモしておいた。今でも強烈に覚えているのは「人は生まれながらの死刑囚だろう」「人間ほどデモーニッシュな存在はないんだ」という科白だ。

この二つの言葉は、この後、『新潮45』に通底するテーゼとなった。

だから少年犯罪を実名で報じた時、朝日新聞の社説で「あざとい『新潮45』の言い分」と批判された。

雑誌の消滅は言葉の危機

先に私は一年ぐらい前から『新潮45』の一部の論調にオヤッと思うようになったと述べた。しかしそれは反リベラルの度が進んだということではない。

反リベラルと言えば文春の「朝日叩き」が知られている。

四年前（二〇一四年）の夏から秋にかけて『週刊文春』は七週にわたって「朝日叩き」の特集を載せた。

それに対して当時私はある月刊誌に「文春的なものと朝日的なもの」という評論を寄稿した。

その月刊誌とは他ならぬ『新潮45』だ。

これは私の『右であれ左であれ、思想はネットでは伝わらない。』の肝となる評論で、もう一つの肝となる「『戦後八十年』はないだろう」も『新潮45』に掲載されたものだ。

その評論集の「あとがき」で私は、「たぶんこれは私の最後の評論集となるでしょう」と書いている。

ツイッターを代表とするネットの言葉には「文脈がない」と書いたのち、さらに私はこう述べている。

しかも、その文脈のない言葉が、次々とリツイート（拡散）されて行く。

文脈がないのはまだましで、あえてデタラメをつぶやき、それがリツイートされて行くこともある。

私に対するその種のつぶやきを私は何度も目にしたことがある。

本や雑誌に載せる文章には文脈が必要です。いや、文脈こそが命だと言っても過言ではないでしょう。

そういう媒体（雑誌）が次々に消えて行く。これは言葉の危機です。

私がオヤッと思ったのは最近の『新潮45』の一部（目次で言えば右側）にネトウヨ的な記事や特集が目立つようになったことだ。

しかも月刊『Hanada』や月刊『WiLL』のような確信犯的ウヨではなく、もっと見せかけというか、プリテンシャスなウヨ。こうすれば月刊『Hanada』や月刊『WiLL』のような売り上げが期待出来るのではないかというウヨ（もちろんそんな中途半端なことでは売り上げにつながるはずがない）。

私は新潮社に何人もの若い知り合いがいて、ある時、その内の一人に、誰か『新潮45』を掻き回している人間がいるのでは？　と尋ねたら、彼は否定しなかったが、私はそれ以上の追及をしなかった。

「一枚岩」の危険性

廃刊時の『新潮45』のスタッフは六人だったというが、その内の一人か二人そういうカラーを持った人がいれば雑誌はその色に染まるのだ。

このままではいつかマズイことになると私は思っていたが、その危惧があたってしまった。しかしここまで大変なことになると私は考えていなかった。

どんな意見であってもそれを活字にすることは自由であるべきだ。そしてその責任の主体は書き手にある。その書き手を越えて媒体に求めるのは御門違いだ。まして廃刊に追い込むとは。

二〇一八年九月二十五日は活字がネットによってほろぼされた日だ。

その流れがこれからも続いていくだろうと考えただけで私は恐ろしい。

一枚岩というのはどんな場合であっても、国であっても会社であっても、もちろん雑誌であっても危険だ。つまり異見を認めないのだから。

その点で『新潮45』は危険ではなかった。一枚岩ではない雑誌らしい雑誌だった。連載陣も充実していた（今の総合雑誌の中で一番充実していたのではないか）。

今回『新潮45』を廃刊に追いやった一枚岩的な人たちの方がずっと危険だ（私が戦時体制を恐れているのは、そうなった時に一枚岩的な人たちが増えると思うからだ）。

『新潮45』は連載が充実していたと書いた。

最後の号（二〇一八年十月号）に目を通しても、まず巻頭に徳岡孝夫の「風が時間を」がある。それから泉麻人の「トリロー」がある。適菜収の「パンとサーカス」がある。佐伯啓思の「反・幸福論」がある。

連載と言えば、私の代表作の一つと自負している『昭和の子供だ君たちも』も『新潮45』に連載したものだ。

かつての『諸君！』ならともかく、今どきこのような連載をやらせてくれる総合誌はないだろう（かつての、と書いたのは、最後の頃の『諸君！』はただのウヨ雑誌になってしまったからだ）。その意味でも『新潮45』の廃刊は本当に惜しまれる。

六十歳向けの雑誌を

『新潮45』の廃刊に当たって江川紹子は、新たに『新潮46』を創刊すればいいと述べていた。ギャグだとしたらまったく笑えないギャグだ。

それに対して私は本気でこう考える。つまり『新潮60』を創刊せよと。

『新潮45＋』が創刊されたのは一九八二（昭和五十七）年。

当時の四十五歳は昭和十二年生まれ。

つまり戦争も知り、六〇年安保に直撃された「昭和の人」だ（彼らももう八十歳を過ぎた）。

それに対して、時がとまったままの（ように見える）平成三十年の今、四十五歳はいまだガキだ

（と六十歳の私は思う）。

だからその六十歳の人たちをターゲットにした雑誌を作るべきなのだ。

この年齢ぐらいの人たちまではかろうじて雑誌に慣れ親しんできたはずだ。

しかし四十五歳以下の人々はむしろ雑誌よりネットに親しんでいるだろう（それらの人々によって『新潮45』がつぶされてしまったのは大いなる皮肉だ）。

四十五歳とは一九七三年生まれだ。一九七二年から大いなる断絶が始まるというのが『一九七二』の著者である私の見解だ。

もう一度改めて言う。今こそ『新潮60』の創刊を。

第5章

記憶の書店、記憶の本棚

本の恩師たち

本の読みかたを教えてくれた人たち

二〇〇八年十一月二日於東京堂書店本店／彷書月刊　二〇〇八・十二

いま、中川六平さんがいっていたように、ぼくは一九五八年、昭和三十三年生まれですから、今年、五十歳になりました。ちょうど十年前、一九九八年の古本祭りのときに、初めて神保町でトークショーをしたんですが、そのときは、東京堂ではなく三省堂でのトークショーでありながら、東京堂のことばかりをほめるという、ずいぶんひどいことをしまいましたけれども。三省堂は、四、五年前かな、リニューアルして、一階の入口付近にわりとビジネス書を中心に置くようになってしまって、ちょっとさびしく思っていたんですが、ここ一、二年、神保町の本屋として、復活してきたなと感じています。さらに、その十年前、つまり一九八八年秋、ぼくが『東京人』の編集者だったとき、古本祭りに会わせて古本屋の特集号を作ったのですが、例の昭和天皇の体調問題で、祭りが自粛されてしまった、ということはすでに何度か述べたことがあります。

ただ、この十年、ぼくが初めて神保町でトークショーをしてからの十年で、本や本屋をめぐる環境は、かなり悪くなっているというのが実感です。古本に関しても、この十年のあいだに、古本についての本や古本特集を組んだ雑誌が次々に刊行されましたけれども、それが実際の古本屋の状況と連動しているかというと、必ずしもそうではありません。ちょうど日本映画の生産システムが崩壊していったとき、逆に映画についての本は活性化していたという状況に似ていると思うんです。

さて、今日のテーマである「恩師」、恩師といういいかたは、ぼくがイメージするところにはきちっと焦点が合っていないんですが、一応そういうタイトルにしました。要するに自分がいまある、本好きの五十歳としての自分を導いてくれた本好きの先人たちについて話してみたいと思います。

本といえば、ぼくが物心ついたときには、本を読むことは精神的になんらかの役に立つという教養主義がまだ残っていました。そしてもう一方に、プラクティカルに役に立つという意味での実用主義、そういう二つの読みかたがありました。ぼくが二十歳になる一九七〇年代末ごろには「面白主義」といったものも出てきますが、いずれにせよ、教養主義的読書も実用主義的読書も、どちらも嫌だったぼくに、そのどちらでもない本の読みかた、読書のありかたというのを教えてくれた人たちが何人かいました。その一人が植草甚一さんです。

植草さんは、一九七〇年前後に大ブレークしましたが、一九〇八年生まれですから、ちょうど今年が生誕百年で、七九年の十二月に亡くなっていますから、来年が歿後三十年になります。享年七十一歳というのは、ずいぶん若くして亡くなったなという感じがしますね。ぼくはかつて経堂に住んでいたので、植草さんはよくお見かけしましたし、非常に身近な存在でした。

ぼくが中学一年か二年のとき、雑誌はよく読んでいましたけど、たいした読書家でもないぼくに、なぜかうちの父親が、植草さんの『ぼくは散歩と雑学がすき』を買ってきて、これを読みなさいと勧められたことがありました。それが植草さんとの出会いなんですが、率直なことをいうと、当時のぼくには植草さんの書いていることがあまりにも高度、というか、知らない固有名詞ばかり登場するので、なかなか理解ができませんでした。植草さんの本をそれなりに読んでいった高校生になっても、理解しきれていたとはいいかねます。ただ街を散策しているように書かれる植草さんの文章、それから好奇心の動きかたというのがいいなと思っていたわけですけれど、その内容が本当に理解できるようになったのは、二十代もなかばになってからのことだと思います。

というわけで植草さんはひとつ、ぼくにとっては別格的存在ですが、一度『東京人』に話を戻します。先ほどの古本特集を作るときには何人かの人に相談しましたが、中でも一番相談に乗っていただいたのが、山口昌男さんです。その特集号では山口さんに「古本屋は都市の不思議空間である」という原稿用紙四十枚になる長い文章をいただいていますが、もうひとつ、ハンガリー文学者・言語学者の徳永康元《とくながやすもと》さんインタビューでは聞き手をつとめてくださいました。それが「古本漁りはパフォーマンス」というロングインタビューです。

じつはぼくは、徳永さんに秘かに憧れていたんですけれども、『東京人』にどういう形で出ていただこうか、そのきっかけがなかなかつかめずにいました。なぜか。先ほど、徳永さんはハンガリー文学者・言語学者であるといいましたが、碩学として学問的にすごいだけではなく、いろんな本、日本の文学者だとか、雑学的なものだとか、あるいは映画だとか、とにかく植草さんと並ぶような

「街っ子」的感受性に長けた方なんですが、そういうことをほとんど文章にしていない。ですから、徳永さんになにか文章を書いていただくというのは難しいだろうなと思っていたときに「自分が聞き役になるから」という山口さんのお申し出は、非常にうれしかった。

四年前に新宿書房から出た『ブダペスト日記』は、徳永さんが亡くなられた翌年に作られた遺稿集ですが、徳永さんは、この本を含めて三冊しか本を出していません。植草さんと違って本がまったく少い。ですから、徳永康元さんの存在になかなか気づくことができなかったと、そのあたりのことを『ブダペスト日記』のためにぼくが書き下ろした「徳永康元さんの思い出」に書いていますので、ちょっと読ませてもらいます。

私はかなり本好きの若者だったのだが、徳永さんのことを知ったのは遅かった。
徳永さんは、旧制高校の名物教師タイプとでもいおうか碩学の一つの典型であり、知ることは多く、書くことの少ない人だった。

旧制高校の名物教師タイプというのはですね。だいたい昭和五年、六年生まれぐらいの人までが旧制高校最後の世代です。五年制の旧制中学卒業で、あるいは四年終了でも、旧制高校を受けることができたんですが、その試験にさえ受かれば、あとの大学は形式的な試験だけですので、東大でも京大でも、難しいといわれる学部を避ければ、たとえば文学部ならほとんど無試験で入れるというシステムでした。ですから旧制高校にさえ入れれば、いわゆる受験勉強的なことからはいっさい解放されて、好きな読書だけにはげむこともできたわけです。
そういう旧制高校の先生というのは、大学の先生とも違って、しかしまた受験勉強の指導をするわけでもなく、いろんな知識や教養を持ちながらそれを本や雑誌に書くこともない。昔は、ただ優秀な生徒たちを指導しているだけで幸せだというタイプの知識人がいました。逆にいうと、直接知っているのでなければ、その先生のすごさやおもしろさはなかなか知りようがない。徳永さんは、そういうタイプの人だったと思うんです。

最初の著作（エッセイ集）である『ブダペストの古本屋』（恒文社）が出たのは、徳永さんがすでに七十歳になっていた一九八二年の春のことである。

徳永さんは一九一二年、大正元年の生まれで、七十歳になるまで本を出していなかったわけですね。

当時私は大学五年生であったが、その本の現物をまず新刊書店で手に取ったのではなく、その本の面白さを知ったのは、山口（昌男）さんが『週刊読書人』に執筆した書評を目にしてからだった。

その書評というのが、先ほど配りました「愉しい〝書仙〟の回想録――徳永康元『ブダペストの古本屋』」（山口昌男『文化と仕掛け』所収）です。読んでみましょう。

酒の世界に酒仙がいるように本の世界に書仙を求めるならば、本邦において先ずこの人をおいてあるまいという人が本書の著者徳永康元氏である。この人は、或る意味では学問の世界における植草甚一さんと言えば、或いは若い世代の人にもうなずけると思われる。

学問の世界における植草甚一。ぼくは、この一行に反応してしまったわけです。どういう人なんだろうと読み進めていくと、〈六、七十代の人には時々おそるべき人がいる〉つまり、徳永さん世代ということです。そして徳永さんを評して〈この人は本については最もおそるべき人です〉と。

そこでさっそく『ブダペストの古本屋』を買って読みましたが、とてもおもしろい本でした。徳永さんの専門はハンガリーで、英語はもちろん、ヨーロッパの言語にも複数通じている方ですけれども、いっぽうで日本の小説、しかもかなりマイナーな小説の読み手でもありまして、中戸川吉二《なかとがわきちじ》ですとか、あるいは野呂邦暢《のろくにのぶ》のことを絶賛していたりと、日本文学に関する徳永さんのセンスは、ぼくに響くものがあったんですね。

のちに、ぼくが個人的に徳永さんと知り合ってからですが、岩本素白《いわもとそはく》という随筆家のおもしろさを教えてくれたのが徳永さんでした。岩本素白という人は、早稲田で教えていた国文学者で、やはり碩学ながら、ほとんど文章を書くことはありませんでしたが、いくつか書きのこされた文章は非常に味のある人です。

岩本素白の代表作に『東海道品川宿』という七十ページほどの随筆があります。素白さんは旧東海道の品川宿の近くで生まれ育ち、そのころのことを回想したものです。旧五街道、東海道、甲州街道、日光街道といったところは、現在では自動車道の名称になってしまっていますが、本来の旧街道は別に旧道として残っているんです。一番わかりやすいのは旧日光街道の北千住。あのあたりの日光街道は道幅は細いですけれども、お店がたくさんあってむかしのにぎわいが残っている。あるいは甲州街道ですと、調布の先でふたまたにわかれ、片方が細い旧道になっています。

東海道はというと、鯨塚というところがありまして、その先に旧東海道の始点があります。そこをずっと歩いていくと、たとえば『幕末太陽傳』の舞台になった土蔵相模という女郎屋さんの跡地がコンビニになっていたりと、かなり現代的な街並みにはなっていますが、それでもいくつか当時の雰囲気を残す建物や風景が残っていますし、岩本素白の『東海道品川宿』を読んでから歩けば、旧東海道品川宿の雰囲気がさらに立体的に味わえるというわけです。『東海道品川宿』は、今年、ウェッジ文庫になりました。ウェッジ文庫は、たしかJRの子会社の出版社がやっていて、ぼくはJRの子会社ってあまり好きじゃないんですけれども、ウェッジ文庫に関しては、川上澄生の『明治少年懐古』のように、なかなかシブイ本も刊行しています。たぶんおもしろい編集者がいて、品川はJRでも重点地区ですから、「東海道品川宿」というところで上の人をダマクラかして文庫にしたんじゃないかと思っているんですけど。

そういうわけで、岩本素白のことを教えてもらった徳永康元さん、その徳永さんという人を知ったきっかけが山口昌男さん。そのお二人の対談を、一九八八年の秋に編集者として担当できたのはたいへん幸せなことでした。

『本の神話学』・『紙つぶて』・『書物漫遊記』

今年が二〇〇八年で、一九九八年、一九八八年と、十年単位でふり返っていますが、さらに十年前の一九七八年に、ぼくは二十歳で大学に入学しました。高校を卒業したのは七七年の春ですが、一年浪人して予備校に通っていた、この前後に、ぼくは、ぼくの読書人生を決定づける本に次々に出会います。先ほど、中学時代はあまり本を読まなかったといいました。高校時代になると、それなりに普通の本を読むようになりますが、やはり雑誌のほうが主体でしたし、ありきたりの本だったと思います。それが、この七八年前後に出会ったいくつかの本によって、いまの僕のような本読みが作られていったと思います。

とくに影響力が強かったものが三冊。そのうちの一冊は山口昌男さんの『本の神話学』で、この本は一九七七年十二月に中公文庫に入りました。これが当時新刊で買ったものです。ぼくはあまり書店のカバーにこだわるほうではありませんが、この本のカバーは、その買ったときの思い出ゆえ、はがすことができなくて、ボロボロになっています。

当時ぼくは、お茶の水の予備校に通っていました。神保町やお茶の水にはたくさんの本屋がありましたが、ぼくが毎日のように顔を出していたのは茗渓堂という本屋さんです。茗渓堂はお茶の水駅の近く、明治大学側にあって、二階は山岳関係の本、一階の新刊コーナーがかなりおもしろい本屋さんでした。ぼくはふつう、栞もすぐに捨ててしまうんですが、これ、茗渓堂の栞が入っていますね。この栞の絵を描いているのは串田孫一さんです。串田さんはアルピニスト、登山家として知られていますから、そういう関係で、茗渓堂とも親しい仲だったのではないかと思います。

のちに津野海太郎さんのエッセイを読んでいたら、津野さんが『本の雑誌』を初めて知ったのはお茶の水の茗渓堂だったとありました。レジ横に創刊号が置いてあったそうです。ぼくが『本の雑誌』を知るのは七七年の末ごろ、八号目か九号目のときで、高田馬場にあった東京書店で見つけたんですけれども、しょっちゅう顔を出していた茗渓堂のレジ周りを見ていなかったのかと、津野さんとぼくとの差を感じたものでした。

さて、そんな茗渓堂で、ぼくがなぜ『本の神話学』を買ったのか。当時の山口さんは、ジャーナリズムのなかで売れっ子としてブレーク中だったわけですが、それだけではなくて、ぼく自身本についての興味がかなり湧いてきて、本についての本をよく読んでいた、ということがあります。ですから『本の神話学』も、本についての本だという軽い気持ちで手にしたんですが、お茶の水から新宿へ向かう帰りの中央線で読みはじめて愕然としました。さっぱりわからない。

目次を見てみます。

二十世紀後半の知的起源
ユダヤ人の知的熱情
モーツァルトと「第三世界」

「社会科学」としての芸能
もう一つのルネサンス

いま見ると一つ一つの章題にシビレまくりますけれども、当時は、これらが本とどういう関係があるのだろうと感じました。つまり十九歳の青年にとっての「本についての本」といえば、本って本当におもしろいですね、とか、読書っていいものですね、とかいったヌルいものを期待していたわけで、こうした迫力のあるものではなかった。たとえば、最初の「二十世紀後半の知的起源」の書き出しは「思想史としての学問史」ですが、

七、八年ほど前のことであるが、私はしきりに「思想史としての学問史」ということを考えていたことがある。だからといってとりたてて、学説史といわれていたものを改めてどうこうするということではなく、それは知識の存在形態（収集・保管・創造）の一つとしての学問に、特定の時代、地域の文化がいかに反映するかということを、学問の分野と既成の枠の中に押し込めないで、通分野的に、そして意識の他のあり方、すなわち演劇、絵画、文学といった、「他の」諸々の創造に携わる行為とのかかわり合いにおいて展望に収める方法はないであろうか、といった関心にもとづく模索のようなものであったといった方がよいであろう。

いま読むと、こういう問題意識も無理なく共有できるわけですが、当時は、一つには、山口さん

の文章の饒舌体といいますか、息の長いなかにいろいろな情報や固有名詞を注ぎこむような文章に慣れていなかったということもありますが、理解はできないながらも、その迫力に打たれて読みつづけました。最後まで読み通しても、結局中身を理解できてはいなかったと思いますが、何度か繰り返して読むうちに二年後か三年後には、いや、といっても全部とか七割とかいうことではなく、山口さんがいおうとしていることのせいぜい三分の一か四分の一の理解が可能になったのが、大学三年生ぐらいだったと思います。

いずれにせよ、一九七七年の十二月に、この『本の神話学』に出会ったというのは決定的でした。このことによって、それまで自分がイメージしていた読書とは違う「読書」があるんだと、つまり読書とは、単に趣味とかいうものではなくて、それ自身によって現実参加や変革が可能なものなんだなと、そういう山口さんの迫力を感じたわけです。

大学に入学した七八年の夏には、谷沢永一さんの『完本　紙つぶて』という新刊コラム集に出会います。谷沢さんは、それ以前にたしか『読書人の立場』という本を桜楓社から出していまして、これも非常におもしろい本ですが、なぜその本と谷沢さんのことを知ったといいますと、きっかけは『文藝春秋』でした。

『文藝春秋』は国民雑誌ともいわれる雑誌ですが、概して書評欄が弱いという変な伝統がありました。しかし七〇年代の後半に、丸谷才一さんを中心に、山崎正和さん、西洋史学者の木村尚三郎さんの三人で鼎談書評というのを作りまして、これが話題を呼びました。評判がよかったために、のちにいろんなところがマネをした結果消費され、当初丸谷さんたちがやっていたころのおもしろさが消えてしまいましたけれども、ぼくが高校生から大学に入るころの鼎談書評は非常におもしろかった。そしてそのなかで、谷沢さんを取りあげていたというわけです。『文藝春秋』という雑誌で、当時はマイナーだった谷沢永一さんという人のマイナーな本を取りあげるところにインパクトを感じて、興味をそそられて読んでみたらおもしろかったんですね。

その後、谷沢さんに、短いけれど非常に批評性に富んだ、ときにはかなり辛口な、マイナーな文学者や文人に目配りの利いた『紙つぶて』というコラム集があり、しかも元は私家版だったその本が、いよいよ文春から出版されるらしいと知って、ぼくは発売直後に購入したわけです。

谷沢さんの『紙つぶて』は、山口さんの『本の神話学』とは対極、といいますか、山口さんの文章は饒舌型だといいましたが、谷沢さんの文章は、一本の分量に制限があるという側面はあるんですが、削ぎ落とした短い文章のなかに情報量と批評性が入っているという、或る意味でこちらも難解なコラム集でした。本を読むときにはふつう自分の知っている固有名詞を手がかりに文脈をつかんだりするものですが、『本の神話学』同様、ぼくの知らない固有名詞が次々と登場する。にもかかわらず『本の神話学』同様、なにか読ませる力を持っていて、とにかく読んでしまう。そしてまた『本の神話学』同様ですが、読み返すたびに自分の知っている固有名詞や理解可能な文脈が少しずつ増えていって、自分の知の力が上がってきたのではないかと感じられるバロメーターになる二冊だったわけです。

そしてもう一冊が、七九年の一月に出た種村季弘さんの『書物漫遊記』です。これは筑摩書房から出て、のちにちくま文庫創刊時のラインナップに加わり、しばらく品切れだったんですが、去年か一昨年に復刊されて、いまも新刊書店で生きていると思います。『書物漫遊記』は山口さんや谷沢さんの本とは違ってリーダブルといいますか、とても読みやすい本でした。

そう、今年亡くなった丸元淑生さんという作家を知っている方、どのくらいいますか？　丸元さんは実に伝説的な方で、学生時代に出版社を立ちあげて、土門拳の写真集『筑豊のこどもたち』をヒットさせ、そのあと書肆パトリアといった、自分が好きな英米文学を翻訳する出版社を作ったり、いっぽうでは東大の学生新聞などにも関わっています。『週刊女性』だったかの編集長になってはすごい売れゆきにして、お金もかせいで……このへんのディティールはちょっと不正確ですが、とにかくアメリカでギャンブルに失敗し、マフィアに追われて戻ってきて、今度は健康雑誌を作ったりするんですが、本人はいたって純文学志向の強い人なんです。一九八〇年前後に二回か三回、芥川賞候補にもなっている。最後は「食」に関する書き手として人気が出て、純文学的作品というのが書けなくなってしまうんですが。

その丸元さんと種村さんが学生時代からの親友で、のちに丸元さんが編集長をしていた大衆誌『週刊時代』で、種村さんがはじめた連載が「書物漫遊記」という作品だったんです。種村さんは、山口さんや谷沢さんに勝るとも劣らない知の巨人ですが、いっぽうではストーリーテラーとしての力量の高い、いや、ストーリーテラーといいますか、大道の、物売りの啖呵のように、つい聞いてしまうような話術の持ち主でした。その話術が全面的に展開していったのが、この『書物漫遊記』だった。それ以前は少しすましているといいますか、端正な文章を書かれていたんですが、『書物漫遊記』をきっかけに、いい意味で俗っぽい文章を書かれるようになったわけです。

もちろん『書物漫遊記』のなかにも、初めて聞く固有名詞が次々登場しました。たとえば、正岡容の存在を知るようになったのはこの本によってですが、『本の神話学』や『紙つぶて』とはまた違う意味で、二十歳のぼくは驚きました。というのは、たいへんな博学で筆もたつのに、種村さんという人はそれを役立てようとしないといいますか、ふつうここまで知識のある人なら、学問的な業績とか、もっと正統な道で評価されたがるものだろうに、無駄に使っている感じがしてすばらしいと思ったんです。格好よかった。憧れました。

『本の神話学』は、当時はアカデミズムの王道としては認められていないことを書いていながら、でもやはり、アカデミズムの範疇で括れる作品だと思います。たとえば一九七七、八年当時、岩波は『文学』という講座を刊行中でしたけれども、そこに山口さんや谷沢さんが登場することはあっても、種村さんは登場しなかったであろう。種村さんは、岩波的な権威にはまったく無縁な感じがしました。つまり一九八〇年前後というのは、価値観が変わっていく転換期であったのかもしれません。

山口さん、谷沢さん、種村さんの三人。あるいは同じころ、小林信彦さんや常盤新平さんの読書コラムとか読書エッセイ集などで、ぼくは、自分の読書のジャンルを拡げていきました。

知のバトンを

山口さんが、徳永さんたち世代のことを書いていましたが、そこに出てくる福田恆存さんも徳永康元さんと同じ一九一二年生まれです。そのあたり、ぼくもなるほどと思った点があります。何度もそれを繰り返し考えて、ふくらましていったんですけれども。

要するに、当時七十歳前後ということは、一九一〇年前後に生まれた人たちになります。たとえば、植草甚一さんは一九〇八年生まれです。大岡昇平さんが一九〇九年。大岡さんは、ぼくが大学時代、『文學界』に「成城だより」という日記を連載していたんですが、そのなかでフランスの現代思想の本などを読んでいたりして、七十を過ぎてもそういう青っぽい読書をしている大岡さんが、すごく格好いいと思いました。ぼくも七十過ぎたらそういうふうでありたいと思ったんです。その点は植草さんにも共通すると思います。

あるいはその大岡昇平と、岩波の『世界』で知的青春について対談をした埴谷雄高。埴谷さんも一九〇九年生まれです。ぼくは埴谷さんの小説にはほとんど興味がありませんが、埴谷さんのエッセイ、映画について語る回想文、本についてのことや交遊録、彼の知的成長を回想する文章などは愛読しました。

ぼくが大学に入る前、七四年に亡くなった花田清輝も一九〇九年生まれです。

この世代で、いまも御存命の双葉十三郎さんは一九一〇年生まれ。植草さんとも親友だった人ですが、双葉さんの『映画の学校』は中学時代から読んでいました。それはぼくが早熟だったという意味ではなく、当時買っていた雑誌『スクリーン』に双葉さんが連載されていたということもあるんですが、中学一年のときに、五十音順で前の席だった都築くんが、ぼくが映画好きだということを知ると、「ぼくのおじちゃんも映画評論家なんだ」というので、え？　なんて人？　と聞いたら、ぼくが大尊敬していた双葉十三郎だという。都築くんは都築くんで、淀川長治ならともかく、双葉十三郎を知っている同級生がいるとは思わなかったと、それからさらに仲良しになりました。そういう関係で双葉十三郎のことをぼくは中学時代から「双葉のおじちゃん」としてなじんでいて、といっても全然、会ったことはないんですけれども。

では、一九一〇年代前後の人たちについて考えてみます。日露戦争が終わったのは一九〇五年です。満洲事変は一九三一年ですから、そのあいだの二十数年間の日本は直接には戦争に関係なく、むしろ大正デモクラシー的なものですとか、昭和初期のエログロナンセンス的な大衆文化が花開いていくおもしろい時代で、そんなときにこの人たちは、思春期から青春期を迎えたわけです。たとえば一九一二年生まれだとすると、満洲事変の直後ぐらいに二十歳ですから、十代後半のころにいろいろとおもしろいことがあったのだといえる。一九二三年、大正十二年に起こった関東大震災は、悲惨な面ばかりが強調されますが、古い東京が破壊されてしまったいっぽうでは、建物にしても演劇にしても音楽にしても、新しいものが生まれた時期でもあります。

たとえば大震災直前に結成された「マヴォ」は、「バラック装飾社」の名のもとアートとしてのバラックを造ってみたりする。『東京震災記』というルポを書いた田山花袋は、震災時にはけっこうな年齢ですし、凡庸な感じの風貌で損をしていますが、意外にモダニストで、震災でグニャッと曲がった鉄の支柱かなにかを見て「ドイツ表現主義とはこういうものかもしれない」と感想をもらしていたりする。そういう意味では、関東大震災は新しい可能性を産み出す起爆剤にもなりました。

その直後、いっぽうでは円本ブームが起こります。大正十五年末にその企画広告が載って、昭和元年は一週間だけですから、実際の刊行がはじまるのは昭和二年です。改造社の「日本文学全集」が円本の先駆けですが、新潮社とか春陽堂などの各社が次々に円本を出しはじめました。円本が爆発的に売れていくことで、そこに混じって通常なら出せないようなマイナーな作品、少数の読者しかつかないようなアヴァンギャルドな作品が出されています。ですから読書環境という部分では、恵まれていた時代です。

円本といえば、埴谷雄高が非常に難解な文章を書くので、あるとき若い文学好きが埴谷の親友であった平野謙に「なぜ埴谷さんの文章は難しいのでしょう」と訊くと、埴谷雄高は政治活動で捕まり獄中にいたときに、春秋社が出した「世界大思想全集」という悪文だらけの円本を一生懸命読んでいたために、ああいう文章になってしまったんだと、平野謙は推測しています。現在の春秋社は宗教、仏教関係を専門にしていますが、当時はもっと総合的な出版社でした。「世界大思想全集」の翻訳は非常に玉石混淆、というより石のほうが多く、訳がメチャクチャなんですが、作品のラインナップはすごい。たとえば現在再評価されているヴィーコについて、イタリアの哲学者クローチェが書いた『ヴィーコの哲学』。あるいはアメリカの批評家アーヴィング・バビット、ハーバード大学でのT・S・エリオットなどのお師匠さんですが、この人の『ルソオとロマンティシズム』なんてのも入っている。

あるいは、長谷川巳之吉の第一書房が「近代劇全集」を円本で出しましたが、そのなかにはピランデルロやチャペックなどの新興演劇まで入っている。また当時は、こちらが想像している以上に、欧米の書物がリアルタイムで入ってきています。これは吉田健一が語っていることですが、シベリア鉄道があったころには、パリで刊行された書物が鉄道を経由して、ものの一週間で東京の本屋に並んだといいます。植草甚一さんは十七歳だった一九二五年に、同年創刊された週刊誌『ニューヨーカー』を、東京で手にして読んでいます。ストラヴィンスキーの「春の祭典」も同時代的に入ってきている。

一九一〇年前後生まれの人たちは、そういった一九二〇年代のアヴァンギャルド文化と連動して、ただの学校秀才ではない、雑学的な、街っ子的な博学者として次々に育っていきました。そしてぼくはその次の世代が、一九三〇年前後生まれだということを発見したんです。

谷沢永一さんは一九二九年生まれです。山口さんが一九三一年、常盤さんも一九三一年、種村さんが一九三二年、小林信彦さんも一九三二年です。この世代の人たちは、十五歳前後に戦争が終わり、ドンと押し寄せてきたアメリカを中心とする外国文化の波を、どんどんどんどん吸収していった。一九一〇年前後生まれの人たちと、一九三〇年前後生まれの人たちは、十代後半から二十歳になるときに同様の環境にいて、次のジェネレーションのおもしろい読書家になっていったんだと思います。

一九三〇年生まれの人たちが二十歳のころには、一九一〇年生まれの人たちはだいたい五十歳ぐらいです。文化人としても一番おもしろい仕事をする時期ですから、一九三〇年生まれの二十歳の人たちは、一九一〇年生まれの人たちにいい影響を受けて、さらに知的に育ったんじゃないかと思うわけです。

その二十年周期説を採用していくと、次は一九五〇年前後生まれで、たしかに荒俣と高山のダブル宏さんや鹿島茂さん、中沢新一さんといったすごい読書家たちはいるのですが、その人たちはとりあえず団塊のひと言でまとめて、ぼくとしては強引に、次は一九六〇年生まれだといいたいのです。

ぼくは、いわゆる「第一次オタク世代」といわれている一九五八年生まれですが、同じ生まれに大塚英志、唐沢俊一、岡田斗司夫などがいて、学年は同じですが一つ下の五九年になると大月隆寛、浅羽通明、宮台真司、六〇年になると福田和也、島田雅彦といったように六〇年前後生まれには、なにか不思議な読書家の人たちが育っている。

そう、最近考えていることですが、ぼくらにとって一番最初の「本の恩師」は、じつは大伴昌司だったのではないかとも思うんです。最近出た『少年マガジンの黄金時代』という本を見かけたことがありますか？　発売からひと月も経っていませんが、もうなかなか本屋に見当たりません。ちょうどいま五十前後の読書好き、サブカル好きなら、この本は全員買いますね。ですからたぶん初刷はあっという間に売り切れてしまったのでしょう。

一九七〇年前後の『少年マガジン』は、ものすごくクオリティの高い総合誌だったんです。マンガ以上に充実していた特集ページや読み物ページ、それを担当していたのが大伴昌司さんでした。そのころ十二歳、小学六年性だったぼくは、毎週毎週『少年マガジン』に、つまり大伴さんに教育されていったわけです。たとえば「ミュージック特捜局」というコラムがありまして、〈このアルバムを解散レコードにするという、はっぴいえんどのアメリカでの録音盤が〉……もう、ちょっと老眼で読めないですね（笑）。とにかく、はっぴいえんどが解散して、アメリカでの新譜が出るよという記事を、少年マンガ雑誌に載せている。いまだったら考えられませんよ。

先ほどの周期説に戻りますと、一九八〇年前後、ぼくらが二十歳ぐらいのときに、山口さんにしても、谷沢さんにしても、常盤さんにしても、小林信彦さんにしても、一九三〇年前後生まれの人たちが、非常におもしろい仕事をしている。次々におもしろい仕事をしている時期です。そしてそのころ、七十歳前後だった一九一〇年前後生まれの人たち、植草さんは七九年に亡くなってしまいますが、大岡さんは「成城だより」を連載し、埴谷さんと『世界』で対談しています。いわゆる知識人系の人ではありませんが、やはり一九一一年生まれの野口冨士男さんは、一見地味な私小説作家というイメージがありますが、それは半面で、じつはたいへんモダンな東京っ子です。モダンな東京っ子でありながら私小説を書きつづけ、それが八〇年ごろ、晩年に近くなって花開き、次々とすばらしい作品を生みだしていかれます。そして、それらを栄養素にして、ぼくらは育っていったわけです。

また、その前史といいますか、昭和初頭に円本ブームがあったといいましたが、一九五〇年代にも、河出や筑摩といった出版社によって全集ブームが起こりました。そしてまた一九八〇年前後に、やはり全集、これは昔のような総合的な全集ではありませんが、ラテンアメリカ文学全集だとか、幻想文学全集といったちょっとマニアックな全集が次々と出てきた。そういった全集によって、いろいろな不思議な最先端のものに無意識でふれあえる、そういうこともこの周期説に関係あるんじゃないかと思うんです。

この周期説でいくと、次の世代は一九八〇年前後、あるいは一九九〇年前後生まれの人。仮に九〇年生まれの人だとすると、その人たちが二十歳になる二〇一〇年ごろ、つまり今年が二〇〇八年ですから、そろそろそういう動きが出てもいいと思いますが、現象としてあまり見えてきません。

一九八五年ごろに生まれたゆとり教育第一世代が、そろそろ社会人に入ってきます。一九九〇年生まれの人たちも、まさにそのゆとり教育世代です。ゆとり教育が功を奏して、学校の勉強とは関係なく、自分の好きな知的なことにどんどん打ちこんでいれば、非常に面白い知の巨人が生まれると思うんですけれども、そういう若者が登場している気配はまだありません。むしろ、そのゆとり教育を無駄に使ってしまった人たちが多いのではないかという気がします。実際にはわかりませんが、ただ、ぼくは先行きに関してちょっとペシミスティックになっているんです。

つまりぼくは、一九一〇年前後生まれ、一九三〇年前後生まれの人たちから受け渡されてきた知のバトンというものを、一九六〇年前後生まれとして、これからも渡していきたい。いま、ぼくの同世代の人たちは、みんな啓蒙的になってしまっています。若者たちに対しても説教臭い。先ほどもいいましたが、植草さんにしても大岡さんにしても、七十歳になってなお、若者と同じレベルで走っていて、むしろ青臭いわけです。

ぼくが『東京人』を辞めた直後、ですからぼくが三十二歳くらいのときに、六十代の山口さんと二人で毎週のように、多いときには二日に一度のペースで、古書展や古書街でいろいろな本を買い、お互いに切磋琢磨しあっていました。山口さんは、三十二歳の肉体のスピードで走るぼくと同じスピードで、というより山口さんのほうがすごいスピードで走っていました。ぼくはそんな山口昌男さんに感動しましたし、その「走りっこ」でものすごく鍛えられました。

ですからそういう山口さんやさらには大岡さんや植草さんの七十歳を過ぎてからの姿を見ていた、ある意味では選ばれた存在であろう一九六〇年前後生まれの読書家は、後ろを、つまり若い人のほうを振り返って説教をしたり啓蒙的なことを語るのではなく、逆に背中を向けたまま、とにかく走りつづけていけばよいのではないか。その背中を見て、なにかを感じてくれるゆとり世代の人も出てくるのではないかと思いながら、話を終えさせていただきます。どうもありがとうございます。

神田神保町「坪内コーナー」の思い出

kotoba 二〇一三・春

二極化する本の世界

かつて、今から十年ほど前、神田神保町の東京堂書店が「ふくろう店」という別店舗を出店した時、私のセレクトした本を並べるいわゆる「坪内コーナー」があった。

最初の予定では新刊本だけを並べるつもりだった。

すなわち山口昌男や種村季弘、草森紳一、常盤新平、小林信彦といった私の愛読して来た、そして今でも愛読している文筆家たちの著作だ。

しかし、私の悪い予想は当たった。

百名近い（あるいはそれを越える？）文筆家をリストアップしたのだが、彼（彼女）らの本だけでは棚が埋まらなかったのだ。

私は棚を二つ借りることになっていたのだが、その内の一つ半しか埋まらなかった。

つまり右側の棚の下半分が空いてしまった。

悪い予想と書いた通り、これは、私の予想していたことでもあった。

私のリストアップした文筆家たちはいわゆるベストセラー作家ではない（例えば小林信彦さんはベストセラー作家だったことがあるものの）。知る人ぞ知る文筆家、しかしその読者（愛読者）はかなりコアな人たちばかりだ（そういうコアな読者を持った帝王が草森紳一――当時は御存命――だった）。

ここ十年、いや平成に入った時から数えれば二十五年で出版界の最大の変化は絶版・品切れのサイクルがどんどん速くなっていったことだ。特に大手出版社ほどそれが激しい。

ベストセラーに対してロングセラーという言葉があるが、そのロングセラー（長い間をかけて売れて行く本）が出にくい状況になっている。

それ以上に苦しいのがベストセラーに対するベターセラーだ。

ベストセラーのように売れはしないが、出版社に損はさせない。

つまり八千部前後売れる本。

この種のベターセラーがここ十数年で壊滅した。これはかつてベターセラー作家だった私のリアルな気持ちだ（例えば一昨年の十二月、私は二十年がかりの労作『探訪記者松崎天民』を刊行したが初版六千部で増刷はなかった――一万部以上いった『靖国』や『慶応三年生まれ七人の旋毛曲り――漱石・外骨・熊楠・露伴・子規・紅葉・緑雨とその時代』や『一九七二――「はじまりのおわり」と「おわりのはじまり」』同様の――いやそれ以上の――達成感をおぼえていたのに）。

今、本の世界は二極化してしまった。

三千部（以下）の世界と三万部（以上）の世界に。

そして三万部売れれば、それが五万部、十万部、三十万部、五十万部へと続いて行く。

三千部と三万部の間、すなわち八千部から二万部売れる新刊が存在する余地は今の書店状況にはない（それらの本を支えてくれたのが、昔は目にした町の書店だったのだ）。

私の学生時代、ごく普通の町の本屋（例えば京王線下高井戸駅にあった近藤書店や小田急線経堂駅にあったキリン堂書店など）には、十年前、いや、二十年前に出た本が当たり前のように並んでいた。

その「当たり前」振りを眺めるのが楽しかった。

しかし今では五年前どころか三年前の新刊でも絶版だ。

例えば先に名前を挙げた山口昌男。

山口さんはたくさんの本を刊行しているが、その内名著と言われているものだけでも十冊以上ある。

しかし東京堂書店ふくろう店の「坪内コーナー」では僅か数冊しか並べることが出来なかった（先日、今年の一月初め、久し振りで大阪旅行をし、堂島のジュンク堂書店を覗いたが、その時驚いたのは山口さんの単行本が一冊もなかったことだ）。

だから、新刊だけでは、棚二つの「坪内コーナー」をいっぱいにすることが出来なかったのだ（先に私は大手出版社の方が絶版・品切れのサイクルが速いと述べたが、その逆に中・小出版社

――みすず書房や晶文社や編集工房ノアなど――の方が版を切らすことなく有り難かった）。

一九八〇年前後の「ありきたりの棚」を再現

そこで私は苦肉の策を考えた。
当時の東京堂書店の店長だった佐野衛さんの近刊（名著です！）『書店の棚　本の気配』（亜紀書房）の第Ⅳ章「東京堂書店店長時代」の「坪内祐三ワンダーランド」という項にこうある。

いよいよ、坪内さんに棚詰めをしてもらう日がやってきた。この日、坪内さんも責任編集をしている雑誌『en-taxi』のスタッフが来て、この様子を取材してくれる。のちに、坪内さんの選書リストが同誌に掲載された。それは、二〇〇四年春号に掲載されている。しかし、このとき、「坪内コーナー」に問題が出てきたのであった。棚が全部埋まらない……。相談すると、すぐに返事が返ってきた。
「佐野さん、古本を置きましょう」
坪内さんは、ここでもつぎつぎと古本を集めるのであった。棚の問題はすぐに解決した。その日から、坪内さんは、古本を自分で選び自分で運んでくる。

苦肉の策と述べたが、実はこれは、私が前々からやってみたいと考えていたことだ。

と言ってもそれは、当時流行り出していて今でもそのブームは続いている（本誌の特集「本屋に行こう」もそのブームの中で企画されたのではないかな?）新刊書店の、「どう、おしゃれでしょ、この棚」だとか「読んで読んでこの本読んで棚」だとか「こんな特集を組みました棚」といったたぐいのものではない。

もっとありきたりの棚。

つまり私が学生だった頃、一九八〇年前後の学生街の新刊書店でありきたりだった棚の再現だ。いつかやってみたいと思っていたそれを、佐野さんのおかげで実現出来るのだ。

「一九八〇年前後の学生街の新刊書店でありきたりだった棚の再現」をする手ごたえを私は感じていた。

難しいけれど楽しい、値付けと仕入れ作業

一九八〇年前後、それはメインカルチャーとサブカルチャーが交差し、山口昌男や蓮實重彦や小林信彦がブレイク、やがて「ニューアカ（ニュー・アカデミズム）」がブームとなって行く頃で、新刊本の世界も新旧取りまぜて活気があった。

その頃千五百円ぐらいしたそれらの新刊が、それから四半世紀経った二〇〇四年は古本屋や古書展で一冊五百円以下で買えたりする。

プロの古本屋の世界で難しいのは値付けだ。

ところが、それがコロンブスの卵。

一冊五百円以下で仕入れた古本を、東京堂の店員さんたちにこれはすべて定価（当時の）の七掛けで表示して下さいと私は指示した。

つまり定価千五百円の本なら、七掛けで千五十円。仕入れ値が五百円なら五百五十円の儲けだ（事情通ぶったやつがあるブログで、「坪内祐三が東京堂の棚を借りてビジネスを始めた」というデタラメを書いていたが、私は東京堂から一銭のお金ももらっていない――まったく無償の行為だった――ただし佐野さんから「坪内さん、それではあまり申し訳ないから」と確か三回ぐらい一万円の図書カードをもらったことはあるが――もちろん、そのカードを使って東京堂で本を買った）。

こうして私は一九八〇年前後の「新刊」を、すなわち山口昌男や谷沢永一や種村季弘や吉行淳之介や山口瞳や野坂昭如や小林信彦や常盤新平や川本三郎や青山南や蓮實重彦や柄谷行人や浅田彰や栗本慎一郎や草森紳一や赤瀬川原平や大江健三郎や江藤淳や中上健次らの本を古書展で買い集め（一時に三十冊以上購入し、若い友人たちに東京堂への搬入を手伝ってもらったこともある）、「坪内コーナー」にせっせと並べていった。

この作業は楽しかった。

特に本を仕入れること。

自分の大好きな本がある。

例えば谷沢永一の読書コラム集『完本　紙つぶて』。

この本を私は刊行された年（一九七八年）に購入し、以来数え切れないほど繰り返し読んできた。

編集を担当した萬玉邦夫さんによる瀟洒な装丁も素晴らしい。

古本屋で五百円ぐらいで売られているのを目にすると、つい手が出てしまう。

しかしそれも三冊までだ。

四冊目は我慢していた。しかし「坪内コーナー」を始めてからは、五百円以下で見かけるたびにせっせと購入していた。

十数冊は買ったと思う。

しかもそれがまた良く売れるのだ。

けれどストックがあるからすぐに補充出来る。そのことを知らないで、「坪内コーナー」の『完本紙つぶて』はずっと売れ残っていると、やはりブログで書いていた人間がいたけれど、十何回転していたのだ。

古本屋の棚作りのコツ

この仕事を始めてわかったことがある。

目玉となるような本を並べすぎてもまずいということだ。

その種の本はやはり、すぐ売れる。

私は常時三十冊ぐらいはストックを持っていたいと思っていた。

私が「坪内コーナー」に足を運べるのは週に二回か、せいぜい三回ぐらいだったが、その間に七冊が売れていたとしたら、ストックから七冊抜いて並べる。

ところが目玉となる本を十冊並べると、次に覗いた時その十冊は確実に売れている。

ストックを補充する一番の仕入先は毎週末に神田か五反田か高円寺の古書会館で行われている古書展だ。

しかしそれにも当たりハズレがある。

貴重書が中心で私自身のコレクションには有り難い古書展であっても、一九八〇年前後の「新刊」が殆ど見当らないことがある。それは「坪内コーナー」にとってはハズレである。

その逆に、当たりの場合は、三十冊以上仕入れることになる（いっとき古書業者の間で、坪内さんが最近狂ったように五百円以下のありきたりな本を買い集めている、と噂になったことがある）。

そしてハズレが続くとストックがどんどん減って行くことになる。

だから私は覚《さと》った。

目玉ばかり並べても棚がガタガタになってしまう、と。

つまり、適当に、売れない本を並べておくことも重要なのだ（この話をある古本屋の友人にしたら彼は、ツボちゃんだいぶ古本屋の仕事わかってきたね、と言った）。

その点で有り難かったのは吉本隆明と栗本慎一郎と浅田彰と柄谷行人の本だ。殆ど売れなかった（蓮實重彥の本はけっこう売れた）。特に吉本隆明と浅田彰の本は売れなかった（浅田彰の本は一冊も売れなかった）。

一九八〇年前後のありきたりな本と述べたが、残念だったのは田中小実昌と後藤明生の本を殆ど並べられなかったことだ。

二十一世紀に入ってこの二人が一九八〇年代に刊行した「新刊」の古書価格はどんどん高くなっていた。特に後藤明生は高くなった。以前は五百円以下で買えたものが二千円以上する（その高値は今も続いている）。だから並べられなかった（私の自宅の書棚の一角に後藤明生のコーナーがあり、そこに並ぶ二十数冊は壮観だ）。

もう一つ残念だったのは棚を補充するたび、その棚の写真を撮っておかなかったことだ。たぶん百枚を超えるその幻の写真を並べて展示していったなら、きっと面白い現代アートになったはずだ。

高原書店からブックオフへ、または「せどり」の変容

新潮45　二〇一五・七

「せどり」今昔

地元であった経堂それからチンチン電車（世田谷線）に乗って三軒茶屋の古本屋には小中学生の頃から通っていたけれど、私が本格的に古本少年になるのは私立早稲田高校に入学した一九七四年春のことだ。良く知られているように、高田馬場駅から早稲田に向って、明治通りを渡って、西早稲田の交差点の所まで古本屋が蝟集している（今でも二十軒ぐらいあるが当時はそれ以上だった）。私は高田馬場と馬場下町間の学バスの定期を持っていたから、帰宅時にバスを乗り降りして古本屋街を流した。それからＢＩＧＢＯＸの古本祭りもこの年から始まった。

となると、私の古本屋通いはもう四十年以上になる。

その四十年の間に私と古本屋との関係は変わった（特に二十一世紀に入ってからのこの十数年は大きく変わった）。

私の個人史をもとにその変化をこれから綴って行き、最近の古本世界に思うことを語りたい。

ふた月近く前（つまり三月の初め）、神保町の大型書店で、一階のレジに向って行った時、私の右手の雑誌棚に、我が眼を疑う文字を目にした。

それはあるムック本の表紙なのだが、そこに「せどり完全ガイド」とあったからだ。その中身は確認せず、次にその売場を覗いた時はもうなかったけれど、中身の方は想像できた。

つまり、やはり表紙に「Ａｍａｚｏｎ」とあったことを記憶しているから、アマゾンによる「せどり」での設け方を指南したムックなのだろう。

私はＢＯＯＫＯＦＦに行くことは殆どないけれど、何年か前から（七〜八年ぐらい前だろうか）ＢＯＯＫＯＦＦでとても奇妙といおうか気持ちの悪い光景を目にするようになった。

カゴ（中にたくさんの本や雑誌が入っている）を持った若者が床に坐って携帯やスマホ（それがバーコードリーダーと呼ばれるものであることをのちに知る）をカチャカチャいじっている。

つまりアマゾンの買い取り価格をチェックしているのだ。

それが「Ａｍａｚｏｎせどり」だ。

しかし、「せどり」という言葉がこれほどポピュラーになって、しかもそれを指南する本（ムック）が登場する時代が来ようとは。

かつて、「せどり」という言葉にはかなり危険な香りが漂っていた。

ヤクザとまでは言わないものの、それに近い感じがした。

私が初めて「せどり」を目にしたのは、高校一年生か二年生の時、ＢＩＧＢＯＸの古本祭りでだった。当時はデパートの古本祭りも盛んで、渋谷や池袋の西武、新宿の伊勢丹や小田急、京王の古本祭りでもその姿を目にした。

今の私はオープン前の古本祭りに並ぶことはまったくない（そもそもデパートの古本祭り自体なくなってしまった）が、大学生時代は、よく並んだ。そして「せどり」の連中の顔もおぼえた。

オープン前の古本祭りは本好きの人もたくさん並んでいて、それらの人々も独特の雰囲気（大人になったオタク感――当時オタクという言葉はなかったけれど）をかもし出していたが、「せどり」の人々は大人オタクにはみられない殺気をただよわせているのだ。

実際、本の取り合いになって「せどり」が大人オタクを恫喝しているシーンを目撃したこともある。

ここまで書いて来て、重大なことに気づいた。

「せどり」の説明を忘れていたのだ。

せどりというのを広辞苑で引くと、「糶取・競取」は「同業者の中間に立ち、注文品などを尋ね出し、売買の取次をして口銭をとること。また、その人」とある。

広義の意味ではその通りだが、ここで私が問題にしている「せどり」はもっと狭義すなわち古書の世界の専門用語だ。

「せどり」を漢字で書くと「背取り」となる。読んで字のごとく、棚に並んでいる本（古書）の背中を見て取って（抜いて）行くことだ。

情報が流通する前の古本の世界は、特別に有名なものを除いては、価格にバラつきがあった。神保町の古書街の価格は高く（もっともこれは三十年以上前の話で平成に入った頃から少しずつ変化していった）、それに比べると早稲田は安く、私鉄沿線はさらに安かった。

私が大学生の頃、神保町の英文学を専門とする古書店で筑摩書房の『エリザベス朝演劇集』を見つけた。

刊行されて十年足らずの本だったけれどすぐに絶版で二万円だったか三万円だったかの値段がついていて学生にはとても手が出せなかった。

それから一年ほど経って、三軒茶屋の古本屋でまた目にした。値段を見ると三千円だったからもちろん購入した。

古本屋の買い取り価格は店によって違うが、三掛けだとしよう。つまり店頭価格の三割で買い取ってくれる。

だから三軒茶屋の古本屋で三千円で仕入れたその本を神保町の古本屋に売れば、店頭価格が二万円だとしても六千円で買い取ってくれる。

つまり三千円の儲けだ。

そういう本に一日五冊出会えれば日給一万五千円になる。これが「せどり」だ。

大学院を出て『東京人』の編集者になるまでの一年半の間、週二日ぐらいのペースで東京中の古本屋を歩き廻っていたことがある。

神田に持っていけば千円以上の儲けになる本がいくらでも見つかる。

当時の私なら「せどり」で充分生活出来たかもしれない。

しかし私は「せどり」にだけは絶対なるまい、と思っていた。

実は「せどり」には二種類ある（あった）。どこかの店に所属している「せどり」とフリーの「せどり」だ。

「せどり」を持っていることで有名だったのは池袋の芳林堂書店ビルに入っていたT書店だ（五～六名の「せどり」を雇っていたのではないか）。神保町のA書店も同じくらいの数の「せどり」がいた。それからかつては東京の古書店主が地方の古本屋に「せどり」に行ったという。

「せどり」であるけれども、店に所属しているから、これらの人たちは一般人とあまり変わらなかった。

恐かったのはフリーの「せどり」だ。先にも述べたようにこれらの人は私の目に半ばヤクザに見えた。

だから私は「せどり」にだけは絶対なるまい、と思っていたのだ。

棚の再現の難しさ

そういう「せどり」の意味に変化が起きたのは今から十年ぐらい前だ。

二十世紀の終わり頃から新たな古本ブーム（というか古本本ブーム）が起き（『古くさいぞ私は』の著者である私は浅田彰から「古くさいではなくただ古いだけだろ」と批判されたが古本を前面に

出した本の刊行は二〇〇五年の『古本的』が初めてだ）、そのブームはいまだ続いているとも言える（ただし私はそれが健全なことだとは思わない――町の普通の古本屋が次々と消えて行くのだから）。

今も述べたように、町の普通の古本屋が次々と消えて行く。しかもそれは町の普通の本屋が次々と消えて行くことと重なった。

私の学生時代の町の普通の本屋の棚を思い出してみる。

その頃はベストセラーだけでなく十年いや二十年かけて行くロングセラーと呼ばれる本もあった（むしろそちらの方が店の経営を支えていたのだと思う）。もっとマイナーな本も並んでいた（私の地元の経堂のキリン堂書店や下高井戸の近藤書店には晶文社の本だけ並んでいる棚があった）。

しかしそういう棚は消え、ありきたりの新刊ばかりが並ぶ店となり、やがてそれらの店も次々と閉店して行った。

私は、私が学生時代に目にしていた書店の棚を再現したいと考えた。

それが二〇〇四年二月二十一日に、当時の東京堂書店の店長だった佐野衛さんの協力でオープンした「東京堂書店ふくろう店坪内祐三棚」だ。

この二十年三十年前、つまり一九七〇年代八〇年代（正確に言えばオイルショック以降）に出た新刊を古書展や古書店で買い集め、棚に並べるのだ。

しかもそのためのとても合理的な方法を私は思いついた。

これは言わば古本屋の開店で、古本屋にとって重要な仕事は仕入れと値付けだ。

私が学生時代、一九八〇年前後の新刊本の平均価格を千五百円だとしよう。その時代の本はＢＯＯＫＯＦＦには殆ど並んでいないが、古書展に行くと安く（五百円ぐらい、時にはそれ以下で）仕入れられる。

これらの本を毎週末（東京には今、神田、高円寺、五反田の三つの古書会館があってそのどこかで毎週末古書展が開かれている）古書展でたくさん仕入れ、東京堂に運んで行く（大量過ぎた時は若者の手を借りた）。

そして、店員さんに渡し、巻末にエンピツで値段を記してもらう。

この値段のつけ方が合理的なのだ。

すべて定価の七掛け。

つまり千五百年の本なら千五十円。仕入れ値が八百円だったなら二百五十円が店の儲けになる。

値段のつけ終わった本を私が棚に並べて行くわけだが、三百冊以上並ぶと壮観だ。まさに学生時代に私が眺めていた新刊書店の棚が再現されている（しかもその殆どがもはや絶版なのだ）。

補充用のストックも常時三十冊ぐらい用意しておいた。

谷沢永一の『完本　紙つぶて』は十回ぐらい補充した。逆にまったく売れなかったのは吉本隆明だ。八〇年代の本を四〜五冊並べていたのだが一冊も売れなかった（しかしそういう本があるから助かることを店を開いて初めて知った――売れ行きが良過ぎたら仕入れが追い着かないのだ）。

この棚が評判になった頃、『本とコンピュータ』という雑誌で本屋をめぐる小特集があり、その特集の座談会でこの棚のことが話題になっていた。

そしてその内の一人、同誌の編集者で古本ライターとしても活躍していた（いる）ある人（私よりひと廻り年下）が、「坪内さんがせどってきた本を……」と発言していた。

その時私の頭に血が昇った。

あの棚で私は一銭も儲けていない。それどころか何の報酬も受けていない（それではあまりにも申しわけないから、と、時どき佐野店長が図書カードをプレゼントしてくれた）。そんな私のことを「せどり」扱いするなんて。

抗議したが、電話口で彼は平身低頭するばかりで、怒れば怒るほど私が彼をイジメている感じになったので、やめにした。大の古本および古本屋好きでありながら、彼は、「せどり」の意味がわかっていなかった。

それから十年が経ち、「せどり完全ガイド」なるムック本が出たのだ。

この十年で古本の世界は大きく変わった。「せどり」と言っても今の「せどり」は昔の「せどり」と、その対象とするものがまったく違う。

つまり昔の「せどり」が扱っていたのは本だった。

その点で印象的なことがある。

二〇〇一年夏、実家が競売となり、大量の本を処分した。

私の父も蔵書家だったし二人の弟（特に上の弟）も雑誌やマンガを捨てない男だったから、その数は大量だった。

その大量の本を五反田の古書会館に運び、古本屋さんに仕分けしてもらい、数日後入札があった。

その結果分ったのは、三島由紀夫の『潮騒』や梶井基次郎の『檸檬』の初版よりも『ドラえもん』の初版や同じくコミック『宇宙猿人ゴリ』の初版の方が高かったことだ。二冊の文学書の状態はあまり良くはなかったものの初版は初版だ。これには驚いた。

とは言うものの、文学書における全集物の値崩れはまだ今ほどはひどくなかった。

それぐらいここ数年の全集物の値段の下り方は激しいものがある。

値崩れする古本

この原稿を書いている今日（四月二十八日）、五月九日十日に高円寺の古書会館で開かれる「杉並書友会」の目録が届いた。

その目録を眺めていたら私はある感慨におそわれた。

昭和五十三（一九七八）年から同五十五年にかけて岩波書店から刊行された『露伴全集』全四十四冊が一万八千円で載っていたからだ。

幸田露伴が亡くなった直後、つまり戦後すぐに刊行されたこの全集は、私が大学に入った頃（昭和五十三年）、紙の質がとても悪かったのに神保町の古本屋に全冊揃い四十万円の値で積まれていた。ちょうどその年、それから三十年目の再刊を知り、私は狂喜し、全巻を定期購読した（もっともその三分の二は先の大処分の時に放出してしまったが）。

十年ぐらい前に、この全集の揃いが十万円で目録に載っているのを目にして驚いたが、それが今や一万八千円だ（私に金があったなら廉価な全集物をバンバン買って、それをずらっと並べることの出来るスペースを購入し、私設図書館として有志者に開放するのだが）。

今の「せどり」は、つまり、サブカル系（サブカルという言葉が有効だとして）なのだ。だから、ゲーム感覚で「せどり」に参加出来る（しかも「せどり」という業界用語が彼らの自尊心をくすぐるのだろう）。

ここで改めて私の、古本屋や古本祭り、古書展、古書目録との付き合いの歴史を振り返ってみよう。

最初に述べたように私が本格的に古本少年になったのは私立早稲田高校に入学した頃だ。

最近、西荻の古本屋盛林堂書房を発行所に『野呂邦暢　古本屋写真集』という少部数（五百部）の写真集が刊行され、私は盛林堂さんと面識はないけれど、献本していただいた。

タイトルにあるように作家の野呂邦暢（長崎在住）が上京するたびに撮影した古本屋の写真が、神保町、早稲田、渋谷、池袋、荻窪といった地区ごとに分けられて収録されている。

一九七六年前後の写真だというが、懐しい。ちょうど私が一番よく早稲田の古本屋街を流していた頃だ。

金峯堂、文献堂、渥美書房、様々な記憶がよみがえってくる。稲光堂のドアの所にＢＩＧＢＯＸの古本祭り（古書感謝市）のポスターが張ってあるけれどいつのことだろう。

文英堂、安藤書店、さとし書房、岸書店は今と変わらぬたたずまいだが、さとし書房の隣のそば屋（時々二階で落語が行なわれ数年前に消えた）を目にすると、そうだ、さとし書房とそば屋は隣接していたのだと思い出す。

その頃はデパート展も盛んで、そこにもよく足を運んだ（一番楽しみだったのは一月の渋谷西武と翌月の池袋西武）。

地元、早稲田、デパート展。私はその程度で満足していた。

つまり神保町の古書街に足を運ぶことは殆どなかった。

というのは当時、神保町は一種の「陸の孤島」だったのだ。一九八〇年代に入るまで都営新宿線や営団半蔵門線は私の乗る新宿や世田谷方向から神保町まで全通していなかった。

高校時代の夏休みや冬休み、私の家の近くに住む友人とよく岩波ホールに映画を見に行った。

京王線で新宿に出て、国鉄（現ＪＲ）で水道橋。そこから白山通りを、靖国通りとの交差点に向って歩いて行くのだ。

だから私にとって神保町の古本屋と言えば靖国通りの店よりも白山通りの店の方がなじみだった。

当時は白山通りに古本屋が今の倍以上（三倍近く？）あったし、靖国通りの店よりも敷居が低かった（靖国通りの店が古書店であるのに対し白山通りのそれは古本屋だった）。

神保町と深い縁が出来るのは浪人時代だ。

お茶の水にある予備校に通っていたから、授業が終わると、ほぼ毎日のように、駿河台下交差点に向い、立ち喰いそばを食べ、古書店街を流すのだ。

その頃の私は一番教養主義的読書家で、岩波書店の本を中心に絶版の文庫や新書あるいは定価の半額以下になっている全集本の端本を買い求めた（『荷風全集』や『鏡花全集』の端本はともかく

『和辻哲郎全集』や『三木清全集』の端本は何で買ってしまったんだろう――と書いている内に『伊藤左千夫全集』の端本がとても安かったのでつい買ってしまったことを思い出した)。

この年、一九七七年は岩波文庫にとっても岩波新書にとっても特別な年だった。

まず春に岩波新書が通刊千点を越え、青版に代って黄版が刊行されはじめた。それから秋に岩波文庫の創刊五十周年を記念して、品切れ本四十冊が一挙に復刊された(ただしBOXセットのみでバラ売りはされなかった)。

岩波文庫の四十冊もの復刊は画期的な出来事だった。

何故なら、当時岩波文庫は品切れ本がとても多く、復刊されることは殆どなかったからだ(岩波文庫で春と秋の大量復刊が定例化されるのはそれから十数年のちのことだ)。

だから岩波文庫の品切れ本は古本屋でとても高かった。

フィンランド叙事詩『カレワラ』全二巻やボズウェルの『サミュエル・ヂョンスン伝』全三巻は小宮山書店や駿河台下交差点近くの文庫川村でそれぞれ一万円、二万円した(ある時小宮山書店の棚を眺めていたら『カレワラ』が半額すなわち五千円になっているのでオヤっと思ったらそのひと月半後に復刊した)。

だから、当時の「せどり」の狙いの一つに岩波文庫の絶版本があった。

良く知られているように岩波書店の本は買い取り式で返品がきかない。

例えば地方の書店に行けば二十年前三十年前の岩波文庫(もはや品切れ)が売残っている可能性がある(かつての地方には大型書店ではなくとも一つのプライドで岩波文庫を並べている本屋があ

った）。その店で定価通りに買い、神保町のしかるべき店に売れば、旅費を含めても、商売が成り立つ。

一九七八年四月、私は早稲田大学第一文学部に入学した。

ここでまた早稲田の古本屋街との付き合いが復活した。一方で、授業の合い間をぬって（例えば昼休み前の二限目の次の授業が四限だとすると三時間ぐらい間がある）、早稲田から地下鉄東西線で九段下に出て、神保町の古書店を廻った（ただし行く店は限られていた――十店もなかった）。

大学院を含めて七年間早稲田に通っていたわけだが、古本屋の利用の仕方にさほど変化はなかった。

経堂や下高井戸や三軒茶屋や下北沢の古本屋。早稲田の古本屋街と神保町の古書店街。それからデパート展（都心だけでなく町田や吉祥寺や西船橋のデパートにも通うようになっていた）。

当時の私の関心領域は文学書（特に英米文学）で、大学院に進んでからは洋古書も探すようになり、それなりのレベルに達したけれど、アカデミズムの道を断念、古本への情熱も薄れて行った（というか、揃えるべき本は揃えてしまったという生意気な自負心を持っていたのだ）。それでも、先に述べたように、週二回のペースで東京中の古本屋を廻っていたのは、そうしないとなまってしまうと思っていたからだ。

山口昌男さんとの出会い

そして一九八七年秋、『東京人』の編集者となった。

ここからまた新たな読書生活が始まる。

当時の『東京人』は現在の同誌よりもずっと総合誌的だった。つまり、単なる趣味雑誌ではなかった。

今の『東京人』の編集部に当時の私が入っていたら文学を中心とする趣味的読書を続けていることだろう。

だが当時の『東京人』は東京を一つの軸として歴史、政治、経済、人物、事件、未来、そしてもちろん文化史を総合的にとらえ学ばなければならない。

幸い編集室は神保町の近くにあったから、よく私は、研究と称して神保町に出かけた(その際に一番役に立ったのは岩波ブックセンターの上にある秦川堂だった)。

当時はバブル経済まっ盛りで、神保町古書店街も地上げの危機にあったけれど、頑張って持ちこたえた(何故持ちこたえたか、面白い話を古本屋の友人から耳にしたけれどその人に迷惑がかかるから内容は明さない)。

私が『東京人』の編集者をやめるのは一九九〇年秋だが、その頃から私と古書との間に新たな関係が始まる。

古書目録を利用するようになったのだ。

三十近くまで私は古書目録とは無縁だった。しかし『日本古書通信』や『彷書月刊』の後半頁に載っている目録を利用することは何度かあった。

目録に載っている本をハガキで注文し、当選すれば（まれに先着順の場合もあるが）、振込み用紙を同封して本が送られて来る。そしてその店と関係を持ち、その店が目録を発行していれば、本が当選していなくても、目録が送られて来たりする（多い時は月に三十冊ぐらい送られて来たけれどデジタル化の進んだ今は十冊あるかないかだ）。

目録との付き合いが始まると新たな世界が広がるけれど、さらに世界が広がるのは古書展だ。

先にも述べたように今東京には神田、高円寺、五反田の三つの古書会館があるのだが、ふだんは業者の市が行なわれているその会館で、週末、一般の人も参加出来る古書展が開催される。

特に神田はほぼ毎週の金曜日と土曜日に開かれている。

学生時代から神保町に通っていたのに私は古書会館とは無縁だった。

『東京人』の編集者になってから専門書を求めて何度か覗いたことがあるが、敷居が高い気がした（これは私のシロウト的誤解でそれらの即売会はいくつものグループで巡廻し敷居の高い会もあるがそうでない会もある）。

だから出来るだけ近づかないでいたのだが、山口昌男さんによってそれが変わった。

当時山口さんは『「敗者」の精神史』やのちの『内田魯庵山脈』へと続く大著の制作過程で、明治大正の日本の「忘れられた精神史」を掘り起こすそれらの作業の為には、既に出ている本や図書館だけでは充分でなく、神田や高円寺や五反田の古書展に出品されているブツ（中には一点ものもある）が必要だったのだ。

『東京人』をやめて閑だった私は毎週のように山口さんの古書展通いに付き合わされた。

付き合わされた、と書いたが、本心を言えば、楽しくて楽しくて仕方なかった。

古書展を出たあと、喫茶店で、あるいは酒場で、山口さんは、その収穫品についてこまかくレクチュアーしてくれる。マンツーマンのレクチュアーだ。何という贅沢な時間だったのだろう。

今でも古書目録そして古書展と私との関係はあまり変わらない（高円寺に顔を出すことは殆どなくなったが五反田は皆勤だ）。

となると二十一世紀になって変わったのはリアル書店との関係だ（ネット書店はよほどのことがないかぎり使わない）。

リアル古書店に関してたぶん多くの人が誤解しているのは、世田谷区と杉並区に差がないだろうと思っていることだ。

つまり、共に古本屋が充実している区だ、と。しかしそれは大いなる誤解だ。

確かに高円寺や阿佐ヶ谷、荻窪、西荻窪などの町がある杉並区の古本屋は充実している。

しかし世田谷区、特に田園都市線沿線は古本屋的にまったく充実していない。

例えば私の住んでいる三軒茶屋。

私がこの町に住み始めたのは一九九〇年だが、その頃はそれなりの古本屋が何軒かあった。

だが、今、キャロットタワーが建っている場所にあった進省堂は一九九六年に店を閉じた。

それから『エリザベス朝演劇集』を三千円で購入した太雅堂も二〇〇二年二月に店を閉じた。それでも、それと入れ替るように、二〇〇二年春、246沿い、三軒茶屋から世田谷郵便局に向った手前に小さな新古本屋が出来た。最初は「ブックマート」といったその新古本屋は途中で「三茶文庫」という古本屋に変わり、棚はけっこう面白かった。特に店頭の百円均一コーナーが充実していた。

色々な文庫本や全集本をこの均一で購入した（例えば様々な意味で一番質の高かった角川文庫版芥川龍之介全集のあらかたをここで見つけたし解説や評伝だけでなく写真頁も読みごたえ見ごたえある学研の日本文学全集も何冊か入手した――この手の古本は今なかなか出にくい）。

しかしこの小さな古本屋も二〇一三年夏に店を閉じたから、今や私が散歩するエリアに古本屋は一軒もない。

「忍者部隊高原」の台頭

今の私の古本との関係は目録と古書展のみになってしまった（そして古書展のために神保町に行った時に覗く古本屋は澤口書店と一誠堂の二軒ぐらいだ）。

だから、たまに中央線沿線の古本屋を覗くと楽しい。

たまに、と書いたのは、自宅から三分ほどの所にある仕事場は環七沿いにあるから、例えば高円寺まで一直線なら遠くない。しかし電車を使うとこれがとても不便なのだ。渋谷に出て、新宿乗り換えなのだが、これが三鷹行きではなく中野止りだと、同じホームではなく、階段を登り降りして別のホームに行かなければならない。

高円寺の隣駅、阿佐ヶ谷にラピュタ阿佐ヶ谷という映画館があって、とても魅力的な作品を上映している。

最初は行きにくいなと、尻込みしていたのだが、行ってみれば、そこでしか上映されない作品ばかりなので貴重だ。

だから、時々通うようになった。

その際の楽しみの一つがコンコ堂という古本屋を覗くことだ。

『東京人』の編集者時代、一九八八年冬、古本屋の特集号を作った。その特集の中に早稲田や神保町以外のユニークな古本屋さんへのインタビューがあって（出久根達郎さんも登場している）、町田の高原書店（高原坦さん）のインタビューも載っている。

高原書店を初めて訪れた時は驚いた。

その広さ、そして並んでいる本、さらに値段の安さ。

それはつまり、きわめて質の高いBOOKOFF（当時BOOKOFFはまだなかったけれど）だった（しかも高原書店にはBOOKOFFにはない哲学が感じられた）。

一九九〇年代の半ばから終わりにかけて、西武線の中井（東西線なら落合）の近くにある目白学園女子短期大学で週一回、五年間教えた。その時の楽しみは、大久保駅の近くにある新宿古書センターに立ち寄ることだった、高原書店の支店である新宿古書センターは、高原書店よりさらに充実していた（だからこの店が閉店した時は寂しかった——建物は確かスポーツジムに転用されて残っているからその横を通るたびにアレは夢だったのかも知れないと思ってしまう）。

ラピュタ阿佐ヶ谷で映画を見たあと荻窪に出る。ささま書店を覗くために。

ささま書店の棚も高原書店のにおいがある。

と言うより、ささま書店の棚を作っている人はもともと高原書店にいた、と誰かから耳にした。

実はコンコ堂がオープンした時、ある古本屋さんが、コンコ堂さんは高原書店の孫弟子だ、と教えてくれて、興味を持っていたのだが、阿佐ヶ谷は行きにくいからな、と尻込みしていたわけだ。

西荻窪の音羽館が素敵な古本屋であることは何年も前から耳にしていた。

一昨年の秋、本の雑誌社からその音羽館の広瀬洋一さんの『西荻窪の古本屋さん』が出てすぐに読んだ。

なるほど、そういうことだったのか。

広瀬さんは一九八九年から九九年まで十年間高原書店に勤めたのち独立、二〇〇〇年に杉並区西荻窪で「古書音羽館」を始める。

その音羽館で二〇〇六年から最初の二年は週二回のバイト、その後三年間正社員として働き、二〇一一年に独立したのがコンコ堂の天野智行さんだ。

つまり、そういうつながりだったのだ。

最近、一部で流行っている、私の部屋へようこそ、このセンスある本棚を覗《なが》めてください系のオシャレ古本屋が私は苦手だ。入る気になれない。

しかし高原書店系の古本屋（忍者部隊高原）は大好きだ。

私の住む三軒茶屋にもその忍者が誰かやって来ないかな。そうだ、その前に高原書店の忍者部隊の第一号である吉祥寺のよみた屋を早く訪れなければ。

本は売れないのではなく買えないのだ

新潮45　二〇一七・七

「本屋ハシゴ」の時代

西暦の最後が七となる年が、私と本（書店）の関係のエポックとなる年だ。最後が七、すなわち一九七七年、一九八七年、一九九七年、二〇〇七年、そして今年二〇一七年だ。

一九七七年、浪人生となった私はお茶の水の予備校に通っていたから、神保町と本格的に関係を持ち始めていた。

それまでも私の本をめぐる環境は充実していた。

私が育ったのは世田谷の赤堤で、一番近くの商店街である世田谷線の松原駅前に文房具屋を兼ねた松原書房という書店があって、小学生の時はそれで充分満足していた（『ＣＯＭ』や『ガロ』といったマンガ雑誌もその店で購入した）。

中学生になると、京王線の下高井戸駅や小田急線経堂駅近くの本屋にしばしば顔を出した。下高井戸の近藤書店（銀座にあった老舗ではなく中学の同級生だった近藤君の父親がやっていた本屋）も充実していたが、経堂のキリン堂書店やレイクヨシカワ書店はそれ以上だった。経堂にはさらに五軒か六軒本屋があったからハシゴするのが楽しかった（AやBという店で立ち読みして気分を盛り上げた所でCで購入するのだ）。

本屋ハシゴは高校生になってさらに拍車が掛かった。

私は私立早稲田高校に通った。高田馬場から学バスに乗って学校へ向う。

当時、高田馬場は駅前のF1ビルに芳林堂が、そして駅横のBIGBOXに三省堂があり、早稲田に向かう右手に創文堂が、左手に未来堂があった。そして早稲田と逆、小滝橋方向に少し歩くと東京書房（この店で私は『本の雑誌』をはじめて見つけた）があり、その手前には小さいけれど文学書が揃っていた書店があった。

当時私はもう古本少年だったから、放課後早稲田の古本屋街を流すのが楽しみだったが、新刊書店をハシゴするのはそれ以上に好きだった。

そういう少年が青年になって神保町に通うようになったのだ。宝の山だった。

と言っても、三省堂や東京堂は建て直す前の古びた建物で陰気な感じがした。一番好きだったのは書泉グランデ。それから特別な場所に見えたのは岩波ブックセンター（のちの信山社）だ。

実は当時、若者たちの読書離れが話題となり、出版不況が噂されていた。実際、その翌年一九七八年には筑摩書房が倒産し、岩波書店や中央公論社もアブナイと言われていたが、むしろ私はその頃、岩波的教養主義に目覚めた。

岩波新書の青版が千番に達し、黄版が刊行されたのはその年の初夏（先日亡くなった大岡信の文学自伝『詩への架橋』を熱心に読んだ）、岩波文庫が五十周年を記念して四十点復刊されたのは（当時岩波文庫は品切れ本が多くその古書価はとても高かった）その年秋で、いずれもわたしはわざわざ岩波ブックセンター（信山社と同じ場所だが地下にあった）で買い求めた。岩波ブックセンターには岩波文庫だけでなくドイツのレクラム文庫までずらっと並んでいたので、さすがだと思った。

私が大学三年になった一九八一年春、三省堂がリニューアルオープンし、しばしば利用するようになった。

東京堂がリニューアルするのはもう少しあとだが、私が本格的に東京堂の客となるのは佐野衛さんが同書店の店長になってからだ。

もちろん他の街の本屋との関係も深い。

他の街というのは、例えば渋谷と新宿だが（池袋は私の生活エリアに入っていなかったから私はリブロ池袋の影響を殆ど受けていない）、特に渋谷の本屋は今に至るまでずっと通っている。

切手少年だったので切手屋のあった東急プラザの紀伊國屋書店や東急文化会館の三省堂（中学に入って映画少年になると映画を見たあと必ず三省堂を覗いた）。

中学高校と私は学校での勉強は好きでなかったけれど、学習参考書のマニアで、学参の充実していた大盛堂書店（別名〝本のデパート〟）によく顔を出した。ブックファースト渋谷店がある場所に旭屋書店がオープンしたのは私が浪人生の時だったと思う。その頃から私が渋谷で一番良く利用する本屋になった（NHKに向かう動線にあったからよくNHKアナウンサーの姿を見かけた）。

一九八七年、大学院修了後のニート生活を経て私は『東京人』の編集者になった。当時の『東京人』の編集室は飯田橋駅から歩いて七〜八分の所にあった。

そして駅の周辺には本屋が六軒あり、編集室から一番近かったのは飯田橋書店という本屋だった。『東京人』の入っていたビルの上の階にあの小沢書店が入っていたため、飯田橋書店の二階に上って行くと壁面の棚にずらっと小沢書店の本が並んでいるのは壮観だった（そんな書店神保町にだってなかった）。私はよく飯田橋書店に息抜きしに行った（私の上司だったK崎さんは、ツボちゃんはいつも本屋に勉強しに行って偉いね、と言ってくれたけれど、私はお楽しみに行っていたのだ）。

神保町も歩いて行ける範囲にあったから、神保町との関係もさらに深い物となった。

「出版大不況」の中の増刷

『東京人』の編集者をやめ、フリーの編集者兼ライターとなった私は、その内、文筆仕事の方が増えて行った。そして本二冊分ぐらいの量がたまった。

その二冊、『ストリートワイズ』と『シブい本』が刊行されたのが、ちょうど二十年前（一九九七年）の今頃だった。

バブルは疾うの昔にはじけ、一九九五年には阪神淡路大震災、オウム事件が立て続けに起き、出版不況はいよいよ深刻だと言われた。

一九九九年に『出版社と書店はいかにして消えていくか』（小田光雄著、ぱる出版）という本が刊行された。

出版流通の専門家である小田光雄に出版社論創社社長の森下紀夫が話を聞いて行く形をとっているが、森下氏は、まず、こう口にしている

一九九〇年代初頭のバブル経済の崩壊から始まった平成不況のなかで、出版業界も他産業と同様に大変な不況に陥っています。かつては出版は不況に強いといわれていましたが、九〇年代に入ってその神話は完全に崩壊しました。

それだけでなく、書店の閉店数も異常といっていい。九七年の閉店は一一〇〇店、九八年の六月半ばで書店の閉店は八〇〇店だそうで、一五〇〇店に達するのではないかといわれています。


こういう時代に私の地味なデビュー作が二冊立て続けに刊行された。ところが、これが、手ごたえがあったのだ。

当時、私の住む三軒茶屋には戦前からの老舗である駅前の甲文堂書店（この年一九九七年の『週刊文春』の新年第一号のグラビア頁に各界の期待の新人の一人として私が登場したら、その店の女性主人の方に、見ましたよ『週刊文春』と声を掛けられたことがある）の他に、茶沢通りのアムス三軒茶屋（現西友）の五階にリブロがあった（他に小さな書店が三軒あった）。

そのリブロの新刊コーナーの一番良い場所に『ストリートワイズ』が平積みされていたのだ。

渋谷の旭屋書店、大盛堂書店、そしてもちろん紀伊國屋と三省堂に晶文社の本だけを並べている「晶文社コーナー」があって、その棚の前に平積みされ、さらに新刊コーナーにも(つまり二ヵ所で)平積みされていた。

だから、新人の地味な評論集である『ストリートワイズ』は、出版大不況と言われる中、刊行半年足らずで増刷になった。これはすべて書店のおかげだった。

なるほど、先に森下氏が語っていたように、当時、次々と書店がつぶれて行った。しかしそれは、地元の個人営業の店だった。

大型あるいは中規模の書店はまだ大丈夫だった。

それらの書店のおかげで私の本はそこそこ売れたのだ(同じ晶文社から二〇〇〇年に刊行された『古くさいぞ私は』は定価二千六百円であるのに三刷だったか四刷だったかした)。

ところがこのあと、大型を超えるまさに超大型書店が進出してくると……。

『本の雑誌』で私は一九九七年から「読書日記」を連載している。

「読書日記」であるから読んだ本や雑誌のことはもちろん、書店についての記述も目立ち、今となっては貴重な記録となっている。

その日記によれば銀座の近藤書店が店を閉じたのは二〇〇三年四月。同じ頃、三軒茶屋の甲文堂も店を閉じる。

渋谷の大盛堂書店の本店が閉店したのは二〇〇五年六月末。同じ年の八月には渋谷の旭屋書店まで店を閉じてしまう。同じ年の九月、「在庫八万冊!!」を売り物に、三軒茶屋キャロットタワーに「ＴＳＵＴＡＹＡ」がオープンするが、私は冷静に、「駅の反対側にある文教堂を見直してしまった」と書いている。

三軒茶屋と言えばリブロはどうなっているのだろう。二〇〇六年十月二十日の書き出し。

ひと仕事して五時半頃、三軒茶屋を散策。久し振りで西友五階の「リブロ」を覗くと、売れ線中心の普通の書店になっている。物書きにも「勝ち組」と「負け組」の二極化が進み、その中間にいる私のような書き手は一番ヘビーだ。でもツボちゃん負けないぞ。

リブロが閉店したのはこの翌年（二〇〇七年）のことだと思うが、私はその最後を見届けていない。しかもこの頃、同じ三軒茶屋の文教堂の棚がどんどん充実していって（ちくま文庫や講談社文芸文庫の棚もたっぷりあった）、私はそれで満足していた。

一方、旭屋の消えた渋谷に関して言えば、東急本店の斜め向かいにあったブックファースト（今は女性服のＨ＆Ｍになっている）の棚が充実していた（私が知るかぎりの渋谷で最高の本屋だったと思う）から大満足していた。

二〇〇七年四月二十七日の書き出し。

三時頃、今日届いた『新文化』の最新号（四月二十六日号）を開くと、一面に「ブックファースト渋谷店開店の年で撤退へ」とある。何だって！　ビルのオーナーが変ったから立ち退かされてしまうんだって！　旭屋に続いてまた渋谷から良質の書店が消えてしまうのか……。と悲しい気持ちで記事を読み進めて行ったら、その旭屋があった場所（パチンコとパチスロ屋になってつぶれた）に移転するのだという。またあの場所が本屋になるのかと思うと、かなり嬉しい。

実際、そのブックファースト渋谷店を私は愛用している（購入額の一番多い新刊書店だと思う）。旭屋書店渋谷店以上に好きだったのが銀座東芝ビルの一階にあった銀座店だ。

二〇〇六年十一月十四日の書き出し。

「ロックフィッシュ」をスタートにこれから銀座のナイトクルージングするつもり。その前に、七時頃、いつものように旭屋書店を覗く（銀座をクルージングする時は旭屋書店をチェックするのが最近のお楽しみ――いつまでもその棚構成が変りませんように）。新刊本を見たあと、奥のコーナーに行き、美術、映画演劇、思想、そして「みすず書房」の棚をチェックしたのち、東洋文庫の棚で、戸坂潤『増補世界の一環としての日本2』を手に取る。

今や、本が買えない

しかし、幸福は長く続かなかった。二〇〇八年三月十四日の書き出し。

夜、今日届いた『新文化』を読んでショックを受ける。銀座の旭屋書店が近々店を閉じてしまうというのだ。銀座旭屋は私の大好きな（ひょっとして一番好きな）書店で、たぶん店の方でも私のことを愛してくれて、いわば相思相愛の仲だったというのに。

渋谷の場合同様、銀座でも旭屋の代りになってくれたのが（コアビルの上にあった）ブックファーストだった。

十年周期で変化して行くとしたら、今年、二〇一七年はまさにその年に当る。

その前に、ここ十年ほどの私と書店との関係について述べておこう。

地元三軒茶屋は先に述べたように文教堂とＴＳＵＴＡＹＡがあって、文教堂の質が低下した（スペースも狭くなった）のに対し、ＴＳＵＴＡＹＡの方は少しレベルが上った（もちろん単行本に関してはまったく期待していないけれど）。

次に渋谷。

渋谷に出る方法は二通りある。電車とバスだ。電車の場合はそのままブックファーストに直結しているので便利だ。そしてバスの場合、数年前まで、東急プラザがあって、ちょうどバス停はその建物の前にあったから、同ビル内の紀伊國屋書店をよく利用した（文学書や歴史書の棚でオヤッと思える新刊を見つけた）。

一番大きいのは東急本店上のジュンク堂書店で、たしかに本がたくさんあって、例えばその近くの映画館シネマヴェーラに行った帰りに利用するが、大型書店はやはり少し苦手だ。私が好きなのは中型（旭屋やブックファーストなどの）書店なのだ。

そして神保町。

一番よく利用したのは東京堂と信山社だ（特に岩波書店の新刊は信山社で買うことにしていた）。三省堂も五階のジャーナリズムのコーナーは面白い。

馬鹿に出来ないのはグランデ（の三階）だ。私はデアゴスティーニ・ジャパンのDVDマガジンの愛好者で、東映ヤクザ映画はもちろん東宝・新東宝の戦争物、大映の特撮物もかなり買い集めている。と言ってもまだ半分に満たない。

ここで困ってしまうのがシリーズが完結した時だ。

例えば三省堂本店や新宿紀伊國屋にもそれらのシリーズは揃っていたけれど、完結してしばらくしたら、すべて返品されていた。

それに対してグランデの三階はそれらのシリーズがずらっと並んでいるのだ（不思議なのはそのDVDマガジンコーナーの近くに私の『昭和にサヨウナラ』が平積みされていたことだ――ここにもまた私と相思相愛の人がいるのだろうか）。

二〇一七年の大変化の兆候はその前年に始まっていた。

その年、二〇一六年春、中堅取次である太洋社が倒産した。その直後私は久し振りで高田馬場の芳林堂書店を訪れ、驚いた。棚がスカスカなので。芳林堂は仕入れの殆どを太洋社に頼っていてその影響だと言われていた（芳林堂のコゲつきによって太洋社が倒産したと口にする人もいた）。しかし書泉グランデの親会社が支援してくれることになり倒産はまぬがれた。ただし、やはり別の本屋になってしまった（以前は坪内祐三の本を並べたコーナーがあったが消えた）。同じ年の秋、岩波ブックセンター信山社の柴田信社長が急逝し、それに合わせるように同書店が店を閉じた（そのスペースはこの原稿を書いている二〇一七年五月現在そのままだがどこかの書店が入るのだろうか）。

芳林堂、岩波ブックセンター、私の青春の思い出の書店が次々と変貌したり閉店して行く。

今年に入ってさらにショッキングな出来事が立て続けに起きた。

まず三月半ば、銀座のブックファーストが店を閉じた。旭屋なきあと私が一番良く通っていた店だ。

もちろん銀座には戦前から続く教文館書店がある。いまだにみすず書房のコーナーがあり、品揃えも優れている。しかし、あの店の入口、そして二階に上って行く階段がどこか窮屈なのだ。だからなかなか足が向かない。それから三省堂は銀座ではなく有楽町だ。

今話題の「ＧＩＮＺＡ　ＳＩＸ」の中に大型のＴＳＵＴＡＹＡ書店が入り、その質の高さをほこっているが、まったく私とは趣味が合わない。

かつて銀座は本屋の街だった。ところが二〇一七年の今や……。

それに続く私のショックは三軒茶屋文教堂の三月末での閉店だ。

ついにＴＳＵＴＡＹＡ一軒だけになってしまった（「ＧＩＮＺＡ　ＳＩＸ」のＴＳＵＴＡＹＡよ

りもましなのがせめてものさいわいだ）。

ショックはさらに続く。渋谷のブックファーストが六月四日をもって閉店してしまうのだ。町の書店が次々と消えていったのは二十年前だ。

そして今、私の単行本を売ってくれた中規模書店がいっせいに消えた。本が売れなくなったと言われて久しい。

しかし今や、本が買えなくなった。

人一倍本好きである私は出版社のＰＲ誌や書評紙そして新聞の広告欄などで面白そうな新刊本を隈なくチェックしている。そういう新刊は次々刊行されているのにリアルにアクセス出来ないのだ。

私の住む三軒茶屋にそういう新刊が並ぶ書店があったなら、私は毎日のように足を運んでしまうだろう。

第6章

「東京」という空間

田中角栄と高層ビル、高速道路、そして新幹線

調査情報　二〇一〇・五／六

パラダイム・チェンジの象徴

歴史（的評価）というものは、振り返ってからの判断と、その同時代的判断との間でズレが生ずる。

もちろん、人間の平均寿命が八十歳だとして、歴史を同時代的に共有出来るのはごくわずかである。

私は田中角栄と同時代人である。

その私であってもロッキードスキャンダル以降の田中角栄とそれ以前の田中角栄ではイメージが異なる。

ちなみに私は一九五八年五月八日生まれである。

普通田中角栄のイメージの転換期として一九七四年十月十日号に発行された『文藝春秋』同年十

一月特別号掲載の「田中角栄研究〜その金脈と人脈」（立花隆）がきっかけであると語られがちである。

しかし当時高校一年生だった私にその実感は薄い。

その時期、つまり一九七四年十月の出来事でより強く私の印象に残っているのは、読売巨人軍《ジャイアンツ》の長嶋茂雄の引退だ。

ジャイアンツはV10を逃し、中日ドラゴンズが二十年振りのリーグ優勝を決めた。

十月十四日に後楽園球場で行なわれたジャイアンツとドラゴンズの最終戦（長島の引退試合）は、中日にとってはただの消化試合で、しかも日本シリーズ前だったから、中日はスタメンに二線級を並べた。そんな中で、長島をリスペクトしていた大島（康徳）がスタメン出場した姿が忘れられない。

いや、実はやはり、長島の引退（ジャイアンツV10ならず）と田中角栄の失脚は、私の記憶の中で重なっているのかもしれない。

田中角栄が総理大臣の座についたのは、一九七二年七月のことだ。

私は中学二年、十四歳だった。

その時のことを良く憶えている。

田中角栄の前任者だった佐藤栄作は長く首相の座にあった。

つまり一九六四年十一月からずっと総理大臣だった。

私が小学校に入学したのは一九六五年四月だから、私の小学生時代、佐藤栄作がずっと総理大臣だった。

さらに言えば読売巨人軍のV9が始まるのは一九六五年からだから、ちょうど私（たち）の義務教育期間（小・中学校時代）に重なる。

田中角栄はその転換期、パラダイム・チェンジを象徴する人間だった。

転換期、と今私は述べた。

それは何の転換期だったのだろうか？

新幹線、高速道路、そして高層ビルの転換期だ。

熱気とどんよりに吹いた「新しい風」

一九七二年七月、田中角栄が総理大臣に就任した時の熱気は良く憶えている。

いや、正確に述べれば、その年、一九七二年は熱気とどんよりが交互にやって来た。

戦後日本（だけでなくそれ以上の単位での）の大きな転換期は一九六八年から一九七二年にかけての五年間だった。

つまり一九七二年はその最後の年だった。

だから、大転換期のツケ、どんよりもたまっていた。

グアム島で旧日本軍兵士の横井庄一さんが発見されたのもこの年だし、一番シンボリックなのは連合赤軍の浅間山荘占拠および仲間内のリンチ殺人事件だろう。

中学生だった私は、太平洋戦争がまだ終っていなかったことに驚いたし、連合赤軍事件は単純におそろしかった。

そして二つの出来事の間で開かれた札幌冬季オリンピック七〇メートル級スキージャンプの日本人選手メダル独占にはこれまた単純に興奮した。日本の熱気を感じた（しかしそれは果して新しい熱気だったのかそれとも古い熱気だったのか）。

田中角栄の総理大臣就任、そしてそれに続く日中国交回復、パンダブームも同様の熱気だった。

田中角栄は新しかった（少なくともそのように思った）。

それまで私の知っていた総理大臣は池田勇人と佐藤栄作、すなわち共に旧帝大出身で官僚上りのエリートだった。

それに対して田中角栄は学歴を持たなかった。

それが新しかった（はずだが、今振り返って見ると、〝今太閤〟という呼び名はとても古くさい）。

一九五八年生まれ、のちに共通一次試験（一九七九年）直前に大学に入る私たちの世代は〝受験地獄〟という言葉がポピュラーになっていった世代だ。

私は中学受験とは無縁で塾に通うこともなかったが、私の同級生（ごく普通の公立の小・中学校）たちの多くはその〝地獄〟に巻き込まれていたように見えた。

だからこそ、学歴を持たない人の総理大臣就任は新しい風を感じた（金脈問題さらにそれに続くロッキードスキャンダルで失墜して行くのを目の当りにした時は、私は、やはり学歴を持たない人はいざという時に守ってもらえないのか、と思うほど大人になっていた）。

『少年ジャンプ』は当時まだ創刊間もない頃で（『少年マガジン』や『少年サンデー』は私と同世代だから既に十年以上の歴史を持っていた）、その『少年ジャンプ』で田中角栄の伝記マンガが短期集中連載されたのも新しさを感じた（それ以前もそれ以降も総理大臣就任と同時に少年マンガ誌に伝記マンガが連載された政治家は一人もいない）。

時代の風を受け取ることに敏感だったテレビマンだった久世光彦は彼が演出したドラマ『時間ですよ』に田中角栄のそっくりさんをレギュラー出演させた。

何だかとてもわくわくした

田中角栄が総理大臣に就任した一九七二年七月のある土曜日、その日で確か中学二年の一学期の定期試験が終わったのだと思うが（今調べてみると田中角栄が総理に就任したのは同年七月七日金曜日のことだから翌八日土曜だったかもしれない）、私は家から歩いて十五分ほどの小田急線経堂駅前のショッピングセンター（そこに隣接していた高層アパートに植草甚一が住んでいたことをのちに知る）に遊びに出かけた。

当時私はピンボールゲームにこっていたから、ショッピングセンター二階のゲームセンター（東側と西側の二カ所あった）に向ったのだろう（ついでに吉川英治さんの息子さん――そうだ確かこの人もＴＢＳに勤務していたように記憶する――が経営していたレイクヨシカワという書店も覗こう）。

ショッピングセンターの手前、駅のキオスクでは、やはりこれまた創刊されて数年しか経っていない夕刊紙に〝田中角栄〟〝今太閤〟というオレンジ色の大きな文字が踊っていた。

その十四階建ての高層アパートおよびショッピングセンターも出来て間もなかった。

私の通っていた世田谷区赤堤小学校からそのショッピングセンターまで歩いて七〜八分の距離があるけれど、小学校六年の時、校庭から、その高層建築がニョキニョキと建っていく姿が目撃出来た。

何だかとてもわくわくした。

超高層と呼ばれた霞ヶ関ビルが出来たのは一九六八年だが、京王プラザホテルをはじめとするビルが新宿西口に次々と建ち、いよいよ本格的に超高層時代となるのは田中角栄が総理大臣に就任した頃だ。

それは実際、田中角栄の意図したことであったと、『一九七二』(『諸君！』二〇〇〇年二月号〜〇二年十二月号連載。文藝春秋、〇三年刊）を執筆中に読んだ田中角栄の『日本列島改造論』（日刊工業新聞社、一九七二年六月刊）で知った。

「平面都市から立体都市へ」という章で田中角栄はこう述べている。


大都市では、とくに低層建築を制限し、高層化のための容積率を設定する。そして、地域を指定し、区画整理によって再開発をすすめるのである。十年とか十五年とか一定の期限を切って高層建築に立て替えてもらうわけである。

今、この少しの寂しさはなんだろう

『日本列島改造論』ではまた高速道路の建設が奨励されているが、そのことでも思い出す光景がある。

私は世田谷区立松沢中学校に通っていた。

そこから、ものの二百メートルも歩けば甲州街道にぶつかる。

私が中学の頃、甲州街道の上を通る中央高速の工事が進んでいた（正確に言えば中央高速手前の首都高速部分）。

私はその工事の進展も、経堂駅前の高層ビルの時同様、学校の校庭からわくわくしながら眺めた（たぶん私以上に中央高速の開通を待ち望んでいたのは当時、八王子に住んでいた荒井由実——私より四歳上——だろう。だから私には『中央フリーウェイ』のちょっと高揚した感じがよくわかる）。

これが田中角栄の「業績」をリアルタイムで感じた十四歳の少年の本音だ。

そうそう、それから新幹線。

やはり『日本列島改造論』で田中角栄はこう述べている。

昭和四十七年三月十五日、山陽新幹線の新大阪〜岡山間が開業した。すでに八年目を迎えた東海道新幹線と合わせて、東京～岡山間六百七十六キロメートルは、わずか四時間十分で結ばれることになった。山陽新幹線は早ければ四十九年秋にも全線が開通する予定である。そうなると、私たちは東京から博多まで一千六十九キロメートルを六時間十分でいけるようになる。新幹線鉄道のメリットについては、もはや多言を要しない。（「開幕した新幹線時代」より）

メリット。たしかに私はその「メリット」を受けた最初の世代である。『一九七二』を執筆中に私はこういう歴史を知った（思い出した）。それは一九七二年四月十三日のことだ。『昭和　二万日の記録』（講談社）第十五巻の五十五頁から引く。

東京都の公立中学校の修学旅行は、この年から、車中泊をしなくてすむため新幹線の利用を始めた。

私には三歳年上の姉がいる。やはり私と同じ中学校に通っていた彼女の修学旅行は修学旅行専用の夜行列車「日の出号」で出かけた。

それが、私が中学二年になる前年から新幹線利用になったのだ。

『一九七二』で私は、「当時中学二年生だった私は、そのニュースを知って、ほこらしげな気持ちになったものの、少し残念に思った」と書いているけれど、何が残念だったのだろうか。

新幹線にいまだ乗ったことのなかった十四歳の私は、新幹線のまさにその新しさやスピードも楽しみだったけれど、「日の出号」のレトロ感にもそそられるものがあった。夜行列車に乗って、クラスの仲間たちとワイワイやりながら、いつの間にか眠りに落ち、翌日気がつくと関西到着なんて、夢がある。

しかしこれは私のあとづけだ。

公立中学校の修学旅行は七十二時間以内で収めないといけないという規定があったはずだ。だとすると、「日の出号」では行動時間およびエリアが限られてしまう。私の時は京都と奈良への修学旅行だったが、「日の出号」世代の人たちは奈良まで行けたのだろうか?

三軒茶屋に暮らしている私はもう五年近く経堂を訪れていない。

今年(二〇一〇年)正月、弟と会った時、経堂の近くに暮らす彼は、ショッピングセンターのあったビルは去年こわされて今は更地になっている、と言った。

私は少し寂しかった。

そして田中角栄が総理大臣に就任した直後の土曜日の熱気を思い出していた。

九段坂

山の手と下町を分けるシンボリックな坂

調査情報　二〇一一・三／四

かつて雑誌『東京人』の編集者だった私は、その職業柄、東京の様々な坂について調べ、実際に歩いたが、中でも一番思い出深い坂に九段坂がある。

私が勤めていた頃の『東京人』の編集室は飯田橋と九段下のほぼ中間、東京大神宮やルーテル協会の近くにあった。

それはたくさんの坂にかこまれた地域で、富士見坂、二合半坂、冬青木坂、幽霊坂、中坂などがあった（飯田橋駅の向う側つまり外堀を渡ったら神楽坂だ）。

その中で一番巨大な坂が九段坂だった。

その大きさは偉容とも呼べるものだった。

言うまでもないことだが、九段坂は靖国神社へと続いている。

そしてこれは実際に靖国神社を訪れたことのある人なら知るように、靖国神社は、実は、それほど大きくない。

世に知られている神社としてはむしろ小さいほうだと思う。

しかし大鳥居（第一鳥居）へと続く九段坂が一種の参道となり、その坂の大きさによって神社の迫力が増すのだ。しかも関東大震災の後、市電が走れるように、坂の上り口を削って勾配を緩やかにするまではもっと角度が急だった（例えば九段に牛ヶ淵という地名があるがそれはかつて日枝神社の祭りの時、神社に向う牛車が、坂の勾配のきつさによって堀に転落してしまったことに由来するという――葛飾北斎が描いた浮世絵でもグロテスクなまでの勾配がある）。

私は、九段坂を登り、大鳥居をくぐって行くそのアプローチが好きで、『東京人』編集者時代、よくこの散歩コースを選んだ。

その結果、長篇評論『靖国』が生み出されていったことは『靖国』のプロローグに書いてある通りだ。

ここでもう一度、私が『靖国』で述べたことのおさらいをしたい。

東京は下町と山の手の二つの地域に分けられる。

これはたいていの人が知っている。

私も頭の中でずっとそれを理解していた。

しかし、渋谷区に生まれ世田谷に育った私は、下町と山の手の本当の境がよくわかっていなかった（渋谷や世田谷が山の手と言えるかという厳密なことは置いておく）。

日本橋や両国、人形町などが下町であることはわかっていた。「神田生まれのちゃきちゃきの江戸っ子」という言葉も知っていた。けれど、神田のどこまでが江戸（下町）なのだろうかと思っていた。

学生時代から私がよく行く神田とは神保町だった。

少し歩くと九段下に出る。

そして九段坂。

そのことを、『東京人』編集者となって以来、かなり深く体感した。

九段下から飯田橋方向にかけて目白通りという大通りが走っている。

それが下町と山の手の境だったのだ。

私の勤めていた編集室は目白通りを挟んで外側すなわち山の手側にあった。

だからまわりに坂が多かったのだ。

中でも一番シンボリックな坂が九段坂だった。

シンボリックというのは、山の手と下町を分けるまさにそのシンボルという意味だ。

明治大正文学と九段坂

九段坂が重要なトポスとして登場する文学作品に二葉亭四迷の長篇小説『其面影』がある。

『靖国』で私は『其面影』における九段坂の意味を詳しく分析し、それに関連して、やはり九段坂が登場する坪内逍遥の小説『妹と背かゞみ』や広津和郎の『神経病時代』、宇野浩二の『苦の世界』などについても触れた。

それらの作品群には、明治の近代化によって生まれた新たな知識人たちが、普通にエリートコースを歩めば「山の手」側の人間になれるはずなのに、それをいさぎよしとしない例外者もいたこと、その彼らの苦悩が描かれていた（そういう九段坂小説の中でも異色作は画家としても知られる村山槐多の『悪魔の舌』だ）。

九段坂が登場する小説や随筆は数多くがあるが、それを一つ一つ紹介していったら『靖国』のテーマから離れていってしまうから、網羅しなかったが（そのことで私は某文芸評論家から靖国神社と九段坂について語りながら円地文子の小説『朱を奪ふもの』について触れていないのはおかしい、フェミニズム的視線が入っていないと妙なイチャモンをつけられた——しかし女流作家の作品を登場させればそれだけでフェミニズム的と考えるのは女性蔑視ではないか）、例えば永井荷風の文章にはしばしば九段坂が登場する（九段坂上界隈は戦前、軍人を客の中心とした花柳界があったが、荷風は自分の愛人に待合を持たせたりする）。

その中で私が一番好きなのは「梅雨晴」（大正十二年）という随筆だ。

こんな書き出しで始まる。

森先生の渋江抽斎の伝を読んで、抽斎の一子優善《やすよし》なるものがその友と相謀《はか》って父の蔵書を持ち出し、酒色の資となす記事に及んだ時、わたしは自らわが過去を顧みて慚悔《ざんかい》の念に堪えなかった。

荷風には青年時代、井上啞々《ああ》という大親友がいた。

わたしが昼間は外国語学校で支那語を学び、夜はないしょで寄席へ通う頃、啞々子は第一高等学校の第一部第二年生で、既に初の一ヵ年を校内の寄宿舎に送った後、飯田町三丁目黐《もち》の木坂下向側の先考如苞翁《じょほうおう》の家から毎日のように一番町なるわたしの家へ遊びに来た。ある晩、寄席が休みであったことから考えると、月の晦日《みそか》であったに相違ない。わたしは夕飯をすましてから啞々子を訪おうと九段の坂を燈明台の下あたりまで降りて行くと、下から大きなものを背負って息を切らして上って来る一人の男がある。電車の通らない頃の九段坂は今よりも嶮しく、暗かったが、片側の人家の灯で、大きなものを背負っている男の啞々子であることは、頤《あご》の突き出たのと肩の聳《そび》えたのと、眼鏡をかけているのとで、すぐに見定められた。

「おい、君、何を背負っているんだ」と荷風が声を掛けたら、啞々はひどくうろたえてすぐには言葉が返ってこなかったが、続いて荷風が、「君、引越しでもするのか」と言ったら、その声の主を聞きわけて、「初めて安心したらしく」、砂利の上に荷物を下したが、すぐに、命令口調で、「手伝いたまえ。ばかに重い」と答えた。そのあとの二人のやり取り。「何だ」、「質屋だ。盗み出した」、「そうか、えらい」。続けて荷風が、「何の本だ」と尋ねたら、啞々は、「『通鑑《つがん》』だ」、と答えた。

井上啞々は自宅から父の蔵書である『通鑑綱目』五十数巻を盗み出してきたのだ。

その夜啞々子が運出《はこびだ》した『通鑑綱目』五十数巻は、わたしも共に手伝って、富士見町の大通から左へと一番町へ曲る角から二、三軒目に、篠田という軒燈《けんとう》を出した質屋の店先へかつぎ込まれた。

そのあとの二人の行動（いくらで売れたものか、どこへ遊びに行ったのか）がまた荷風青年ならではだが、この随筆、岩波文庫の『荷風随筆集』下巻に収録されていて、手軽に読める。

この坂が関東大震災のあとでならされたことは先に述べたが、『断腸亭日乗』の大正十五年七月五日の項で荷風はこう書いている。

盗難の風烈しく雲散じて雨歇《や》む。午後杖履《じょうり》逍遥《しょうよう》。九段を過ぐ。いつの頃より工事を起したるにや、阪道一帯の傾斜を緩《ゆるや》かにせんとて、偕行社燈明台の辺より馬場の入口にかけて、数丈あまりも地面を掘り下げたり。経費は夥《おびただ》しきものなるべし。電車のいまだ開通せざりし頃、この阪の麓には立《たち》ン坊《ぼう》とて車の後押しをなして銭を乞ふ者あり。小林清親が描ける名所絵に雨中九段阪燈明台の図あり。当時の光景今は唯この図によりて知るを得るのみ。

小林清親の描いた名所絵とは、『九段坂五月夜』（明治十三年）のことだが私もこの浮世絵（光線画）が大好きだ。

どこかに眠る宝の山

ところで『靖国』には「軍人会館と野々宮アパート」という章があって、その中で私はこう書いている。

軍人会館とは現在の九段会館であるが、「その九段会館の、靖国通りを挟んだはす向い、現在、住宅・都市整備公団の建物が残っているあたりに、かつて、野々宮アパートという、東京一モダンと言われた住宅ビルが建っていた」。

それから十年以上の時が経ち、住宅・都市整備公団のあった所は確か「北の丸スクエア」となり、その隣りにいつの間にか東京理科大の新校舎が建っている。

いずれにせよ野々宮アパートは、戦前、東京一モダンな集合住宅で、その「案内パンフレット」を私は水戸の古書店の目録で入手し、『靖国』で紹介した。

野々宮アパートは東京大空襲で大きな被害を受けたものの（その様子は対外向け宣伝誌『FRONT』――その編集部が野々宮アパート内にあった――に関わった人たちの回想に詳しい）、戦後のある時期までその姿を残していた。と、何人かの年長者たちから聞いた。

映画監督の瀬川昌治さんが読売新聞朝刊に連載していたコラムを私は愛読していたのだが、その去年だったか一昨年だったかの回で、瀬川さんは監督デビュー作である『ぽんこつ』（昭和三十五年、原作は阿川弘之）の思い出を語っていて、その舞台（ロケ場所）として選ばれたのが、何と野々宮アパートだったという。

つまり、映画の全篇にわたって野々宮アパートが登場するらしい。

以来私は、『ぽんこつ』『ぽんこつ』とつぶやきながら、日本映画の旧作上映情報をくまなくチェックしているが、未だ出会えない（瀬川さんの話ではケーブルテレビの「東映チャンネル」で上映されたことがあるらしいが私は今に至るまでケーブルテレビに加入していないしまだアナログだ）。

それから、同じく『靖国』の「軍人会館と野々宮アパート」の章で私はこう書いている。

　この本の単行本版の初校ゲラに赤字を入れていた一九九八年末、久し振りで九段下に足を運ぶと、いつの間にか、九段坂と九段会館をさえぎる形で、昭和館という巨大でモニュメンタルな建造物が立てられていた。

実はこの昭和館に、意外な（しかもかなり貴重な）ものが収蔵されているのだ。

明治文学研究の第一人者として知られた人に勝本清一郎（一八九九 - 一九六七）がいる。

勝本は単なる研究者であるのみならず、明治時代の雑誌や稀書のコレクターでもあった。

その勝本はある座談会でこう語っていた。

勝本は戦前、戦中、中央公論社の出版文化研究室の主任だった。そのことをふまえて、「中央公論社で雑誌をずいぶんお集めになりましたのは、その後どうなんですか」という質問への答だ。

初めは私個人として集めていたんですが、そのうちに、中央公論社から頼まれてやりました。中央公論社自身としては、『中央公論』は日本で一番歴史も古く代表的な雑誌という自負をもっておりますから、『日本の雑誌史』というものをこしらえようとして、出版文化研究室を社内に設置し、その主任に私が頼まれて、そこの研究資料として、明治時代の雑誌を片はしから買いこんだのです。それは、今としては、非常にいいことをしたことになるんで、今でもそれがそのまま残っております。

中央公論社が中央公論新社と変って、新社屋に移る直前（正確に述べれば一九九九年十二月二十一日）、私は、中央公論社の資料室を覗かせてもらった。

勝本清一郎の言う通りだった（そのことは私の著書『三茶日記』の「中央公論の資料室は宝の山だった」の章で詳しく書いた）。

これらの蔵書はどうするのですか、と私が係の人に尋ねたら、彼は、とりあえず九段下の昭和館の一室に仮り置きします、と答えた。

その後、この蔵書が中央公論新社に移されたという話も聞かないし、蔵書目録も刊行されていないが、大の古書好きの私の知人が確認したところでは、これらの貴重資料はいまだ昭和館の一室に眠っているという。

昭和館一階の映写スペースで、毎日、週替りで、古いニュース映画が上映されている。

私も時々見に行く（と言っても一年以上ごぶさたしているが）。そのたびに私はこの館内のどこかにねむっているその〝蔵書〟のことを思い出す。

歌舞伎座にはもう足を運ばないだろう

悲劇喜劇　二〇一七・九

大相撲五月場所、両国国技館に四度足を運んだ。

その二回目。六日目金曜日（五月十九日）は二階席で見た。

二階の飲食コーナーは時々店が変わる。

以前あったモンゴルのお好み焼きのような店（八百長問題で解雇されたモンゴル出身の白馬の母親が経営していた）はタコ焼きコーナーとなり（何故かドンペリが売られていたこともある）、初場所から寿司コーナーになった。

そうだ、その場所に行ってみようと思って、その日の三時頃、十両の取り組みが終ろうとする中、足を運んだ。

混んでいるかと思ったけれど、そうではなかった。店の右半分が売店となっていて、握り寿司や巻き物や寿司と焼き鳥の盛り合わせなどの弁当が五〜六種売られていた。

そして左側半分は立ち喰いの寿司コーナーだった。ガラスケースに入ったネタを注文すれば職人が握ってくれる本格的な寿司屋だ。

国技館の特に二階は開放感あって気持ちが良いのだが、その寿司コーナーはそういう空間にフィットしていた。

定員四名の寿司コーナーに客は一人（七十歳ぐらいのオジさん）しかいなかったから私も心が動いたが、相撲を見に館内に戻った。そしてその四十分後、同じ場所に行ったら、驚いたことにそのオジさんはまだいた（幕内力士や横綱の土俵入りを見なかったのだろうか）。

シブい人だと私は思った。

そして私は、突然、若き日の自分の経験を思い出した。

若い頃私はよく歌舞伎座に歌舞伎を見に出かけた。特に大学院修了後、ニートだった一年半は毎月のように通った。

歌舞伎もさることながら歌舞伎座の空間そのものが好きだったのだ。

例えば当時三階にオデン屋があった。

このオデン屋は歌舞伎座が改装するまで続いていたけれど、途中で営業形態が変わった。

つまり幕間だけの営業になり、メニューもオデン定食のみになったのだ。

しかし私が若い頃通っていた時は違った。

途中休息なしの営業で、オデンもお好みを単品で注文出来たのだ。

そのオデン屋は当時八十歳近いオヤジさん（二十代だった私にはそう見えたけれど七十前だったかもしれない）がいて、私は、カウンター席に座って、大根やつみれなどをつまみながら熱燗を飲んでいた。

せいぜい三十分ぐらいしかない幕間でよくそんな優雅なことが出来たと驚かれるかもしれない。混雑している幕間はさけたのだ。私の興味ない演目（最初の頃は貧乏性で全部見たけれどその内つまらない芝居は何度見てもつまらないとわかった）の時にその店に入るのだ。一時間（時にはそれ以上）ゆったりと楽しめた。

左の方を見ると、ちょうど歌舞伎座の正面で陽が沈んでいく。夕方、それを眺めながらオデンと日本酒をやっていると、もうすぐ三十歳近いのにオレはこんな場所でこんなことをやっていてイイのだろうかと思いつつ、イイのだイイのだイイのですと開き直ったりした（今の私のある部分はその時に形成されたといえる）。

歌舞伎座が新しくなってから足を運んだのは五回いや四回ほどだろうか（別に歌舞伎に興味をなくしたわけではなく、例えば去年、二〇一六年暮の国立劇場の『仮名手本忠臣蔵』の通しは全部見た）。

リニューアルしてから、歌舞伎座の食環境は最悪になった。

建て直す前の歌舞伎座の食環境は素晴らしかった。

先にも述べたオデン屋。それから二階左奥のそば屋（天ぷらそばがおいしかった）。三階のカレースタンドも愛用した。

そして一番好きだったのは。

文春文庫のビジュアル版に『私の大好物』という二冊がある。

『週刊文春』の巻末カラーグラビア頁に連載されていた各界の著名人の「私の大好物」をまとめた本だ。

その二冊目（パート2）の巻頭に載っているのは今は亡き中村富三郎で、彼の「大好物」は、『歌舞伎座食堂』の鉄火重」二千百円だった。


歌舞伎座に出演している時は、この「鉄火重」が食べられるので楽しみにしています。大きくて分厚い中トロと赤身の刺し身がたっぷりとのっていまして、酢飯の酢加減も程よく、マグロのうま味を巧みに引き出して、食欲をそそられます。

このマグロは毎日、築地の河岸から運ばれて来て、冷凍物は極力避けていると聞いていますが、それでこのお値段ですから、なかなか値打ちがあると思います。


『週刊文春』に載っていたカラー写真のマグロの赤身（私はマグロのトロは嫌い――特に大トロは大嫌い――だが赤身は好き）がおいしそうだったので食べてみたのだが、実際おいしかった。

以来、歌舞伎座で食事する時はこの鉄火重に決めていた。

ところが、改装された歌舞伎座から鉄火重は消えた。

それどころか、私が好きだった食べ物（屋）はすべて消えた。

登場したのは、吉兆だかどこか（私と無縁の）高級料亭とどうでもよいような食堂（一度でこりた）だった。

地下で売られている弁当も魅力的なものはなかった。

だから私は歌舞伎座の向いにある木挽町「辨松」の幕の内弁当を持って見に行くことにした。

ところが、こういうことがあった。

私はテント芝居から普通の新劇、文楽など様々な芝居を見に行くけれど、客の質という点では歌舞伎座の歌舞伎客が一番悪いと思う。

まず、人に平気でボコボコとぶつかる（もちろんあやまらない）。

こういう経験もした。

幕間の時、四人掛けのベンチの左端に私が座り、その横に妻の弁当を置き、彼女はお茶を買いに行った。戻って来るまで、ものの一分もかからなかった。

その一分弱の間に、三人組の中年の女性客がやって来て、置いてある弁当を勝手に私の方に寄せ、座った。

戻って来た妻は驚いていたが、私の場所に座らせ、私は弁当を立ち喰いした。その間、三人組は私たちのことをまったく無視していた。私はかなり怒りっぽい人間だが、ここまで無礼なことをされたら、あきれて、何も言えなかった。ただ、もう二度と歌舞伎座には来るまいと思った。

ここ十年近く私は民藝の芝居を毎回見ている。

かつて私が歌舞伎にはまっていたのは主役級の役者もさることながら七十代の脇が充実していたからだ。

ところが最近の歌舞伎にはそういう脇が殆どいない（若手スターばかりボコボコつくってどうす

るのだろう)。

それに対して民藝の七十代の脇役者たちはとても充実している。

民藝はたいてい新宿南口の紀伊國屋サザンシアターTAKASHIMAYAで、やる。見終わったあとで、高島屋の上のレストランフロアのそば屋で、大村彦次郎さんや矢野誠一さんや常盤新平夫人の陽子さんらと語り合うのがいつも楽しみだ。

この原稿を書いている二週間後、六月十八日に小幡欣治の『熊楠の家』を見る予定だ。

荷風の浅草、私の浅草

サンデー毎日　二〇一九・十二・十五

浅草は東京人にとって特別な場所である。

この場合の「東京人」を「山の手人」と言い換えてみたい。

山の手人にとって浅草は慰藉《いしゃ》の場なのだ。

慰藉というと大げさだ。つまり、ある種の逃げ場所なのだ。下町人にとって浅草は地元（あるいはその続き）だから、そこは逃げ場所たり得ない。

古くは永井荷風がいて、高見順が続き、さらに色川武大少年がいた。国内（都内）亡命者たちだ。気がつくと、いつの間にか私も彼らに続いていた（ただし私は逃げ場を求めていたわけではないのだが）。

まず私と浅草の関係について語りたい。

世田谷に暮らしていた（場所は変わったが今も世田谷に暮らす）私にとって浅草はとても遠い場

所だった。

遠くても魅力ある街だったら訪れることもあるだろう。

しかし浅草に何の魅力も感じなかった。

暗くて恐くて寂れていた。かつて東京一の繁華街だったということが信じられなかった。

例えば小学校六年生の修学旅行は日光で、世田谷区立赤堤小学校からバスで浅草に出て、バスを降りた時、何と寂れた街なのだろうと思った。秋の日差しが強かったからよけいそれを感じた。

その後も何度か浅草を訪れることがあったが、その印象は変らなかった。

だいたい私は浅草の中の位置関係がわからないでいた。

浅草といえば六区が有名だ。

学生時代のある日、その六区を見てみようと思い、銀座線で浅草駅に出た。

少し歩いたら雷門から続く仲見世通りに出た。しかしその後、歩けども歩けども六区の映画街にたどりつかないのだ。

ようやくたどりついた時は目を見張った。当時はまだ仁丹塔も国際劇場も健在だったが、私が目を見張ったのはトキワ座や東京クラブといった戦前に建てられた劇場が残っていたことだ。しかしそれらの劇場（映画館）の中に入ることはなかった。

浅草といえば天ぷら屋が有名だが、私が行ったことのある天ぷら屋は花やしきの近くにある「江戸ッ子」という天ぷら屋だけだ。

大学院生時代、芳町《よしちょう》（人形町）の芸者さんで赤坂のラウンジバーを経営する「浜さん」という芸者さんと知り合った。

その「浜さん」の父の何回忌かが「江戸ッ子」で開かれ、私も招かれたのだ。カキ揚げがとてもおいしかったことを憶えている（その後、何回かカキ揚げ丼を食べに行った）。あの山本夏彦もその店のことを書いていたと記憶する。

浅草と私の関係が本格的なものになっていったのは二〇〇六年に入ってだ。

私は時々、地元や靖国神社とは別に浅草寺に初詣に行く。

二〇〇六年もそうだった。

そして六区の方に歩いて行ったら浅草名画座で岡本喜八の『ダイナマイトどんどん』が、近日上映であることを知った。

学生時代に封切りで見た『ダイナマイトどんどん』は大好きな映画だ。主役の菅原文太はもちろん、田中邦衛や岸田森、嵐寛寿郎といった脇役も素晴らしかった。

館内にはひと月分の上映プログラムが記されているチラシが置いてあって、プログラムへの説明文が読みごたえあった。

気がつくと私は浅草名画座にはまっていた。

浅草名画座は三本立てで、そのうちの二本が東映のヤクザ映画で残り一本が近作あるいはフーテンの寅だった（フーテンの寅が終わろうとする頃に映画館に入るから私は寅さんの終わりの部分――旅に出てどこかの町でテキヤをやっている――を二十作以上見ていると思う）。

つまり私は毎週のように浅草に通うようになったのだ。

通いはじめて六区の位置も把握出来た。

終点浅草駅の一つ手前、田原町駅で下車し、段数の少い階段を上り、角のやきそば屋をチラッと見たあと、国際通りをしばらくまっすぐ。ROXの所の信号を渡り、まっすぐ行って最初の角を左、そして少し歩くと六区の映画街に入るのだ。

当時はまだ「東京スカイツリー」は完成していなかったけれど、完成後は、ROXの信号を渡った所で正面に見えるスカイツリーが美しいと思う。

毎週通っているうちにいろいろな店を知った。

ROX一階の「ドトール」はとても広く、いつ行っても必ず座れた(私はこの店でプロレスラーの百田《ももた》光雄——力道山の次男——の姿を何度か目にした)。同じROX内の書店「リブロ」は棚並びが良く、特に江戸東京関係が充実していた。

もちろん飲食店も。

一番よく昼食をとったのは六区の交番の横を入った〝イリブタ〟で知られる「水口食堂」の並びの「翁」というそば屋だ(ナイツをはじめとする浅草芸人も愛用している)。

この店のカレー南蛮と冷やしきつねそばは私の大好物だった。浅草のそば屋なのにこの店は天ぷらそばがないから、初めて入った客が、天ぷらそば、と注文すると、若旦那が、すみませんうちは天ぷらないんです、と答え、客は驚いた顔をして店をあとにする。

この店のそばは独特でパスタのような食感があり、この店以外でその種のそばを食べたことがない。

「翁」と並んでよく昼食をとったのは青森ラーメンの店「つし馬」。煮干出汁のきいたスープがおいしい（もちろん麺、チャーシューも）。これにたっぷりの刻みネギをかけてもらう。大、中、小の三種あって、中でも普通の店の大盛りぐらいあったから、私はよく小を注文した（バリ煮干しそばという凄く出汁のきいたラーメンを食べることもあった）。

そうそう、夏場の冷やしラーメンも楽しみだった。

それから夜は国際通りを渡った所にあった洋食屋「豚八」で、カツやハンバーグやチキンライスをつまみに焼酎を飲んだ（『ＳＰＡ！』で連載していた福田和也さんとの対談で何度か使ったこともある）。

行きはじめた頃は二十四時間営業だったが、ある時期から十一時終了に変わった（世田谷に住む私にはそれでも十分だった）。

しかし幸福は長く続かない。二〇一二年十月をもって浅草名画座は営業を終了した。

当時浅草では他に二軒つまり計三軒映画館が営業していたのだが、その二軒も同時に終了した。

かつての浅草は映画の街だった。十軒以上の映画館があった（二〇〇一年段階でも七軒残っていた）。

その浅草から映画館がすべて消えてしまったのだ。

浅草名画座は地下にあって、その一階二階部分は浅草中映劇場という洋画二本立ての名画座だった。

浅草名画座だけで手いっぱいだったから中映劇場には近づかないようにしていた。

しかしある時、私の大好きな『許されざる者』をやっていたので、浅草名画座で二本見たあと、時間も体力もあったから、入ってみた。

驚いた。

実はその映画館には一度入ったことがあった。

二〇〇〇年夏のことだ。

当時浅草中映劇場は邦画専門の名画座で、その日は私の好きな『幕末太陽傳』が上映されていたのだ。

館内に入って驚いた。椅子がボロボロで、ホームレスのような人がたくさんいて、においがきつかった。

その十年後に再訪して、もっと驚かされることになった。

館内がとても綺麗になっていたからだ。

二階席の一番前に座って、私は思った。こんなゴージャスな映画館だったのか、と。

映画少年だったから私は、有楽座や日比谷映画、丸の内ピカデリーといった映画館のことを憶えている。

そのどれよりもゴージャスだったのだ。なるほど六区の黄金時代はこういうゴージャスな映画館がたくさんあったのか。

ロードショー（新宿プラザ）で見た『ゴッドファーザー』を浅草中映劇場の二階の一番前の席で見た。ロードショーの時よりも感動が深かった。その深さは映画館の空間によるものだ。

浅草中映劇場が閉館する月（二〇一二年十月）に私が見た作品は『ワイルドバンチ』だ。

まさにふさわしい映画だったけれど、だからこそ寂しかった。

以来私は浅草に足を運ばなくなった（「豚八」も同じ頃閉店してしまったし）。


その浅草行きが今年、復活した。

理由は永井荷風にある。

毎年永井荷風の命日である四月三十日、荷風が亡くなる直前まで通っていた千葉県本八幡の「大黒家」で荷風を偲んでカツ丼を食べる（私はそれを「荷風忌」と呼んでいる）。

ところがその「大黒家」が去年の「荷風忌」の直前に店を閉じてしまった。つまり「荷風忌」ができなかった。

それに変わる「荷風忌」を考えなければ、と思いついたのが、浅草のそば屋「尾張屋」だ。この店で荷風がかしわ南蛮そばを食べている時にパパラッチされた写真が店内に張ってある。かしわ南蛮そばは私も好物だから、今年の「荷風忌」は浅草の尾張屋本店でかしわ南蛮そばを食べようと思い、浅草行きを復活させたのだ。

そして「尾張屋」でかしわ南蛮そばを食べたあと（「翁」のかしわ南蛮そばの方がずっとおいしい）、六区を散策してみた。

私の目にしたことのない風景だった。

来年の荷風忌に私は浅草を訪れるだろうか。

ところまで原稿を書いたあと、雑司が谷の鬼子母神で行なわれていた唐組の紅テント芝居『ビニールの城』を見に行った。

初演は石橋蓮司と緑魔子の劇団第七病棟で、唐組が演じるのは初めて。つまり私も初めて見た。

そして、その偶然に驚いた。

舞台となっていたのが浅草だったからだ。

主人公の青年は「電気ブラン」中毒で（「電気ブラン」はもちろん浅草の「神谷バー」の名物だ）、初夏に開かれる「ほおずき市」も登場する（浅草で生まれ育った久保田万太郎に「観音の市近づけり都鳥」という句がある）。

「神谷バー」は電気ブランもさることながら食べ物もおいしい。さすがは浅草といった味だ。

『ビニールの城』を見たら浅草の「神谷バー」に行きたくなってきた。

あの店は昼間から営業しているから、平日の昼に足を運んでみることにしようか。

でもそうなったら、「つし馬」の青森ラーメンも「翁」のカレー南蛮も「江戸ッ子」のカキ揚げ丼も食べることができない。

迷ってしまうな。

第7章

「平成」の終り

借金をするなという父の教え

文藝春秋SPECIAL　二〇一二・春

金だけで幸福になることは出来ないが、金があれば不幸の何パーセントかは回避出来る。

私は少年時代からこのことをずっと考え続けてきた。

私のことを知っているたいていの人は、私が金にあまり執着のない人間だと思っているはずだ。例えば編集者にたかることはないし、年齢に関係なく人にバンバンおごってしまう。かと言って浪費家でもない。

いつも自分の財布の中身を把握していて、その中での楽しい（あるいは役に立つ）金の使い方を考えているのだ。

私には姉一人、弟二人の姉弟がいるけれど、彼（彼女）らを見ても金銭感覚が必ずしも私と同様とは言えないから、これは両親の影響や教育によるものではない。

いや、私は、金について、両親を反面教師に育った。

というよりも、両親の金銭感覚が私には謎だった。

私の家には常に、たくさんであるとか少いであるとかは別にして、金があった。

私のことを、社長の息子で坊っちゃん育ちだと思い込んでいる（しかもそれを言いふらしている）やつがいるが、それはとんでもないデタラメだ。

私の父親は職業を転々としていたから、金がある時はあるけれど、ない時はない。

それでも何とか一家離散せず暮せたのはまさにお嬢さま育ちだったウチの母親が、彼女の着物などを時々質に入れ、急場をしのいだからだ（だから、長男である私は、人一倍、金がないことへの恐怖に敏感になってしまったのかもしれない）。

そして私が中学三年生の時、私の父親はダイヤモンド社の社長にいきなり就任し、とりあえず金銭的に安定したのだ。

反面教師と書いたが私は両親（特に父親）に学んだこともある。

少年時代の私は毎月の小遣いの額が決まっていなかった。

言わば使い放題だった。

少年時代に好きなだけお金を使えなければ人格が歪むから、というのが父親の方針だった。

歪まなかったかどうかはわからないが、例えば中学に入った頃には、お年玉をもらっても何に使って良いかわからない少年になってしまった（プロレスや野球あるいは映画に行く時にはそのたびに小遣いをもらい、つまり、それ以外のいわゆる「物欲」が薄い少年になってしまったのだ）。

もう一つ父から学んだことはクレジット・カードというものは所詮借金だから使わない方が良い、ということだ。

実際、父はずっと長い間カードを持つことがなく、しかし外国との合弁会社の社長や会長でもあったから海外旅行が多く、あまりにも不便、というかホテルやレストランもまともに利用出来なくなって、ついには作った。

そんなカード・借金嫌いの父親であったのに、銀行（あえて名前を言うと住友銀行）のあまりにも過剰な金銭の貸付（バブルがはじけていたのに――いやはじけていたからこそ銀行はハイエナのようにそうしたのだろう）によって、結局、借金で自宅までとられてしまった。

競売による立ち退きが決まり、家を明け渡すその日、父は、自宅前の路上で、小田急線の経堂駅（歩いて十五分ぐらいある）の方を眺めて、オレのビジネスが成功していたらここから経堂駅ぐらいまでの土地がすべて買えてそれをおまえたちに与えられたのに、と言った。

私は、そんな土地いらないよ、と言った。

いずれにせよ、私の父、母、そして姉の三人は住む所がなくなった。

実家が競売にかけられた時から私は、姉に三千万円以内で買える中古マンションを探すように言った（筆一本であっても私はそこそこ稼げるようになっていたから十年ぐらいで三千万円のローンは返せると考えていた）。

今さらマンションなんかに住めない、と姉は言った（彼女だけでなく私の両親も生まれてから一度もアパートやマンションに住んだことがないのだ）。

実家を明け渡して、私の両親と姉が京王線下高井戸駅近くの借家に移り住んだのは二〇〇一年十一月のことだ。

それ以来、毎月の家賃と二年に一度の契約更新料はすべて私が払った（私の二人の弟はどうしたのだろう）。

そして十年以上の時が経ち、気がつくと私は、最初の予定の中古マンションが買えるぐらいの金額を既に支払っている（しかし今さら同じ額のマンションが買える収入の見通しは今の私にはない）。

九十過ぎても元気な父親の顔を見に、二〇一一年十月、彼の九十一歳の誕生日の直後に実家に行ったら、その衰えは隠せなかった。たぶん彼は来年はこの世にいないだろう。そして私は最後に親孝行出来たのだろう。彼の教えを守ってローンを組まずに毎月の家賃を払っていった私は。

文学賞のパーティーが「薄く」なった理由

新潮45　二〇一六・四

「つまらなさ」を記録する

ずっと皆勤だった芥川賞・直木賞の受賞パーティーに行き忘れてしまった。

つまりパーティーは二月二十六日金曜日だと思っていて、同二十五日の夜、三茶で一人飲んでいたら、神保町である編集者の停年の会に出席している私の妻からメールが来て、今日、二十五日がパーティーの日であると知らされたのだ。

ウカツだった。

芥川賞・直木賞のパーティーと言えば金曜日だと私は思い込んでいた。それゆえの失敗だった。だとしても、本当に出席したいと思っていたなら、きちんとチェックしていただろう。

そのチェックを私は怠っていた。

それぐらい私はもはやこの種のパーティーに興味が持てなくなっている（この種の、と書いたが、その数日前に読売文学賞のパーティーが開かれたというがその賞のパーティーのリストから私は数年前にはずされてしまった)。

では、何故私がこれまで皆勤していたのかと言えば、『小説現代』の連載「酒中日記」のためだ。その種のパーティーに出席し、そこで見たり聞いたりしたことを私は記録する（しかし私はオフレコ的なものを面白がってつぶやいたりブログ化するアホなシロウトのようなことは行なわない)。それが今を生きる文学者としての私の使命の一つだと思っている。

そういう使命感がなければ私はもはや文学賞のパーティーに参加しないだろう。

文学賞のパーティーは年々、出席者の密度が薄くなり、つまり、つまらないものになって行く。

だがその「つまらなさ」を記録することも文学の大事な仕事なのだ。

文学賞はいつからつまらなくなって行ったのだろう。

もちろん私は最初、一般人として文学賞に接していた。

この場合の文学賞とは芥川賞のことだ。

昭和五十一年上半期（第七十五回）の芥川賞受賞作として村上龍の「限りなく透明に近いブルー」が引き起した大騒動は当時高校三年生だった私も良く憶えている。

憶えている、と言えば、その前回（第七十四回)、「岬」で受賞した中上健次が戦後生まれ初として話題になったことも。

しかし私は読むまでには至らなかった。

私が初めてリアルタイムで読んだ芥川賞受賞作は昭和五十二年上半期の三田誠広の「僕って何」

だ。

リアルタイムと言っても、その一年後、すなわち昭和五十三年四月、私がその小説の舞台となった早稲田大学文学部に入学したあとに読んだのだ。

面白かった（私はいわゆる全共闘運動には批判的であったのに）。

だから私は続けて、三田氏の「帰郷」（未完のままだが千枚以上あると思う）や優れた私小説集『日常』や『文學界』に連載された長篇小説「野辺送りの唄」なども読んだ。

この時期、実は芥川賞の転換期に当っていた。

その辺のことは当時芥川賞の選考委員だった永井龍男の回想集『回想の芥川賞・直木賞』（文藝春秋、昭和五十四年）に詳しい。

永井氏は村上龍の「限りなく透明に近いブルー」が受賞作に決まった時、賞の委員の辞任を日本文学振興会に申出たものの慰留され、池田満寿夫の「エーゲ海に捧ぐ」（「僕って何」と同時受賞）に反対し、正式に辞任する。すなわち昭和五十二年夏のことだ。

それはちょうど私が時々とは言え文芸誌を購入するようになった時期で、三田誠広の受賞に続いて戦後生まれが次々と、すなわち高城修三、宮本輝、高橋三千綱が芥川賞作家となる。

時代は一九八〇年代に変って行く、今振り返ればポストモダンに入って行く頃だが、これはさらなる大転換期だった。

芥川賞受賞作のリストを眺めて行くと、一九八〇（昭和五十五）年上半期から一九八六（昭和六十一）年下半期まで、「なし」が八回もある。つまり芥川賞受賞作があったのは、その間、六回

（ダブル受賞があったから受賞者は八人）だけなのだ。

それは私の大学三年生から大学院生期と重なるが、そのことを私が寂しがったかと言うと、それは違う。

文学青年として私は、むしろ、それを面白がって見ていた。

私は小説家になりたいともなれるともまったく思っていなかった。

しかし、話題としての同時代文学に興味を持っていて、芥川賞の「なし」を面白がっていたのだ。

特に毎回心待ちにしていたのは開高健の選評だ。

いつもいつも、とてもカライのだ（開高健のそのカライ選評を毎回楽しみにしていたことはのちの芥川賞作家南木佳士もエッセイで書いていたけれど南木氏は既に新人賞デビューしていたはずだからその思いの深さは私と全然違っただろう）。

その幾つかを引いてみる。

幾つか、と書いたが、「なし」の時ではなく、受賞作があった時の選評を紹介することにする（ちなみに開高健が選考委員に加わったのは昭和五十三年上半期の第七十九回からでほぼ永井龍男と入れ替るようだ）。

森禮子が「モッキングバードのいる町」で受賞した第八十二回。


とどけられた候補作は八作。枚数にしてざっと一千枚近いか。読みおわるのに二日かかった。しばらくぶりの日本語なので、砂漠で水にありついたようにとびかかったわけだが、結果は、残念ナガラ……と口ごもらずにはいられなかった。またしても、やっぱり、あいかわらず、一言半句に出会えない。

尾辻克彦が「父が消えた」で受賞した第八十四回。

寝たままで候補作の八品を味わってみたのだが、苔の生えた舌にピンとひびく一言半句は今回も得られなかった。素直なのは作文だし、ヒネたのは凡庸である。どの作品にもキメの一手がない。コレダと呟ける詰メがない。凝固もないが展開もない。

吉行理恵が「小さな貴婦人」で受賞した第八十五回。

これはと思える作品のあるときは候補作の数が少いのだが、アテのないときはむやみに数が多くなる。八作もゲラをわたされると、それだけで今回はどうやら不作らしいなと見当がつく。つぎつぎと読んでいくうちに予感が的中し、じめじめしたメランコリーが体内によどみはじめる。

開高健が最後に選考委員をつとめたのは第百一回（平成元年上半期）で（その時も受賞者は「なし」だ）、それ以後は、大岡玲、瀧澤美恵子、辻原登、小川洋子、荻野アンナ、辺見庸、松村栄子と受賞者（微妙なラインナップだ）が続いて行く。

開高健が選考委員をやめたのは本人の意志によるものか、日本文学振興会のお願いなのかは正確な所はわからないが、この時いよいよ純文学の変質は決定的なものとなった。

さて芥川賞の話はこれぐらいにしておこう。

初めての文学賞パーティー

一九八七年、長い学生生活及びニート生活を経て、私は『東京人』の編集者になった。つまり文学賞パーティーの参加者になった。

当時の編集長だった粕谷一希さんに連れられて私が初めて出席したパーティーはサントリー学芸賞のパーティーだった。

今では学者の新人賞になってしまったその賞も当時は学際的で、受賞者ももっと派手だった。

私が初めて同賞のパーティーに出席した時の受賞者の一人に荒俣宏さんがいて、受賞者であるのに欠席し、私はとても驚いた記憶がある。

派手、と書いたが、鹿島茂さんが最初に取ったのもサントリー学芸賞で、それによって業界の注目を集めたわけだし、当時は賞にめぐまれていなかった川本三郎さんが最初にもらったのも同賞だった。

しかし『東京人』は文壇との関係が深くなかったし、私は一番下っぱだったから、芥川賞・直木賞や野間賞、あるいは谷崎賞のパーティーに出席することはなかった。

唯一出席したのは三島・山周賞の第二回（平成元年）で、私とSさん（私とほぼ同期入社）が粕谷さんに誘われて参加出来たのだ。その時の三島賞は大岡玲だったが、それよりも大ブレイク中だった山周賞の吉本ばななの姿を見て、おお、文壇パーティー、とミーハー的に感激したことを憶えている。

一九八〇年代に入って芥川賞の価値は下ったが（少なくとも私の眼にはそう見えるが）、谷崎潤一郎賞はそれなりの重みがあった。

だから一九八五年度（第二十一回）の谷崎賞を村上春樹の『世界の終りとハードボイルド・ワンダーランド』が受賞した時は驚いた。

芥川賞を飛び越えて、いきなり谷崎賞か、と思った。

村上春樹は中上健次とほぼ同世代の作家だが、中上健次がひどく谷崎賞にこだわっていて、それをずっと阻止しているのが同賞の選考委員の丸谷才一だと業界で噂されていた。

実際、『東京人』は丸谷さんと親しかったから、新宿の酒場で私は中上シンパの物書きや編集者や新聞記者たちからカラまれたこともある。

そうでありながら私自身、その噂を信じていた。

しかし、一昨年の秋に刊行された『丸谷才一全集』第十二巻に収められた谷崎潤一郎賞の選評に目を通していって、かなりフェアーだなと思った。

例えば河野多恵子の『一年の牧歌』が受賞した一九八〇年度（第十六回）。

中上健次氏の『鳳仙花』はいくつかのまことに美しい情景によつてわたしを感動させた。そしてこれだけの長丁場をさしたる破綻もなく押し切る筆力も大したものである。だが、殊に前半に文章の乱れが多く、作品の仕上げをそこなつてゐる。単なる不注意による書き違へは別としても、奔放自在な語り口と欧文脈の多用とのあひだにどう折合ひをつけるかといふことをはじめとして、この作家には文体上の課題がいくつかあるやうな気がした。

この言葉は、一九八九年度（受賞作なし）の選評（中上健次の候補作は『奇蹟』）の「しばしば文章が彫琢を欠くことは惜しまれてならない」という言葉と、結びのこういう一節に続いて行く。

中上さんがすぐれた資質を持つ重要な作家であることは、われわれが改めて言ふまでもなく、多くの人の認める所である。文学者は一般にさうなのだが、とりわけそのやうに衆望をになふ小説家は、入念に言葉を選んで書き、慎重に読み返した上で作品を発表することが望ましい。それは文学が文明に貢献することの第一歩なのである。

破調（草書）でなければ表現出来ない文学もあるが、私自身は諧調を守って行きたいと思っている（その上であえて、時に、はずしに行く）。

しかし丸谷才一と中上健次の間には確かな緊張があり、その緊張が当時の文壇を活性化させていた。

そして丸谷才一の最大の敵対者は江藤淳だった。

中上健次が亡くなるのは一九九二年八月だが（バルセロナオリンピックが開かれていたその頃、松本清張も亡くなり、この時私は文学がいよいよ平成化して行くと思った）、その頃から江藤淳はますます文壇（日本文学シーン）で影が薄くなって行く。

彼が行なった最後の文壇的仕事は、たぶん、平成五年度（第六回）の三島由紀夫賞受賞者として車谷長吉と福田和也の二人を世に送り出したことだろう。

その江藤淳が平成十一（一九九九）年七月二十一日、自殺する。

この一九九九年夏は日本文学的に一つのエポックとなる時だった。

江藤淳に続いて辻邦生と後藤明生が亡くなったのだ（『新潮』及び『群像』の一九九九年十月号は三人の追悼号になっている）。

そして二〇〇〇年代に突入して行く（二十一世紀が始まるのは二〇〇一年からだが）。

「平成の十返肇」として

ここで話を整理しておきたい。

文学の転換期、ポストモダンに入って行ったのは一九八〇年代初め（小林秀雄の死が一九八三年）。

その次の変質期は開高健が芥川賞選考委員をやめ、丸谷才一が谷崎賞で中上健次の文章を批判した平成の始まり。

さらに二十一世紀。

実は私が芥川賞・直木賞のパーティーに招かれるようになったのは二十一世紀に入って、すなわち二〇〇三年からだ。

ちょうど私は二〇〇二年十一月から、マガジンハウスから出ていた雑誌『ダ・カーポ』で「酒日誌」という連載をはじめた。その連載は『小説現代』に引き継がれ、今も続いているから、〃平成の十返肇〃たる私は文壇パーティーウォッチングを自分の仕事と考えたのだ。

パーティーウォッチングの第一回、二〇〇三年二月二十一日（金）はこのように書き始められる（傍点は原文）。

> 六時から東京會舘で芥川賞・直木賞の受賞パーティー（ただし直木賞は今回、該当作なし）。
> 今まで私の所にこの芥川賞・直木賞のパーティーの案内状は届いたことがなかったのだが、今回は、同じ日のほぼ同じ時間にパレスホテルで読売文学賞のパーティーがあるので、どうやら私も繰り上げ当選で動員がかかったようだ。

「文壇パーティーウォッチング」と書いたが、私が感じたのは、実は、もう文壇はほぼ消滅しつつあるということだった。

私のイメージしていた文壇パーティーでは、そこかしこに作家や批評家や外国文学者たちがいるはずだった。

ところが、受賞者や選考委員を除いて、そういった人を殆ど見かけなかったのだ。

特に五十代以下は皆無に等しかった（十三年前の話だから今では七十以下ということになる）。

その例外が私だった。

そこで私は考えた。文壇パーティーというものがもはや存在しないのなら、『オズの魔法使い』の魔法使いよろしく、あたかもそれがあるかのごとく表現してしまおう。それが私の『酒日誌』や『酒中日記』だ。

もちろん、私は、かつて、パーティーをそれなりに楽しんだ。

三島・山周賞のパーティーに初めて呼ばれたのも二〇〇三年のことだが、同年六月二十日金曜日の『酒日誌』にこうある。


六時からホテル・オークラで新潮社の三島賞・山周賞・川端賞のパーティー。スピーチが長引き、実際のパーティー開始は六時半頃。ウィスキーの水割りを片手に、某誌編集長のAさんと会場を軽く流したのち、フランス文学者の平岡篤頼さん（一九二九年生まれ）と話し込む。さらに評論家の杉山正樹さん（一九三三年生まれ）、ポーランド文学者の工藤幸雄さん（一九二五年生まれ）、演劇評論家の岩波剛さん（一九三〇年生まれ）らと話し込む。最後に今回の川端賞の受賞者である青山光二さん（一九一三年生まれ）と挨拶を交わす。しかし、それぐらいの年の文学者の人たちとの方が話がはずむのは、何故なのだろう。そうだよ、どうせオレは「古くさい」やつだよ。いやあの人たちが若々しいのさ。

それから十三年経ち、岩波剛さんを除いて皆、亡くなられてしまった。

岩波さんは相変らず若々しく、新潮社時代『週刊新潮』の創刊に立ち会った岩波さんのお話を、来週（三月三日）、私は、『本の雑誌』でうかがうつもりだ。

二〇〇三年というのは、私も同人の一人だった『エンタクシー』が創刊された年だ。他の同人と意見を確認したわけではないが、私は、『エンタクシー』という文壇を機能させようと考え、その目的はかなり果せたと思う。

その『エンタクシー』が二〇一五年暮、休刊、いや廃刊した。

つまり文壇というものが完全に消滅してしまった。

たとえ文学賞というものがこのあと続いて行くとしてもそれはただの形骸に過ぎない（形骸なんてまるで江藤淳の遺書みたいだ）。

だから今回、日にちを間違えて芥川・直木賞のパーティーに出席できなかったことは、偶然ではなく必然だったかもしれない。

私はこのあと、自分が選考委員をつとめる賞を除いて、文学賞のパーティーに顔を出すことがあるのだろうか。

厄年にサイボーグになってしまった私

新潮45　二〇一六・八

『新潮45』一九八七年九月号

「死ぬための生き方」という『新潮45』の特集のことはよく憶えている。

しかし私はその特集そのものには目を通していない。

では何故憶えているのか。

最初にその特集が組まれたのは一九八七年九月号。

二度目は同年十一月号。

この日附けというか時制は私にとって強い意味を持っている。

ニート生活を終え、私が『東京人』の編集者になったのは一九八七年九月半ば。

つまり、最初の特集が組まれた時、私はまだニートで、二度目の特集が組まれた時は『東京人』の編集者になったばかりだった。

私は一九五八年五月八日生まれだから、当時、二十九歳。二十代最後の年だった。時代はバブルに向って行く頃だったし、私の父は大手出版社の社長であったから、ニートであっても生活には困らなかった。

しかし私は働きたかった。

編集者志望で、大学卒業時に出版社の試験に落ちてしまった私は、私の腕をためしてみたかった。大学院に進学したのは仮の姿だった。編集者になりたいとずっと思っていた。

一九八七年、もうこれが最後だ、無理かもしれない、と考えていた。

三十にもなって未経験者など、たとえ小さな編集プロダクションでも（むしろそういう所の方が即戦力を必要とする）やとってくれないだろう。

それがギリギリで間に合ったのだ。

当時の私は人の「死に方」や「生き方」にまったく興味を持っていなかった（実はそれは今も同じ）。

ただ、三十歳を前に初めて就職出来たその時と同じだったから、この特集のことを憶えていたのだ（これは余談だが当時の『東京人』編集長だった粕谷一希さんの所に文春の編集者だったMさんがよく訪れフランス人を妻に持つMさんは『新潮45』に偽外人として文章を書いたり食材や器に凝る渋谷のガンコ親爺のゴーストをしていたから私は『新潮45』の愛読者となった）。

「高齢化社会」という問題

その頃、「高齢化社会」が問題になっていた。

六十五歳以上の人口比率が七パーセントを超える「高齢化社会」に日本が入っていったのは一九七〇年で、有吉佐和子の『恍惚の人』は一九七二年のベストセラーになったが、それがいよいよ問題化したのが一九八〇年代半ばだった。

六十五歳以上の人口比率を「高齢化社会」の指標とするのは不思議な感じがする。

一九八〇年代半ば、と書いたが、例えば一九八五年は一九二〇（大正九）年生まれの私の父がまさに六十五歳になった年だ。

しかし父に老人感はまったくなかった。

父が例外であったわけではない。

大正九年とそれに続く大正十（一九二一）年生まれは太平洋戦争での戦死者がもっとも多かった世代だ。つまり二十歳前後で戦争を迎え、二十五歳前後で敗戦となる。

だがこの世代は、戦争を生きのびたあと、まるで〝第二の青春〟をむかえたかのように若々しく活躍する。

そのエネルギーは還暦を過ぎても衰えなかった。

作家を例にとれば、阿川弘之や安岡章太郎、庄野潤三という大正九年十年作家、もう少し年上の小島信夫といった〝第三の新人〟の作家たちは六十歳過ぎてますます健筆を揮った。同じ〝第三の新人〟の作家でも吉行淳之介や遠藤周作ら、若き日に肺病を患った人は還暦過ぎてからの衰えが目立った（安岡章太郎も若き日に病を患ったがそれは脊椎カリエスで肺病とは違う）。

還暦どころか私の父は七十代に入っても、いや八十代になっても元気だった。

さすがに九十歳が近づく頃に衰えはじめ九十一歳で亡くなったが、先に名前を出した阿川弘之や安岡章太郎や庄野潤三や小島信夫も同じくらい長生きした。

彼らだけでなく、大西巨人や鶴見俊輔、加藤周一、吉本隆明といった大正生まれの人は長生きした。

つまり、「高齢化社会」から「超高齢社会」へ、である。

それに合わせて、今回、このような特集〔「死ぬための生き方」〕が組まれたのだろう、

だが、私は、待てよ、と言いたい。

たしかに大正生まれは「超高齢社会」を生きた（生きている）。

しかし、それに続く世代はそれ以上に高齢化を生きるのだろうか。

私はそう思わない。

『東京人』時代に私が親しくしていただいた常盤新平さん、山口昌男さん、それから憧れを持って接した野坂昭如さんは皆、昭和一ケタ世代だ。

常盤さんと山口さんが昭和六（一九三一）年、野坂さんが昭和五（一九三〇）年生まれだ。

つまり私が『東京人』の編集者だった当時の彼らの年齢は、ちょうど今の私と同じくらいなのだ。

私が還暦を過ぎても九十歳近い彼らと一緒に遊べるだろうと私は考えていた。

しかしどの人も、もういない。

八十歳を過ぎても大正生まれは元気だったと私は述べた。

だが、昭和一ケタ生まれの人たちには、八十の壁があるのだ。

その壁を前に、亡くなったり、倒れたりする。

ふたたび作家を例にとれば、その壁を越えてもお元気なのは小林信彦さん、筒井康隆さん、山田稔さん、それから石原慎太郎さんら数えるほどだ（そうそう五木寛之もいた）。

さらに。

これは私の思い込みだけれど、昭和二ケタになると、その壁がもう少し手前、七十五歳ぐらいになっている気がする。

久世光彦さん、安西水丸さん、赤瀬川原平さんといった人たちがその壁の前後で亡くなっている。

団塊の世代の高齢化によって超高齢社会の到来が心配されているわけだが、実は団塊の世代の壁は七十歳であるのかもしれない（先日亡くなった鳩山邦夫のように）。

となると、〝人口の逆ピラミッド〟問題も解消する。

もう死んでいる

さて、では私自身の死生観だ。

先にも述べたように私はそのことに殆ど関心がない。

廻りの人たちに迷惑はかけたかもしれないが（ゴメンナサイ）、私はとても楽しい人生を送って来たと思う。

色々な人たちと出会えたし、私なりに力を込めた作品を何冊も残せた（それらの作品が一冊もなかったら六十歳近い私の意識はまた別のものになっていたかもしれない）。

私はペシミスティックなオプティミストだ。ペシミスティックというのは、つまり、将来に対して。

アベノミクスの失敗や成功に関係なく、時代はますますひどくなっていく。

私の好きだった建物や空間がこわされ、街歩きの楽しみが減った（それが戻ることはあり得ない）。

好きな食べ物屋も次々と消え、例えば私が八十歳まで生きたとして、その内何軒残っているかわからない（ゼロかもしれない）。

渋谷が準地元だったから、東急文化会館（私が生まれる少し前に出来た）や東急プラザ（私が小学校に入学した時に出来た）は私の馴染だった。大好きな空間だった。

その二つをこんなに早く失うとは思っていなかった（少なくとも私が死ぬまで存在すると考えていた）。

とは言ってもオプティミストの私は、毎日楽しく生きている。

ちょうど二十一世紀に入ろうとする頃、二〇〇〇年暮、私は新宿で事故に遭い、死にかけた。

死にかけた、というのは大げさではなく、臨死体験をした。

事故に遭い、救急車で運ばれ、緊急手術が行なわれた。

家人によると、覚悟しておいて下さい、と言われたという。

臨死体験とは、こういうことだ。

私はブランコに乗っている。

すると突然、そのブランコがぐるぐると廻りはじめた。そのスピードがどんどん速くなって行くのだ。

普通のブランコなら、回転して行くたびに鎖が上の鉄棒に巻きつき、短くなって行くのだが、夢、いや臨死中の出来事だから、そうはならない。

鎖の長さはそのままでどんどんスピードが増して行く。

その勢いで、あやうく手が離れそうになる。

しかし、もしそうなったら、私はふっ飛ばされる。

だが、それは死を意味している。臨死状態にありながら、私は冷静で、必死になってブランコの鎖をつかんでいた。

三度の手術（その内一度は顔の手術）を経て復活した私はまるでサイボーグのようになってしまった。

いや、実際、サイボーグになった。

昔から私は大酒飲みであったが、それでも時に、ひどい二日酔をした。

ところがその二日酔がまったくなくなってしまったのだ。

どれだけ大量に（例えばウィスキーをボトル一本）飲んでも、まったく二日酔しない。

二日酔というのは実は健康のバロメーターかもしれない。となると、私は超不健康なのだ。

と言うより、私は既にあの時、死んでしまったのかもしれない。

「第二の玉音放送」の年「中年御三家」が世を去った

新潮45　二〇一六・十二

いよいよ遠い昭和

平成が二十年目に入る頃、えっ、もう平成二十年！　昭和は遠くなったものだと思ったが、その平成がもうすぐ三十年。ますます昭和は遠い。というより平成も、天皇の意志によって、終わりつつある（天皇の退位によって元号が変るかどうかについては様々な意見があるものの）。

振り返ると昭和は六十四年まで続いた（もっとも、昭和六十四年は一週間ほどだったが）。

つまり、昭和三十三年生まれの私はほぼ昭和の半分を経験しているわけだ。だから私には昭和を語る資格がある。

考えてみると恐しいことだ。

今年三十五歳の人は昭和五十六（一九八一）年生まれ。

その年齢の人がギリギリで昭和の記憶を持っている。と言うことは、それより若い人たちは昭和の記憶がない。そしてそういう人がさらに増えて行く。

十二年後、私が七十歳になる時は昭和の記憶を持たない人が過半数だろう（そう言えば十年後、二〇二六年に昭和百年という記念祭は開かれるのだろうか――大正百年祭はなかったと思うが）。

昭和天皇、今の天皇そして皇太子は世代的にわかりやすい（中学生ぐらいの時から私はそれに気づいていた）。

つまり昭和天皇と同世代の政治家に長く総理大臣をつとめた佐藤栄作がいる。そして文学者に川端康成や小林秀雄がいる。まさに昭和だ。

今の天皇とほぼ同世代の政治家に自民党のいわゆる〝竹下の七奉行〟がいて、総理大臣を何人も生み出している。文学者は「内向の世代」だがエンタメ系には五木寛之や渡辺淳一や井上ひさしがいる。

ちなみに、私の父は大正九（一九二〇）年生まれだが、これは特殊で、小中学校時代の私の同級生たちの父親はほとんど昭和一ケタ、つまり今の天皇と同世代だった。

だから私は今の皇太子と同世代だ。この世代の文学者に島田雅彦や福田和也がいる。

昭和が平成へと変っていった時の記憶は濃厚だ。

ニートな時代を経て、三十歳を前に私が『東京人』の編集者になったのは昭和六十二（一九八七）年九月。そして平成二（一九九〇）年九月、同編集部をやめる。つまり昭和から平成に変っていったのは、ちょうど私が『東京人』の編集者だった時代だ。

編集者の特権は大好きな文筆家の第一読者になれることだ。

私もその特権を活かした。

もっとも、当時の『東京人』編集長粕谷一希はこの業界で有名な人だったけれど、会社（都市出版）はマイナーだったから、大手出版社に勤める同世代の編集者と違って、なかなか会ってもらえなかったりした（その内の一人は私が物書きとなってのち『東京人』時代の坪内さんを知っているとロにしている）。

中で特別な存在だったのが山口昌男さんと常盤新平さんだ。

仕事だけでなく、山口さんは新宿の、常盤さんは銀座の、バーや居酒屋を何軒も紹介してくれた。山口さんも常盤さんも共に昭和六（一九三一）年生まれ。つまり私と会った時、五十七、八歳。今の私の年齢だ。私が『東京人』をやめたあとも、二人は、それまで同様に付き合ってくれた。文筆家としての私が今あるのも二人のおかげだ。

例えば山口さんは朝日新聞社が出していた『月刊Ａｓａｈｉ』の編集部に紹介してくれてジャーナリズムでの編集及び文筆仕事が増えて行ったし、版元のあてもなく書き下していた『靖国』を新潮社に話してくれたのは常盤さんだ。

二人との関係はずっと続くと思っていた。しかし山口さんは八十歳を前に、そして常盤さんは八十歳を過ぎて、病に倒れ、三年前（二〇一三年）のほぼ同時期に亡くなられた（ある雑誌に頼まれた常盤さんの追悼執筆中に山口さんが亡くなったことを知らされた）。

山口さんと常盤さんの場合は（特に山口さんは最後の数年は寝たきりだったから）、心の準備が出来ていた。

同じ昭和一ケタ生まれでも、昭和九（一九三四）年生まれの井上ひさしさんが二〇一〇年四月九日に亡くなられたのは不意打ちだった。

井上さんとは講談社エッセイ賞の選考委員の席で御一緒させていただき、その前年の初夏に行なわれた選考会の時も普段と変らなかった。

その少しあとで、井上さんがガンになられたことを聞かされたが、現代ではガンは不治の病ではないから大丈夫だろう、と思っていた。

私が『東京人』をやめた翌年、一九九一年、山口さんは奥会津、福島県昭和村の元小学校だった廃校を借り受け、そこでイベントを開くことになった。

翌年、第一回のイベントのゲストが井上ひさしさんだった。さらにその翌年第二回のゲストがテレビドキュメンタリー作家の牛山純一さんだった。

「中年御三家」の登場

ここで時間をさらに戻したい。

私が高校生の時、〝中年御三家〟が話題を集めた。

小沢昭一（昭和四年生まれ）、野坂昭如（昭和五年生まれ）、永六輔（昭和八年生まれ）の三人が結成したグループで、昭和四十九年（私が私立早稲田高校に入学した年）に武道館でライブまで開いた（ビートルズ以来の熱狂と言われたがと言うことはレッド・ツェッペリンより凄いライブだったのか)。

ライブはレコードにもなり、高校二年のある時期、私は自室のステレオでそのライブ盤とビートルズの『マジカル・ミステリー・ツアー』ばかり聴いていたことがある(我ながらシブいセンスだと思う)。歌手として有名なのは野坂昭如だったが私は小沢昭一の方が好きだった。「ハーモニカブルース」や「トルコ行進曲」をいつも口ずさんでいた。

やはり一九七四年。七月に開かれた参院選に野坂昭如は東京地方区から出馬した。選挙ポスターの掲示板は穴八幡神社のアプローチ、その目の前に高田馬場行きのスクールバスのバス停があったから、毎日のように野坂さんの選挙ポスターを眺め、そのスローガンというかコピーを憶えてしまい、いまだ忘れない。すなわち「二度と飢えた子供の顔を見たくない」。

永六輔は、「セキ、コエ、ノロに浅田飴」の人だった。

高度成長を突き進んで行った日本は、一九七〇年代に入ると、「ディスカバー・ジャパン」をはじめ、一部で〝日本への回帰〟が行なわれた。

その頃の永六輔もそういう動きに乗っている感じがして私はそれが少し苦手だった。

話は少しズレるが(実はズレていないのだが)、私と同世代の翻訳家新元良一さんと岸本佐知子さんと三人で〝サムユル〟というユニットを組んでいる。

実際に何か活動しているわけではないが、このユニット名は、「作務衣許すまじ」を省略したものだ。つまり私たち三人は作務衣が大嫌いなのだ。

そしてあの頃の永六輔は作務衣を着ていそうだった。実際、渋谷の西武デパートの近くで見た永六輔（もの凄く背が高いので驚いた）は作務衣のようなものを着ていた。

ところで永六輔と言えば、本人も認めているように、その声が当時の皇太子（今の天皇）によく似ていると評判だった。

実は、高校に入って中年御三家に出会った頃、私は、御三家の内でまず永六輔の読者だった。これには理由がある。

永六輔は私の高校（私立早稲田高校）の先輩だったのだ。日本史のS先生はその仲人だったし、現代国語のK先生（名の知られた詩人であることをのちに知った）は高校の修学旅行での永六輔の作文がいかに優れたものであったか――既に今と同じ文体を持っていたこと――を繰り返し語った。

その頃、角川文庫に永六輔の『街＝父と子』、『旅＝父と子』、『女＝父と子』が次々と収録されて行き、そのシリーズは私の〝通学のお伴〟になった。

文庫本と言えば野坂昭如の「……の思想」シリーズ、すなわち『日本土人の思想』『卑怯者の思想』『風狂の思想』が次々と中公文庫に収められて行ったのは私が高三から浪人生の頃にかけてで、これも新刊で購入し、読んで行った（あの頃の文庫新刊は私の大切な栄養になってくれたと思う）。

文筆家小沢昭一に出会ったのは遅い。

しかし、彼と麻布中学時代からの友人である加藤武の『昭和悪友伝』（話の特集、昭和五十一年）には新刊で出会い、小沢さんや加藤さんをめぐる麻布中学の友人関係に詳しくなった。

さらに。中学時代は洋画少年だった私は高校に入ると邦画も見るようになり、高校一年のある日、小学生の頃からの親友に誘われて、信濃町の区民会館のような所で今村昌平の初期作二本を見た。

『盗まれた欲情』と『果しなき欲望』である。どちらの作品にも小沢昭一が出演していて、『果しなき欲望』には加藤武も出演していた。

〝中年御三家〟と出会った頃、彼らは四十代半ば（永六輔に至っては四十代になったばかり）だが、充分大人に見えた。

今年五十八歳になった私にとって四十代の人たちは〝若僧〟に過ぎないけれど、そんな今の私の眼から見ても当時の彼らは大人だったと思う。

それは戦争経験による。

戦争が終わってまだ三十年ぐらいしか経っていなかったのだ（と言うことは今、昭和末を振り返る、ちょうど同じくらいのタイムスパンだが全然違って思える）。

野坂昭如の『日本土人の思想』にも永六輔の『街＝父と子』にも戦争のことが書き記されていた。

特に『日本土人の思想』第三章「ぼくの家族は焼き殺された」では繰り返し戦争（空襲）経験が語られる。

その内の一つ、「焼跡闇市派の弁」で野坂昭如はこう書いている。

　ぼくは、まったく徒党を組めない性格なのだが、これまでの分類のしかたを応用すると、焼跡闇市派であろうと、自分で考えている。この派に所属する年代は、昭和四・五・六年生まれに限られ、つまり同年に戦死者のない、積極的に戦争に参加できず、また、七年以降のごとく疎開もしない、いわば戦後市民生活の中核として、戦争の末期を過ごした経験をもち、敗戦の日「連合艦隊はどうしたァ」と絶叫し、占領軍の到来とともに昨日までの鬼畜が、今日から人類の味方にかわっちまって、おったまげ、そして、飢餓恐怖症の覚えがある、放出の兵隊服着こんだことがある、虱、疥癬を知っている。

〝中年御三家〟というくくり方をしてしまったが、同じ昭和一ケタであっても、小沢昭一、野坂昭如と昭和八年生まれの永六輔とでは世代が違う。

事実、『街＝父と子』には「学童疎開」という章がある。

浅草の三筋町の近くの浅草新堀国民学校に通っていた永六輔は、長野県の小諸に「縁故疎開」した。

村にはすでに相当の疎開者が入っていた。村の学校に転入した僕は、「東京ッポ」と呼ばれて意味もなくいじめられることで、翌日から学校をしぶりだした。「東京ッポ」といわれたら「田舎ッペ」とやり返せばいいことなのだが、多勢に無勢の泣き寝入りだった。

僕は彼等には珍しい文房具やオモチャを献上して、ご機嫌を窺うようになった。

学童疎開には階級差別はなく（もちろん受け入れ先の態度の違いはあっただろうけれど）、永六輔と同い年の今の天皇も確か奥日光に疎開している。

リトル・マガジンの時代

〝中年御三家〟の武道館ライブをプロデュースしたのは『話の特集』の矢崎泰久だ。

私の高校生時代、『話の特集』をはじめとするリトル・マガジンが人気だった。

私は『宝島』をほぼ毎号、そして『面白半分』を時々、購入していたが、『話の特集』を買うことはなかった。

私は、いわゆる反体制というのが嫌いというか苦手だったのだ。だから『話の特集』を手に取ることはなかった。そのことと〝中年御三家〟が好きなことは私の中で矛盾していなかった。

その『話の特集』のバックナンバーを古書店で買い集め（特に五反田の古書展にたくさん出品される）、いつの間にか五十冊ぐらい集まった。

その中から、昭和五十年（私は高校二年生）の十二月号の目次を開いてみた。

色川武大の連載「怪しい来客簿」が載っている。伊丹十三の連載「日本世間噺大系」が載っている。加藤武の連載「雑色悪友録」が載っている。そして永六輔の連載「芸人その世界」が載っている。

皆、私は単行本で購入している。

今さらながら、『話の特集』は、素晴らしいリトル・マガジンだ。

その『話の特集』昭和五十年十二月号に、とても興味深い座談会が載っている。

野坂昭如と小沢昭一と永六輔の「中年御三家、老後を語る」だ。

この時小沢昭一は四十六歳、野坂昭如は四十五歳、そして永六輔は四十二歳。今からほぼ四十年前だ（と書いて、えっと思ってしまった――四十年前も私にとってつい昨日のようなのに）。

俗に「歯・目・マラ」と言う。つまりその順番で老化が進むのだが、この三人だから（特に小沢昭一と野坂昭如はその手の話が好きだから）、話題の中心は「マラ」だ。

小沢昭一の場合、「歯」と「目」は問題ないが、三番目の方が「すこし落ち目になって」きたという。すこしどころかだいぶだ。

「最近で言いますと、春秋二回ぐらいが（笑）というのが偽らざるわたしのペースでありまして、今日も美しい女性が一杯いらっしゃいますが、もうどうなっても驚かない、まるで関係ないんですよ」。

三人共に子供は二人いるが、小沢昭一と永六輔の下の子が十四歳であるのに対し、野坂昭如には二歳の子供がいる。

「ぼくなんかはふたつですからね、二年前にやったってことがはっきりわかる」。

二歳の子なら三年前のはずだが、それはさておき、「それだって、二年も同じじゃないか」という永六輔の突っ込みに対して、野坂昭如は、「だけど、二年前と十四年前じゃだいぶ違うよ（笑）」と答える。

寿命について野坂昭如はこう考えている。

「ぼくが生まれた時の平均寿命って四十五、六だったんですね、今は七十一ぐらいですよ。それで、ぼくらの余命は三十五、六年なんですね。そうするとつまり八十いくつになるわけです」。

しかし平均寿命は毎年〇・五歳ずつぐらい伸びているから、野坂昭如の計算では百歳まで生きることになる。『週刊文春』の連載コラムでも同様のことを口にしていたが、「百歳になった時に、野坂先生はやがて百歳になりますが、というインタビューを受ける時にそなえて、ちゃんと答を用意してある」。

「今から三十年ぐらいたって老年御三家っていうのをやりたいね」と口にしているのは小沢昭一だ。

「出来れば、今日のお客さん全部生き証人で来てもらって、三十年後にどれだけのスタミナと歌唱力があるかを確かめていただくのはどうでしょうねえ」。

二〇〇三年六月、まさにそれが実現するはずだったのに、その直前に野坂さんは病に倒れられたのだ。

ところで戦後三十年に当たるこの年、昭和五十年は昭和天皇の〝ご訪米〟が話題になった。

そのことに関する記事がこの『話の特集』に二つ載っている。

その内の一つ、TBSラジオのアナウンサー桝井論平はこう述べている。

〝天皇陛下のご訪米〟は、実に、興味津津でしたね。

ぼくは、天皇陛下の存在理由を、日本国憲法の規定以上に認めている人間のひとりですけれども、それでもなお、このたびの快挙には、ただただ感嘆するばかりです。おそらく、天皇陛下にとっては、日米開戦に匹敵するご英断ではなかったかと拝察されます。そして、失礼な表現をおゆるしいただけるとすれば、これは、まさに、日本国民に対する天皇陛下の、待ちに待ったるご挑戦であり、そして、天皇陛下は、見事に勝利を収められたということが出来ると思うのです。

桝井論平は、〝象徴〟という曖昧な言葉を問題にしている。そしてそれをあえて一歩踏み出したのが他ならぬ天皇自身だったと述べている。

そのことをもっともよく理解しておられたのが、あえて大胆な表現をおゆるしいただければ、天皇陛下ご自身ではなかったでしょうか。天皇陛下は、三十年間、お待ちになられた。そして、ついに大きなチャンスを捉えられた。天皇は、日本国民にとって、〝象徴〟ではなく、天皇そのものだという厳然たる事実を、われわれにはっきりと示されたのです。アメリカの次には中国をお訪ねになりたいという。三十年間の長い〝象徴〟時代は終わりました。今まさに新しい天皇の世紀がはじまろうとしているのです。

となると、今年（二〇一六年）夏の「第二の玉音放送」は〝象徴〟への後退のように思える。しかし、事実はそうではない。天皇が「天皇そのもの」であることを認めるのは国民であるが、そのような国民はこの四十年の間に殆ど消滅してしまった。昭和時代と違って平成時代は、もはや天皇が「天皇そのもの」でなくなってしまっていたのだ。だから、右か左かという議論は、もうまったく意味を成さない。

当時十七歳だった私はもちろん天皇の訪米のことは憶えているが、それがこれほど深い意味を持っていたとまったく理解していなかった。完全な戦後っ子である私は「天皇そのもの」を受け止める感受性に欠けていたのかもしれない。だから私は天皇あるいは天皇制に対して賛成する気も反対する気もない。


「たくましい老人、ジジイ」になってやろう

〝中年御三家〟に話を戻す。

この三人の中で私が最初に面識を持ったのは野坂昭如さんだ。

『東京人』時代に二度座談会を担当させてもらった。

しかしそれは丸谷才一さんを中心とする座談会で、編集長(粕谷一希)、デスク(やはり『中央公論』の元編集長だったMさん)も同席する中で一番ぺーぺーの編集者だったから野坂さんはたぶん憶えていないだろう。

次に会ったのは永六輔さんだ。

福島県昭和村で山口昌男さんが紙芝居に関するイベントを開いた時、ゲストで来ていただいたのだ。

私のことを紹介する時に山口さんが、彼も早稲田高校出身なんだ、と言ってくれたから、筆マメ

な永さんから後日、いずれゆっくり早稲田高校の話をしましょう、というハガキが送られて来た。

一番親しいお付合いをさせていただいだのは小沢昭一さんだ。

対談を五〜六回、そして座談会を三回させてもらった。

忘れられないのは『彷書月刊』二〇〇四年十二月号の正岡容生誕百年特集で小沢さんと加藤武さんの対談を行ない、その司会を私がつとめさせてもらったことだ。二〇〇四年ということは私は四十六歳、かつての〝中年御三家〟の年だ。

小沢さんと加藤さんの親しさ（親しいからこそ小沢さんが加藤さんを叱る）が伝わって来て、とても心が暖まった。

小沢さんと加藤さんとの関係で、もう一つ、忘れられないことがある。

二〇一二年（平成に直すと二十四年だが昭和の年ならすらすらと口に出来るのに平成はいちいち表を見ないとわからない）十二月十日、小沢さんが亡くなられた。

信濃町の千日谷公会堂で行なわれたお通夜に参列した。

大型テレビで斎場の内部が映し出されていた。親族に続いて加藤武さんの焼香が始まった。

普通焼香は自分の鼻先に二度三度近づけて、静かに撒くのだが、加藤さんのそれは違った。ある種の力士の塩撒きのように、パッとつかんで、それを、またパッと撒くのだ。

そこに加藤さんの悲しみの強さが現われていて私は感動した。

先にも述べたように、この翌年のはじめ常盤新平さんと山口昌男さんが亡くなる。

つまり、小沢さん、常盤さん、山口さんは立て続けに亡くなった。

小沢昭一さんは亡くなったけれど、〝中年御三家〟の内、野坂さんと永さんはまだ健在だった。

その野坂昭如さんが亡くなったのが二〇一五年十二月九日。

いやその前、同年七月三十一日に加藤武さんが亡くなった。

奥様を亡くされて一人暮らしではあるものの、全然お元気そうで、雑誌や新聞のインタビューなどでよく目にしていたので、突然死、といった感じで驚いた。

野坂さんが亡くなられた直後、野坂さんと親しかった大村彦次郎さんと民藝の芝居を御一緒した。

その幕間の時に大村さんは言った。M君（かつて大村さんが編集長だった『小説現代』の部下で自身も編集長をつとめた）が、野坂さんの葬式の葬儀委員長を永六輔にやってもらいたいのだけど事務所の人が体調的にそれは無理ですと言い、それを聴いた矢崎泰久が、オレが絶対につれて来ると言っている、と。

しかし、さすがの矢崎泰久でも……と私が答えたら、大村さんは、いや、矢崎泰久だからね、と言った。

そして当日、十二月十九日昼。場所は青山葬儀所。

何と、永さんの乗った車椅子を矢崎さんが押して来たのだ（矢崎さんだって永さんと同世代だと言うのに）。

その永六輔さんが亡くなられたのが今年（二〇一六年）七月七日。

野坂さんの葬儀委員長をつとめなければ永さんはもう半年ぐらい長生き出来たかもしれない。

しかし永さんは後悔していないはずだ。葬儀委員長として野坂さんの葬式に参列出来て良かったと思っているはずだ。その点で矢崎さんのしたことは立派だった。

あと二年（いや一年半）で私も還暦だが、気がつくと私の廻りから殆ど知り合い（年上の知り合い）が消えてしまったように思える。もはや、まるで夢幻能の世界だ。

昭和五十年代が一番楽しかった。幸福だった。

これは私だけでなく日本全体に言えると思う（もちろんどんな時代にも不平等はある）。

〝中年御三家〟の人たちは、そして彼らと同世代の昭和一ケタの人たちは、その昭和五十年代を楽しませてくれた。その時代に私は青春を過した。

そして平成に入り、私は中年になった。

その平成が終わりつつあり、私は老年になって行く。

出来るだけたくましい老人、ジジイになってやろう。

それが、〝中年御三家〟たちから学んだ今の私の誓いだ。

平成三十年に私は還暦を迎えた

新潮45　二〇一八・八

長い「高等遊民」時代

私は昭和三十三（一九五八）年五月八日生まれだから、つまり、六十四年まで続いた昭和のほぼ半分と重なる。

そして平成三十（二〇一八）年の今年、還暦を迎えた。だからこの三十年を往還してみたい。還暦と言われて不思議な感じがする。つまり、三十歳の時と何ら意識に変化がないからだ。私より前の世代は違う（いや、団塊の世代から既にこのような感じなのかもしれないが）。

私の父は大正九（一九二〇）年生まれで、彼が還暦を迎えた時のことをありありと憶えている。当時私は大学三年生で、父の還暦を祝って家族で帝国ホテルで食事した。普段使うのは東京プリンスホテルだったから特別の意味があったのだろう。

還暦であっても、大手出版社社長である父は老人感なくエネルギッシュだった。しかし六十歳の人としての風格はあった。

その頃、昭和五十五（一九八〇）年前後は一つのエポックとなる時だった。つまり、当時、企業の定年は五十五歳あるいは五十七歳で、昭和生まれの人が次々と定年を迎えたのだ。その一方で、六〇年安保の年、昭和三十五（一九六〇）年生まれの人が成人になったのだ。

それまで目まぐるしく変っていった昭和という時代はこの頃から停滞して行く。そしてその停滞は平成に入ってさらに本格化する。私はその停滞の中で三十歳から六十歳になった。

今振り返ってみると私は同世代の中で特異な存在だった。つまり「高等遊民」時代が長かった。ニートと呼ばれる時期が二回あったし、今でも（還暦となって未だに）「高等遊民」を続けている。

私が大学院の修士課程を修了したのは昭和六十一（一九八六）年の春。私は七年間学生生活を送り、第一次ニート生活を送っていた。そして気がつくと二十九歳、すなわち三十歳が目前に迫っていた。

そんなある日、二十九歳の誕生日を迎える五日前、一九八七年五月三日、事件が起きた。朝日新聞阪神支局襲撃事件だ。

私はショックを受けた。事件はもちろん、幼子を遺して亡くなったK記者が私とまったく同い年であることに。

彼は記者として仕事をし、家庭も持ち、これから着々とキャリアを積み上げて行くはずだっただろう。

それに対して自分は……。

三十歳までには何か定職に就かなければ、と考えて、父のコネを使って、その年の秋に『東京人』の編集者になった。

編集者になってわかったのは高等遊民時代にたくわえた様々なものやことが無駄ではなかったことだ(マイナスのカードが一気にプラスに転じたのだ――この時の蓄積で私は未だに生活しているとも言える)。

『東京人』の時にとてもお世話になった筆者に常盤新平さんと山口昌男さんがいる。

共に昭和六(一九三一)年生まれで、平成三(一九九一)年に還暦を迎えた。

山口昌男さんの還暦の日のことは良く憶えている。

当時、山口さんを組長に持つテニスグループ「テニス山口組」があって私もその一員だった。

山口さんの誕生日は八月二十日で、その年の当日、山口さんの還暦を記念してテニス大会が開かれることになった(その日は平日だが私は前年の九月に『東京人』をやめて第二次ニート時代に入っていた)。

毎週一回、テニス山口組は府中の森公園にあるテニスコートでプレイしていた(予約が取れなかった場合は野川公園でプレイした)。

ところがその日は大雨だった。

山口さんは楽しみにしているし、私たちは還暦を祝う赤いフレームのテニスラケットを用意していた。

機転のきくメンバーが電話をかけまくって、ひばりヶ丘の室内コートを確保し、無事テニス大会は開かれた。

そのあとのお祝いの会は美味しいグルジアワインを飲ませる吉祥寺の店で行なった。

私が良く憶えているのは、その時、ソビエト連邦で保守派による軍事クーデターが起き、ゴルバチョフ大統領（たしか山口さんと同い年）が軟禁されていたことだ。ただしそのクーデターは三日で失敗し、ソビエトが正式に消滅した。

ソビエトが消滅した時、思い出したのは、その十数年前、昭和五十二（一九七七）年秋に出た週刊誌『朝日ジャーナル』のある特集だ。

当時、私は予備校生で御茶ノ水駅前の売店でその『朝日ジャーナル』を買った。

特集は「ロシア革命六十周年」だった。

十九歳の私は、そうかロシア革命から六十年か、と、六十年という時の持つ長さを思った。

山口昌男さんは幼児的な所のある人で六十歳になってもその幼児性を失っていなかった。それでも大人だった。今の私よりも充分大人だった。だから改めて私は自分が六十歳であることを信じられない。

幼児的な大人と言えば植草甚一がいる。明治四十一（一九〇八）年生まれの植草がブレイクするのは六十過ぎてからだ。

私は彼と同じ世田谷の赤堤に住んでいたから晩年の彼の姿を何度も見かけたが充分すぎるぐらい老人だった（今思うと七十一歳の若さで亡くなったのだ）。

平成元（一九八九）年五月八日私は三十一歳になった。

つまり平成という時代は私の三十代、四十代、五十代と重なる。

その三十年間と昭和に過した三十年が同じ長さだとはまったく思えない。昭和の三十年間の方が三倍ぐらい（いやそれ以上）濃密だった。

第二次ニート期にあった私が、フリー編集者として朝日新聞社の出版局に出入りするようになってそれなりの収入が入るようになったのは一九九二年春。

そこで知り合ったフリー編集者・中川六平さんに私の第一評論集『ストリートワイズ』（晶文社）を出版してもらうことになるのだが、知り合った当時中川さんは『朝日ジャーナル』の書評欄を担当していた。しかしすぐ（一九九二年五月）同誌は廃刊になり、『朝日日本歴史人物事典』の担当になった。

「ロシア革命六十周年」や読書特集、大学特集など何冊かの『朝日ジャーナル』をリアルタイムで買ったものの、同誌に強い興味はなかった（大学のサークルの先輩が毎号愛読しているのが不思議だった。もはや役目は終えていると思った。つまり過去の遺物に見えた。

だが実は同誌の創刊は昭和三十四（一九五九）年三月、私と同学年だったのだ。

昭和三十三、四年から平成に至る三十年間はそれぐらいの厚みがあった。

十年同日

ところがそれからの三十年は……。

編集の仕事から原稿の仕事に比重が移っていったのは一九九〇年代半ば（昭和と違って平成はすぐに年号が思い浮かばないから西暦で書く）。そして『ストリートワイズ』が出たのは一九九七年春。その文庫版（講談社文庫）の「あとがき」を目にして驚いてしまった。書き出しを引く。

十年一昔という言葉があるが、私のこの最初の評論集『ストリートワイズ』が晶文社から刊行されたのは、一九九七年四月、今から十二年前のことだ。

たしかにずいぶん昔のことのように思える。私は本を乱造しないタイプの書き手だが、それでもその十二年の間に三十作近い（あるいはそれを超える）本を刊行した。

この「あとがき」を書いたのはつい昨日のような気がする。ところが、この文庫本が出たのは二〇〇九年四月、もう九年も前のことだ。「十年一昔」という言葉はもはや成立しない。「十年同日」なのだ。

実際、五十一歳の時と六十歳の今の私の意識や生活は殆ど変っていない（子供がいないせいもあるのだろう）。

幸いなことに私はある雑誌（途中から二誌）に日記を連載しているから一九九七年十月からの「生活」が書き残されている。例えば一九九八年はこのように書き始められている。

一月六日（火）

巻では正月休みが終り、そろそろ仕事始めだ。しかし私は、毎日が日曜日と言えば日曜日だし、月曜日だといえば月曜日だから関係ない。十二月の半ば、年末進行の仕事を全部終えたあとで、ここ数年の宿題である靖国神社の書き下しの残りの部分に決着をつけようと思っていたけれど、果せなかった。

その「書き下し」、すなわち『靖国』が刊行されたのは翌一九九九年一月のことだ（同書に載せる写真資料を持って新潮社に出かけたのもつい昨日のようだ）。その直後にジャイアント馬場が亡くなった。

六十一歳、ということは今の私と一つしか違わないが、ジャイアント馬場は若くして「老人力」（©赤瀬川原平）を身につけていたから、それが寿命に思えた、

四十歳の誕生日である一九九八年五月八日は、「親しい友人たちが集まって、夜、神保町のHで祝ってくれる」とある。

「H」というのは「八羽」という店で、今も常連だ。それから今年の還暦の会は三十年前から通っている人形町の「T」という洋食屋で開いた。

子供がいないから時間の感覚が麻痺していると述べたが、私の中では「事故前」と「事故後」という歴史がある。

二〇〇〇年十一月三十日。

朝、気がつくと東京女子医大病院の集中治療室のベッドの上にいる。

そして二〇〇一年一月一日。

朝六時に起きて、窓の近くに寄って外を眺める。ちょっと曇っているから初日の出は拝めそうにないけれど、きれいな朝焼けが出ている。元日に朝焼けを見るのは何年振りのことだろう。思い出せない。それにしても、二十一世紀最初の朝焼けを病室の窓から眺めるのは奇妙な体験。一生忘れられないだろう。

この年私は大厄すなわち四十二歳だった。だからこの経験（事故）は私のイニシエーション、通過儀礼だと思った。

それは半ば当っていて半ばハズレていた。

老いるわけにはいかない

二十一世紀に入って私の仕事の量は増して行った。つまり成熟して行く暇はなかった。『おとなぴあ』や『SPA!』や『ダカーポ』の連載が始まった。

そのピークは二〇〇三年春だった。『ぴあ関西版』の連載が始まり、『エンタクシー』が創刊され、新たに始められた新潮新書の第一回刊行物に私の『新書百冊』が含まれ、私が編集した『「文藝春秋」八十年傑作選』は八重洲ブックセンターのフィクション部門で宮部みゆきさんの新作をおさえて第一位になった。

収入もバンバン増えて行った。

しかし実家が競売にあい、引っ越し先の賃貸の家賃も全額私が払ったから貯金もバンバンというわけには行かなかった。

実家及び弟二人に私は一億近くむしり取られ、未だ実家の家賃を払い続けているから、還暦になったとはいえ老いるわけにはいかないのだ。

それが可能になったのは三十近くになっても（そして三十過ぎても）ニートでいたことの蓄えのおかげで、その蓄えはまだまだ残っている。

しかし私だって人間だから老いはくるだろう。

先に昭和六（一九三一）年生まれの常盤新平さんと山口昌男さんが相継いで還暦を迎えた一九九一年に触れた。

その二人が立て続けに亡くなったのが二〇一三年初めのことだ。同年三月十一日の日記にこうある。

十一時少し前、常盤新平さんの追悼（『四季の味』）を書いていたら、産経新聞から電話あり、明日締切りで山口さんの追悼文を、と依頼されたので、すぐに三枚書き上げ、常盤さんの追悼執筆に戻る。

私は同じ頃、丸谷才一さん、小沢昭一さん、中村勘三郎さんらの追悼を書いた。私の著書『昭和にサヨウナラ』にこういう一節がある。

今年（二〇一三年）私は五十五歳になったのだが、たぶんその年齢と関係しているのだろう、去年の春先に私の父が亡くなった頃から喪服を着用する機会が増えた。

この年九月五日に亡くなった中川六平さんの追悼「中川六平さんのこと」の一節だ。

中川さんは昭和二十五（一九五〇）年の早生まれだから六十三歳だった。もともと中川さんは老人顔だが実は最後まで若々しかった。

山口昌男さんや常盤新平さんや赤瀬川原平さんらは七十代半ばを過ぎて老人感が出て来た。

その点で私が今注目しているのは団塊の世代の人々だ。

亀和田武さんや中野翠さんはまだ老人感が出ていない。イイ感じの老人になりつつあるのが南伸坊さんだ。それから山口文憲さんはよくパーティーでお見かけするが、以前とあまり変りない。

平成に入ってからの三十年は時が止まっているかのようだ。

特にこの二十年、つまり私が四十歳から六十歳に至る期間は、あっという間だった。

となるとこの先の二十年はもっと短く、私は八十歳になる（どんな八十歳になっているのだろう)。

私は自由業者だが、私の同世代の友人たち(サラリーマン)を見ていると確かに六十歳になったなと感じさせる。

定年問題である。

最近は例えば六十五歳まで定年延長(ただし給料は下がる)の会社もあるが、すぱっと六十歳定年の会社が多い。

出版社も例外ではなく、例えば文藝春秋は六十歳定年だ。

私は文春青年で、しかし入社試験に落ち、結果的に自由業者になった。もし文春に受かっていたらどうなっていただろう。編集長にはなれたかもしれないが、性格に問題のある私は役員にはなれなかっただろう。つまり今年で定年だ。

もしそうなっていたら私はどんな還暦ジジイになっていたのか。

平成という時代

最後に平成という時代について考えたい。

平成が始まった時、大正を思い起こした。つまり十五年ぐらいでピリオドが打たれるだろうと。

それがまさか三十年も続くとは思わなかった。

今の天皇は皇太子のイメージが強いが、昭和天皇が亡くなった歳(八十七歳)とあまり変りないのだ（八十四歳）。その事実に私は驚く。

天皇制を支持するか否かに関係なく（天皇制という言葉を口にするのは共産主義者だと今は亡き谷沢永一に批判されそうだが）、天皇はずっと続いて来た。

そこには何かがある。

私たちの身の廻りの人を見ても、とてもカンの良い人がいる。霊的と言っても良い。

天皇というのは代々、天皇霊を持っているのではないか。

天皇霊とは自然に対しての力のことである。その点で今上天皇には天皇霊（天皇力）が弱いのではないか。

平成に入ってからあまりにも天災が多く続いている。

最初に私がオヤッと思ったのは気候不良でコメ不足となりタイ米が輸入された時だ。コメ（米）こそはまさに天皇を象徴するものではないか。それが不足してタイに救援を求めたのだ（新たな大東亜共栄圏だ）。

そして一九九五（平成七）年の阪神淡路大震災があり、とどのつまりは二〇一一（平成二十三）年の三・一一だ（一九九五年も二〇一一年も平成何年だったかすぐ答えられずいちいち調べた）。

そのあとも自然災害は続き先日は大阪で大きな地震があった（大阪で震度六弱以上の地震があったのは統計をとってから初だという）。

もうすぐ平成は終わるが次の天皇の天皇力はいかがなものだろう。

関東甲信地方で六月に梅雨明けしたのはこれまた統計をとってから初だという。六月だというのに三十度を越す猛暑の中、汗ダクダクになって六十歳の私はこの原稿を書いた。クーラーのきいた書斎を持つ「知的生活」(Ⓒ渡部昇一)と無縁な私は。

東京タワーなら倒れたぜ

——『みんなみんな逝ってしまった、けれど文学は死なない。』跋

平山周吉（雑文家）

一

「今年〔二〇二〇年〕の一月一四日、訃報を聞いたのは夕方の一六時過ぎでした。私は信じられず、一瞬、本人の仕事場に電話して聞こうかと思いました。でもこの時間は出かけているか、在宅だったとしても、執筆に集中していたとしたら、また怒られるよなあ。そうだ、やっぱり明日の昼前に電話してみよう。そうしたらきっと、／「はい坪内です。あもしもし名嘉真さんオレ今ガセ流されて困ってんだよね。そんなの流すヤツ信じらんないよねサイテーだよ」／とかなんとか、元気な声が聞けるに違いない——。／そして一時間後、もうそれが二度と叶わないことを、朝日新聞社のウェブニュースで知ったのです」

「坪内さんの電話」と題された追悼文のラストである。坪内さんのいつもの息せき切った声が、電話の向こうから聞こえてくる文章ではないか。私にとっても三軒茶屋の仕事場に電話をかける時は

もちろん、携帯が鳴って発信者名が「坪内祐三」と表示される時は、緊張を強いられた。また誰かが何かが坪内さんの怒りのポイントに触れてしまったのでは――。

「ユリイカ」の臨時増刊「総特集　坪内祐三」（二〇二〇年五月）という分厚い一冊には新旧の担当編集者の寄稿もたくさんあった。その中で「坪内さんの電話」を書いた名嘉真春紀という人は、実は本書『みんなみんな逝ってしまった、けれど文学は死なない。』の企画者であり、文章の選定、目次の構成までを考えた担当編集者である。そんなウラ話を書いておくのは、坪内祐三の数多い単行本のうちで、名嘉真さんが作った二冊（プラス本書）は独特のポジションにあると私が思うからだ。追悼文「坪内さんの電話」は、筆者の自己紹介から礼儀正しく始まっている。

「私は幻戯書房という出版社の編集者としてこれまで、坪内祐三さんの『東京タワーならこう言うぜ』（二〇一二年）、『右であれ左であれ、思想はネットでは伝わらない。』（二〇一七年）という二冊の文集の刊行に携わりました。それぞれに付された著者の言（「あとがき」）によれば、前者は『古くさいぞ私は』に続く「二冊目のヴァラエティ・ブック」、後者は『後ろ向きで前へ進む』に続く「三冊目の評論集」ということになっています。／初めてお目にかかったのは二〇一一年の夏。もともと幻戯書房の先代社長・辺見じゅんが当時、講談社ノンフィクション賞の選考委員だったことから、同エッセイ賞選考委員の坪内さんと辺見は面識があり、社内で「そろそろ坪内さんの本を何か」という話が出て、そこで愛読者だった私が企画依頼をしたのです」

坪内祐三の言う「ヴァラエティ・ブック」と「評論集」という分類は、その境界は曖昧だが、坪内さんの愛用した語彙「雑文」を用いれば、どちらも「雑文集」ということになるのではないだろうか。雑誌と新聞に折り折りに発表された単発の文章を構成すると、坪内的「雑文宇宙」は一冊にパッケージされる。坪内祐三の仕事は長編評論、連載コラム、連載日記が主戦場だったが、それ以外に「雑文」群があった。その時々に言っておきたいこと、書いておくべきことが身体中に渦巻いていて、依頼に応じて一気に、ペンで書き進めるスピードがもどかしいかのようなドライブ感を持って書かれていた。書き了えた時には、堂々と野糞を垂れたスッキリ爽快感があったのではないか。「二冊目のヴァラエティ・ブック」の『東京タワーならこう言うぜ』とは、坪内祐三の生まれた一九五八年（昭和三十三年）に完成した東京タワーに自身を擬し、出来立てホヤホヤの東京スカイツリーの新時代に対峙させたタイトルである。一九五八年生まれ最大の大物「東京タワー」と共に東京の町をずっと見続けてきたという自負である。

本書は「文壇おくりびと」「追悼の文学史」「記憶の書店、記憶の本棚」「「平成」の終り」といった章タイトルでわかるように、人と時代への追悼の気分が強い。その中で、例外的に朗らかに追悼されている人がいる。「マイ・バッド・カンパニー」と「平成三十年に私は還暦を迎えた」に登場する六十三歳で亡くなった「中川六平さん」である。「(中川さんの御通夜は、中川さんの性格を反映してとても楽しい通夜だった——あんなに笑い声の絶えない通夜は珍しい)」と書かれているのだから。この中川六平が、晶文社から出た第一評論集『ストリート・ワイズ』（一九九七年）、第一ヴァラエティ・ブック『古くさいぞ私は』（二〇〇〇年）、第二評論集『後ろ向きで前へ進む』（二〇〇二年）の担当編集者だった。つまり、マガジンライター坪内祐三の「雑文」を本の形にまとめ上げたのは初期には中川六平で、（早過ぎた）晩期にその路線を受け継いだのが名嘉真春紀だった。

最初の本『ストリートワイズ』だけは英語タイトルだが、それ以外は著者の息遣いが聞こえてくる口語的タイトルである。その口語表現にこそ、坪内祐三のメッセージが仮託されている（本書のタイトルは坪内さんが考えたのではなく、名嘉真さんが坪内さんに成り代わってつけたのだろうが）。しつこいのを承知で、追悼文「坪内さんの電話」から三たび引用をする。

「「はい坪内です。あもしもし名嘉真さん手紙ありがとう。あのねオレこの時間朝仕事場来て雑誌に目を通したりしたい時間なんだよ。だから一一時から一二時の間ぐらいにまたかけ直してくれない」／実際に電話をしたことがあるならばご承知だと思いますが、坪内さんは非常に早口でした（油断していると聞き取れないことも）。／最初の電話（一分で終了）を置いた時、（さすが東京人だ）と私は思いました（余談ですが坪内さんの文体で特徴的なのはこんなふうに文末に（ ）で註釈を入れることでそれが時に文章本体より長くなることもありました。そしてそこには読点「、」をあまり入れさせなかったのですが、もしかするとそれは本人の早口を文体上再現しようとしていたのかもしれない）」

この追悼文を読んだ時に、『右であれ左であれ、思想はネットでは伝わらない。』に収録された「「戦後八十年」はないだろう」を反射的に思い出した。戦後七十年を機にリメイクされた終戦映画「日本のいちばん長い日」を映画館で観て、リメイクのデタラメとペラペラに呆れ、「戦後」の記憶がもう失われてしまったことを記録した文章である。坪内さんは「悲しくなってしまった」と書いているが、これはかなり抑え気味の表現になっている。「「日本のいちばん長い日」の新しいヤツ観た?観た?」。あの時、私の携帯に坪内さんから電話がかかってきた。私が昭和史と昔の日本映画好きなので、もう観ているだろうと狙いを定めて電話してきたのだろう。「「戦後八十年」はないだろう」を読むと、あの時の電話で捲し立てた怒りのパワーが思い出された。まだ観ていなかった私は、まるで製作陣の一員として怒られているのではとまで縮み上がった。あのプンプンたる怒りを文章化するとこうなるのか、という実例として「「戦後八十年」はないだろう」は印象的だった（坪内さんの怒りを確認するために、私も映画館に観に行った。録音盤奪取に蹶起する青年将校たちはそこらのチンピラみたいに行儀悪く演出されていた。國體護持、本土決戦の命がけの蹶起といった切羽詰まった雰囲気は一切なかった）。

「「戦後八十年」はないだろう」の初出誌は「新潮45」だった。その「新潮45」廃刊（休刊）を受けて「月刊Ｈａｎａｄａ」に書かれた「今こそ『新潮60』の創刊を」を本書で読むと、坪内祐三は雑誌の時代への「白鳥の歌」を歌っている。「どんな意見であってもそれを活字にすることは自由であるべきだ。そしてその責任の主体は書き手にある。その書き手を越えて媒体に求めるのは御門違いだ。まして廃刊に追い込むとは。／二〇一八年九月二十五日は活字がネットによってほろぼされた日だ」。

『東京タワーならこう言うぜ』の第一部は「これからの雑誌の時代がはじまる」と題され、その一本「雑誌ジャーナリズムは死なない」（初出は「新潮45」〇九年六月号）は「月刊現代」、日本版「プレイボーイ」、「論座」、「諸君！」の廃刊（休刊）を受けて書かれている。雑誌ジャーナリズムに「活」を入れるために書かれたこの十年前の文章は、雑誌の未来にまだまだ「楽観的」だ。それに引きかえ、「今こそ『新潮60』の創刊を」は、雑誌の読者（購読者）は六十歳以上（つまり坪内さん自身の世代より上）しかいない、という諦念の上に立って「活」を入れていた。雑誌という場が成立しなくなれば、どうなるか。「雑誌という媒体が消失してしまったなら、歴史を上手に振り返ることはできない」、「検索だけではきちんと歴史を体感し振り返ることが出来ない」（「雑誌ジャーナリズムは死なない」）。その瀬戸際を誰よりも敏感に察して、坪内祐三は激しく苛立っていた。

二

本書の中で「福田章二と庄司薫」の章は異質であり、本書の核となる「隠し球」である。一九六九年に芥川賞を受賞した『赤頭巾ちゃん気をつけて』の庄司薫は、その十年前、東大生だった時に『喪失』で中央公論新人賞を受賞した学生作家だった。受賞後にあっさり筆を折り、庄司薫として復活するまで十年間の沈黙に入る。「福田章二論」は本名の福田章二名義で発表された小説を論じた作家論である。四百字詰め原稿用紙にして百枚もあり、本書中で一番長い。書かれた時期も二〇〇四年と新しくない。坪内祐三は長編評論『昭和の子供だ君たちも』（二〇一四年）で、庄司薫を昭和十二年生まれ（及び昭和十三年早生まれ）の学年で、「もっとも重要な人物の一人」として挙げている。その学年とは、と坪内は名前を列挙する。「東海林さだお、つげ義春、永島慎二、桐島洋子、塩野七生、伊東四朗、高橋睦郎、児玉隆也、佐木隆三、別役実、加山雄三、そして美空ひばり。／六〇年安保世代というよりも皆インディペンデントな人たちばかりだ（これほどインディペンデントな人たちが多い昭和の世代は珍しい）」。

安保の年（一九六〇年）に二十二、三歳だから、安保ど真ん中の世代ではないのかもしれない。坪内は、「この世代の人たちは、若き日、いまだ自らの歌を持っていなかった」と述べ、「美空ひばりは別格として、例えば加山雄三が自らの歌を発見、獲得して行くのは、「若大将」と呼ばれながら、もう三十歳近くになってからだ」という意外な指摘をしている。「しかし昭和十二年の学年の人たちの名前を眺めて行くと、明らかに新しい。／その新しさの一つにマンガがあった」として、マンガ評論でデビューした草森紳一の「（六〇年安保は）意志的なノンポリに徹した」という発言を紹介する。庄司薫（福田章二）の都立日比谷高校の同級生には先日亡くなった「内向の世代」を代表する作家・古井由吉がおり、古井が日比谷に編入する前に通った独協高校の同級生に古今亭志ん朝がいた。

「福田章二論」を書く際に、これらの同学年の固有名詞を念頭に置いていただろうことは容易に想像がつく。福田章二が『喪失』で中央公論新人賞を受賞するのは昭和三十三年（一九五八年）であり、文学から「総退却」することを決意するのも同年である。東大生作家「福田章二」の誕生と封印が東京タワーの完成と同年、坪内自身の誕生とも同年であることは強く意識されていたろう。坪内祐三が見逃さないのは、『喪失』という小説には「駒場文学」に発表した初稿ヴァージョンが別にあったという点だ。

「この初稿の一部が『狼なんかこわくない』に引用されている。決定稿とは大幅に違う。／例えば主語が「私」でなく「僕」であることが象徴しているように、のちの『赤頭巾ちゃん気をつけて』を彷彿とさせる口語的な文体である。庄司薫自身が、「全く自由奔放というか好き勝手にあの手この手を使っていて、どういうのか、テーマの深刻さにも拘らず全体にえらく快活で屈託のない明るい感じがする」と述べているように、この初稿版で「喪失」に目を通したなら、読者は、「知性」が解放されるに違いない（もっとも昭和三十三年、すなわち野崎孝訳『ライ麦畑でつかまえて』が刊行される六年も前にあって、そういう「知性」を持った読者はどの程度で存在したか疑問ではあるものの）。／なぜそのオリジナル「喪失」を今残されている形に書き換えたのか、その具体的な理由は明されていない」

「（ ）」内が時制（時勢、時世）に敏感な坪内らしいみごとな文章だ。庄司薫は「若々しさのまったただ中で犬死しないための方法序説」という副題を持つ長編エッセイ『狼なんかこわくない』で、自ら抹殺した初稿版「喪失」を少しだけ公開している。ちょっと引用してみようか。

「だからこそなんだ。二日後の夜、ある艶書の中で、達夫が言ったのと同じ台詞を発見した時のおかしさったらなかった。僕は「静かに。慌てるな」と呟きながら、そこを四度繰返して読んだっけ。「グッとくる台詞じゃないか」と僕は大きな声で叫んだ。それからくすくす笑い出して。ずい分笑ったっけな。涙が出る程笑ったな。馬鹿にしてるなどと憤然としなかったのは大出来だ。／あの時以来、僕は、彼のちょっとした台詞を聞く度にニヤッとする」

東大生「福田章二」が学内誌「駒場文学」に発表した初稿版「喪失」の断片である。一九五八年の東大キャンパスで、あるいは文壇で、この小説が評価されたかどうか。判断は難しい。当時は、石原慎太郎、大江健三郎、開高健、江藤淳といった純粋戦後派が華々しく登場して、鼻息が荒かった時だ。その時に信じられていた「文学」に抵触する何かがあったのかどうか。坪内祐三は「福田章二論」で、庄司薫の『狼なんかこわくない』中の、「これではいけない。もうだめだ」という言葉に、「時の退色を感じさせない強いリアリティ」を感じている。初稿版「喪失」の口語的リアリティと、「これではいけない。もうだめだ」の強いリアリティの間に、章二クン＝庄司薫クンの六〇年代の「総退却」はあったのだろう。坪内祐三は『文庫本福袋』で、薫クン四部作の最終作『ぼくの大好きな青髭』を二十五年ぶりに再読して書いている。「とにかく言葉だ。言葉が古びていない。登場人物たちの口から次々と印象的な言葉が語られて行く」。

その「言葉」の獲得過程を知るためには、初稿版「喪失」を読むことと、やはり『狼なんかこわくない』で庄司薫がヒントのように告白している『赤頭巾ちゃん気をつけて』の三年前に発表した「最後の章の原型」となった「短い小説」を読む必要があるだろう。この作品が何というタイトルで、何というペンネームだったのかは書かれていない。発表媒体だけは明かされている。「60」という聞いたこともない雑誌だ。「一九六〇年前後に東大法学部で丸山真男教授の教えを受けた学生たち［福田章二＝庄司薫もその一人である］がつくった小さな会で［「60の会」といったという］、卒業後もずっと定期的に丸山先生を囲んでしゃべる会を開くと同時に、「60」という小さなタイプ印刷の機関誌を出してきた」。

坪内祐三の自宅と仕事場に残された蔵書の中に、初稿版「喪失」が載った「駒場文学」と、『赤頭巾ちゃん』の原型が載った「60」はあるのだろうか。古書展や古書目録で稀少本をゲットするのは坪内さんの得意技だったが、「駒場文学」と「60」は難易度が高そうだ。特に「60」となると。坪内さんは虎視眈々と獲物の出現を待っているうちに、命尽きてしまったのではないか。もし「駒場文学」と「60」（それもバックナンバーの揃いで）を入手できたなら、「福田章二論」は「福田章二＝庄司薫論」に発展したのではないか。

（追記。念のためパソコンで東京女子大学図書館の丸山眞男文庫の所蔵を調べてみたところ、「60年の会」の「60」誌が1号から17号まで揃いで保存されていることがわかった）

関連年表

一七九八
チャールズ・ラム、「The Old Familiar Faces」を含む初の詩集を刊行。
一八三四
チャールズ・ラム没（十二月二十七日）。
一八六九
招魂社（のちの靖國神社）創建。
一八八六
京都・西本願寺の有志が「反省会」設立（四月）、翌年、『反省会雑誌』（『中央公論』の前身）創刊。
一八九四
日清戦争（～九五年）。
一九〇四
日露戦争（～〇五年）。
一九一四
第一次世界大戦（～一八年）。
一九一七
ロシア革命。
一九一九
『改造』（改造社）創刊。
一九二二
ソビエト連邦成立（十二月）。
『週刊朝日』（朝日新聞社）創刊。菊池寛、文藝春秋社を創立し『文藝春秋』創刊（創刊号は二三年一月号）。
一九二三
関東大地震（九月一日）。
一九二五
『ザ・ニューヨーカー』創刊。小林秀雄、長谷川泰子と同棲。
一九二八
小林秀雄、長谷川泰子との同棲を解消し関西へ。
一九二九
世界恐慌始まる。

ダシール・ハメット『血の収穫』刊行。小林秀雄、「様々なる意匠」で『改造』懸賞評論二席に入選（九月号）。

一九三〇
D・H・ロレンス没（三月二日）、死の直前まで『黙示録論（現代人は愛しうるか）』を書き継ぐ。

一九三一
柳条湖事件（九月）を端緒に満洲事変起こる。

一九三六
スターリン時代のソ連政府による反革命分子に対する公開裁判「モスクワ裁判」（〜三八年）。小林秀雄と正宗白鳥の間に「トルストイの家出（思想と実生活）」論争起こる。

一九三九
独ソ不可侵条約締結（八月）。

一九四〇
ヴァルター・ベンヤミン没（九月二十六日）。

一九四一
日米開戦（十二月）。

一九四二
河上徹太郎司会のシンポジウム「近代の超克」（『文學界』九〜十月号）掲載。

一九四四
横浜事件に関連し『改造』と『中央公論』休刊に追いこまれる（七月。共に四六年復刊）。

一九四五
日本がポツダム宣言を受諾（八月）。

一九四六
菊池寛が文藝春秋を解散し（三月）、佐佐木茂索らが文藝春秋新社設立（五月）。「東京裁判」始まる（〜四八年）。『世界』（岩波書店）創刊。『思想の科学』創刊。

一九四八
大韓民国政府樹立（八月）。朝鮮民主主義人民共和国独立（九月）。菊池寛没（三月六日）。

一九四九
中華人民共和国建国（十月）。

一九五〇
学制改革により一高が廃止（三月）、東大教養学部となる。朝鮮戦争（〜五三年）。コミンフォルムからの平和革命路線批判を契機に日本共産党の内部分裂が進み、一部で武装闘争路線始まる。
ジョージ・オーウェル没（一月二十一日）。

一九五一

伊藤整訳『チャタレイ夫人の恋人』（D・H・ロレンス）、猥褻描写を理由に発禁となる（七月）。サンフランシスコ講和条約、日米安全保障条約調印（九月）。
ロレンス『現代人は愛しうるか』（福田恆存訳、白水社）刊行。

一九五二

キャロル・リード監督『第三の男』日本公開。

一九五三

山本健吉「第三の新人」（『文學界』一月号）発表。
十返肇「贋の季節」連載（『文学者』二月号〜十二月号）、「文芸時評」連載（『朝日新聞』五月〜十一月）。

一九五五

日本共産党、第六回全国協議会（「六全協」）で武装闘争方針の放棄を決議（七月）。社会党再統一（十月）と保守合同（十一月）により「五五年体制」成立。
改造社が倒産し『改造』廃刊。長谷川四郎「阿久正の話」（『世界』三月号）発表。

一九五六

石原慎太郎「太陽の季節」で芥川賞受賞。『週刊新潮』（新潮社）創刊。
深沢七郎「楢山節考」で中央公論新人賞受賞（『中央公論』十一月号）。

一九五八

大江健三郎「飼育」で芥川賞受賞。福田章二「白い瑕瑾」（『駒場文学』四月）発表、同作を改稿した「喪失」で中央公論新人賞受賞（『中央公論』十一月号）、インタビュー「再びまかり出た学生作家」（『週刊読売』十月二十六日号）掲載。
坪内祐三誕生（五月八日）。

一九五九

『週刊文春』（文藝春秋）創刊。『朝日ジャーナル』（朝日新聞社）創刊。江藤淳「新人福田章二を認めない」（『新潮』一月号）発表、『作家は行動する』（講談社）刊行。福田章二・山川方夫・河畠修・神崎信一「僕ら文学するもの」（『新潮』二月号）発表。福田章二

「封印は花やかに」（『中央公論』七月臨時増刊）発表、作品集『喪失』（中央公論社）刊行。坂上弘「ある秋の出来事」で中央公論新人賞受賞（『中央公論』十一月号）。
永井荷風没（四月三十日）。

一九六〇
橋川文三『日本浪曼派批判序説』刊行（未來社）。大西巨人『神聖喜劇』連載開始（～七〇年。完結は八〇年）。福田章二「軽やかに開幕」（『文學界』七月号）発表。深沢七郎「風流夢譚」（『中央公論』十二月号）発表。

一九六一
深沢七郎「風流夢譚」に激昂した右翼少年が中央公論社社長宅を襲撃（二月）。中央公論社、発行していた『思想の科学』天皇制特集号を断裁破棄（十二月）。

一九六二
久野収を代表に思想の科学社創立し、前年末に断裁破棄された天皇制特集号を自主刊行（四月）。
スキーター・デイヴィス「The End of the World」発表。
正宗白鳥没（十月二十八日）。

一九六三
深沢七郎「枕経」（『文藝』一月号）発表。野口冨士男「彼と」（『風景』十一月号）発表。
十返肇没（八月二十八日）。

一九六四
東京オリンピック開催（十月）。佐藤栄作内閣誕生（十一月～七二年七月）。中野重治、共産党除名（十一月）。柴田翔『されどわれらが日々――』（文藝春秋）で芥川賞受賞。「60」（60年の会）創刊。

一九六五
アメリカ軍、北ベトナムへの爆撃開始（二月）。鶴見俊輔らが「ベトナムに平和を！市民連合」結成（四月）。
大宅壮一編・半藤一利著『日本のいちばん長い日』（文藝春秋）刊行。小林秀雄『本居宣長』連載開始（『新潮』～七六年）。
山川方夫没（二月二十日）。小山清没（三月六日）。梅崎春生没（七月十九日）。江戸川乱歩没（七月二十八日）。谷崎潤一郎没（七月三十日）。高見順没（八月十七日）。
一九六七
映画『日本のいちばん長い日』公開。
一九六八
全共闘運動広がる（〜六九年頃）。
野坂昭如、「アメリカひじき」「火垂るの墓」で直木賞受賞。川端康成、ノーベル文学賞受賞。
一九六九
アポロ11号が月面着陸に成功（七月）。アメリカ国防総省がインターネット技術の前身となるARPANETを導入（十月）。
『諸君！』（文藝春秋）創刊。『海』（中央公論社）創刊。
庄司薫『赤頭巾ちゃん気をつけて』（中央公論社）で芥川賞受賞、『さよなら怪傑黒頭巾』（同）刊行。
一九七〇
山口昌男「本の神話学」連載開始（〜七一年）。
三島由紀夫、陸上自衛隊市ヶ谷駐屯地で自決（十一月二十五日）。
一九七一
丸山眞男、東大法学部教授辞職（三月）。
山口昌男『本の神話学』（中央公論社）刊行。庄司薫『白鳥の歌なんか歌えない』（同）、『狼なんかこわくない』（同）刊行。江藤淳「場所と私」（『群像』十月号）発表。
高橋和巳没（五月三日）。志賀直哉没（十月二十一日）。
一九七二
山岳ベース事件（前年末〜二月）、あさま山荘事件（二月）相次ぐ（「連合赤軍事件」）。沖縄返還（五月）。日中国交正常化（九月）。長谷川郁夫、小沢書店創立。
川端康成没（四月十六日）。
一九七三
パリ協定（「ベトナム和平」）調印（一月）。
庄司薫『バクの飼主めざして』（講談社）刊行。
一九七四
ベ平連解散（一月）。長嶋茂雄、現役引退（十月）。
田中角栄内閣誕生（十月）。日本武道館で「中年御三家・ノーリターン・コンサート」開催（十二月）。
立花隆「田中角栄研究　その金脈と人脈」、児玉隆也「淋しき越山会の女王」（共に『文藝春秋』十一月号）発表。

花田清輝没（九月二十三日）。

一九七五

ベトナム戦争終了（四月）。昭和天皇訪米（九月）。

山本健吉『正宗白鳥　その底にあるもの』（文藝春秋）刊行。永六輔・小沢昭一・野坂昭如「中年御三家、老後を語る」（『話の特集』十二月号）発表。

一九七六

ロッキード事件に関連し、田中角栄逮捕（七月。翌月保釈）。

中上健次『岬』（文藝春秋）で芥川賞受賞。村上龍『限りなく透明に近いブルー』（講談社）で芥川賞受賞。

庄司薫『ぼくの大好きな青髭』（中央公論社）刊行。

毛沢東没（九月九日）。

一九七七

文化大革命終結宣言（八月）。

三田誠広『僕って何』（河出書房新社）で芥川賞受賞。

一九七八

江藤淳と本多秋五による「無条件降伏論争」。『マイルストーン』創刊。谷沢永一『完本　紙つぶて』（文藝春秋）刊行。

平野謙没（四月三日）。

一九七九

ソビエト、アフガニスタンに侵攻（十二月）。坪内祐三、初めて福田恆存と出会う（十二月）。

野口冨士男『かくてありけり』読売文学賞受賞。村上春樹『風の歌を聴け』で群像新人賞受賞（『群像』四月号）。中上健次・柄谷行人「小林秀雄について」（『文藝』八月号）。河上徹太郎・小林秀雄「歴史について」（『文學界』十一月号）。種村季弘『書物漫遊記』（筑摩書房）刊行。

一九八〇

ジョン・レノン『ダブル・ファンタジー』発表。

塙嘉彦没（一月二十五日）。河上徹太郎没（九月二十二日）。ジョン・レノン没（十二月八日）。

一九八一

小林秀雄「正宗白鳥の作について」連載開始（未完）。

色川武大「百」（『新潮』四月号）発表。福田恆存「問ひ質したきことども」（『中央公論』四月号）発表。

村上春樹「同時代としてのアメリカ」連載（～八二

年）。

一九八二

『新潮45＋』（のち『新潮45』）創刊。

一九八三

東京ディズニーランド開園（四月）。

浅田彰『構造と力』（勁草書房）刊行。中沢新一『チベットのモーツァルト』（せりか書房）刊行。

一九八四

小林秀雄没（三月一日）。尾崎一雄没（三月三十一日）。

『海』休刊。『へるめす』（岩波書店）創刊。

一九八五

林達夫没（四月二十五日）。

中曽根康弘が戦後首相として初めて靖国神社を公式参拝（八月十五日）。

村上春樹『世界の終りとハードボイルド・ワンダーランド』で谷崎潤一郎賞受賞。荒俣宏『帝都物語』刊行開始（～八七年）。『彷書月刊』創刊。

一九八六

『東京人』創刊。路上観察学会設立。

島尾敏雄没（十一月十二日）。

一九八七

常盤新平、『遠いアメリカ』で直木賞受賞（一月）。

朝日新聞阪神支局襲撃事件（五月）。坪内祐三、『東京人』編集部に入る（九月）。

磯田光一没（二月五日）。長谷川四郎没（四月十九日）。

前田愛没（七月二十七日）。澁澤龍彥没（八月五日）。

深沢七郎没（八月十八日）。

一九八八

梅棹忠夫・山口昌男・粕谷一希・坪内祐三会食（四月）。

大岡昇平没（十二月二十五日）。

一九八九

天安門事件（五月）。ベルリンの壁崩壊（十一月）。

『月刊Ａｓａｈｉ』（朝日新聞社）創刊。荒俣宏『世界大博物図鑑　第2巻　魚類』でサントリー学芸賞受賞。

昭和天皇没（一月七日）。隆慶一郎没（十一月四日）。

一九九〇

坪内祐三、『東京人』編集部を辞める（九月）。

一九九一

湾岸戦争（一月～二月）。ソビエト連邦崩壊（十二月）。

一九九二
『朝日ジャーナル』休刊。
一九九三
細川護煕内閣成立し、自民党が野党となる（五五年体制崩壊。七月）。
井伏鱒二没（七月十日）。
一九九四
「Cadabra.com」（アマゾン・ドットコムの前身となるインターネット書店）創立（七月）。大江健三郎、ノーベル文学賞受賞（十月）。
『月刊Ａｓａｈｉ』休刊。
吉行淳之介没（七月二十六日）。福田恆存没（十一月二十日）。
一九九五
阪神淡路大地震（一月十七日）。地下鉄サリン事件（三月二十日）。オウム真理教代表・麻原彰晃逮捕（五月）。マイクロソフト社、「ウィンドウズ95」日本語版を発売（十一月）。
花田紀凱が編集長を務める『マルコポーロ』（文藝春秋）、西岡昌紀の寄稿「戦後世界史最大のタブー。ナチ『ガス室』はなかった」が批判・抗議を受けたのを契機に廃刊となる（二月）。佐伯修『上海自然科学研究所　科学者たちの日中戦争』（宝島社）刊行。
『ＲＯＮＺＡ』（のち『論座』。朝日新聞社）創刊。
一九九六
山口瞳没（八月三〇日）。
『思想の科学』休刊。坪内祐三「文庫本を狙え！」連載開始（八月〜）。
一九九七
丸山眞男没（八月十五日）。遠藤周作没（九月二十九日）。小沼丹没（十一月八日）。
『へるめす』終刊。
一九九八
埴谷雄高没（二月十九日）。
グーグル社創立（九月）。
一九九九
中央公論社が経営危機に陥り、読売新聞社の全額出資により中央公論新社設立（二月）。
二〇〇〇
江藤淳没（七月二十一日）。

小沢書店倒産（九月）。アマゾン・ドットコムの日本版サイトオープン（十一月）。

二〇〇一

ニューヨーク同時多発テロ事件（九月十一日）。

二〇〇二

野坂昭如『文壇』刊行、同作に至る作家的業績により泉鏡花文学賞受賞。

山本夏彦没（十月二十三日）。

二〇〇三

野坂昭如、脳梗塞で倒れる（五月）。

『エンタクシー』（扶桑社）創刊。

徳永康元没（四月五日）。

二〇〇四

東京堂書店ふくろう店で「坪内祐三コーナー」開始（二月）。フェイスブック社創立（四月）。井上ひさし・大江健三郎・加藤周一・鶴見俊輔らが「九条の会」を結成（六月）。

『WiLL』（ワック・マガジンズ）創刊。

二〇〇五

ユーチューブ社創立（二月）。

二〇〇六

ツイッターがサービス開始（七月）。

小島信夫没（十月二十六日）。

二〇〇七

第一次安倍晋三内閣退陣（九月）。

二〇〇八

『論座』休刊。

丸元淑生没（三月六日）。加藤周一没（十二月五日）。

二〇〇九

衆院選で民主党が勝利し、政権交代（八月）。

『諸君！』休刊。

庄野潤三没（九月二十一日）。双葉十三郎没（十二月十二日）。

二〇一〇

岡田睦「灯」（『群像』三月号）。『彷書月刊』休刊（十月）。

井上ひさし没（四月九日）。梅棹忠夫没（七月三日）。

二〇一一

東日本大地震（三月十一日）。

田村治芳没（一月一日）。谷沢永一没（三月八日）。

二〇一二

東京堂書店ふくろう店改装（翌年閉店）。衆院選で自民党が勝利し政権交代、第二次安倍晋三内閣成立（十二月）。
吉本隆明没（三月十六日）。坪内嘉雄没（三月二十七日）。丸谷才一没（十月十三日）。小沢昭一没（十二月十日）。

二〇一三

二〇二〇年の夏季オリンピック・パラリンピック競技大会の開催地が東京に決定（九月）。
NHK大河ドラマ『八重の桜』放送（一月〜十二月）。
常盤新平没（一月二十二日）。安岡章太郎没（一月二十六日）。山口昌男没（三月十日）。中川六平没（九月五日）。秋山駿没（十月二日）。

二〇一四

大西巨人没（三月十二日）。粕谷一希没（五月三十日）。

二〇一五

町田市民文学館ことばらんどで坪内祐三監修による「常盤新平　遠いアメリカ展」開催（一月〜三月）。
映画『日本のいちばん長い日』リメイク版公開（八月）。『エンタクシー』休刊（十一月）。
鶴見俊輔没（七月二十日）。加藤武没（七月三十一日）。阿川弘之没（八月三日）。野坂昭如没（十二月九日）。

二〇一六

『月刊Ｈａｎａｄａ』（飛鳥新社）創刊。
永六輔没（七月七日）。

二〇一七

三浦朱門没（二月三日）。大岡信没（四月五日）。

二〇一八

杉田水脈「「ＬＧＢＴ」支援の度が過ぎる」（『新潮45』八月号）発表。『新潮45』、同論への批判を受け十月号で小川榮太郎「政治は「生きづらさ」という主観を救えない」などを含む「そんなにおかしいか「杉田水脈」論文」特集を組むも廃刊（九月）。

二〇一九

高原書店閉店（五月）。新型コロナウイルス感染症が中華人民共和国湖北省武漢市で初確認（十二月）。

二〇二〇

七月〜八月に予定されていた夏季東京オリンピック・パラリンピック競技大会の翌年への延期が決定（三月）。新型コロナウイルス対策として日本全国を対象に緊急事態宣言が出される（四月～五月）。さま書店閉店（四月）。坪内祐三没（一月十三日）。ジョージ・スタイナー没（二月三日）。古井由吉没（二月十八日）。長谷川郁夫没（五月一日）。

（幻戯書房編集部）

坪内祐三著作一覧

単　著

『ストリートワイズ』晶文社、一九九七／講談社文庫、二〇〇九
『シブい本』文藝春秋、一九九七
『靖国』新潮社、一九九九／新潮文庫、二〇〇一
『古くさいぞ私は』晶文社、二〇〇〇
『文庫本を狙え！』晶文社、二〇〇〇／ちくま文庫（増補版）、二〇一六
『慶応三年生まれ七人の旋毛曲り　漱石・外骨・熊楠・露伴・子規・紅葉・緑雨とその時代』マガジンハウス、二〇〇一／新潮文庫、二〇一一
『文学を探せ』文藝春秋、二〇〇一
『三茶日記』本の雑誌社、二〇〇一
『後ろ向きで前へ進む』晶文社、二〇〇二
『雑読系』晶文社、二〇〇三
『一九七二　「はじまりのおわり」と「おわりのはじまり」』文藝春秋、二〇〇三／文春文庫、二〇〇六
『新書百冊』新潮新書、二〇〇三
『まぼろしの大阪』ぴあ、二〇〇四
『文庫本福袋』文藝春秋、二〇〇四／文春文庫、二〇〇七
『私の体を通り過ぎていった雑誌たち』新潮社、二〇〇五／新潮文庫、二〇〇八
『「別れる理由」が気になって』講談社、二〇〇五
『古本的』毎日新聞社、二〇〇五
『極私的東京名所案内』彷徨舍、二〇〇五／ワニブックスPLUS新書（増補版）、二〇一〇
『同時代も歴史である　一九七九年問題』文春新書、二〇〇六
『考える人』新潮社、二〇〇六／新潮文庫、二〇〇九
『「近代日本文学」の誕生　百年前の文壇を読む』PHP新書、二〇〇六
『酒日誌』マガジンハウス、二〇〇六
『本日記』本の雑誌社、二〇〇六
『変死するアメリカ作家たち』白水社、二〇〇七

『四百字十一枚』みすず書房、二〇〇七
『大阪おもい』ぴあ、二〇〇七
『アメリカ　村上春樹と江藤淳の帰還』扶桑社、二〇〇七
『人声天語』文春新書、二〇〇九
『文庫本玉手箱』文藝春秋、二〇〇九
『風景十二』扶桑社、二〇〇九
『酒中日記』講談社、二〇一〇
『書中日記』本の雑誌社、二〇一一
『探訪記者松崎天民』筑摩書房、二〇一一
『父系図　近代日本の異色の父子像』廣済堂出版、二〇一二
『文藝綺譚』扶桑社、二〇一二
『東京タワーならこう言うぜ』幻戯書房、二〇一二
『大相撲新世紀　2005－2011』PHP新書、二〇一二
『総理大臣になりたい』講談社、二〇一三
『昭和の子供だ君たちも』新潮社、二〇一四
『続・酒中日記』講談社、二〇一四
『人声天語2　オンリー・イエスタデイ2009－2015』文春新書、二〇一五
『昭和にサヨウナラ』扶桑社、二〇一六
『文庫本宝船』本の雑誌社、二〇一六
『右であれ左であれ、思想はネットでは伝わらない。』幻戯書房、二〇一七
『昼夜日記』本の雑誌社、二〇一八
『新・旧銀座八丁東と西』講談社、二〇一八
『テレビもあるでよ』河出書房新社、二〇一八
『本の雑誌の坪内祐三』本の雑誌社、二〇二〇
『みんなみんな逝ってしまった、けれど文学は死なない。』幻戯書房、二〇二〇

共著

『暴論　これでいいのだ!』福田和也との対談、扶桑社、二〇〇四
『正義はどこにも売ってない　世相放談70選』福田和也との対談、扶桑社、二〇〇八
『東京』写真・北島敬三、太田出版、二〇〇八
『無礼講　酒気帯び時評55選』福田和也との対談、扶桑社、二〇〇九

『倶楽部亀坪』亀和田武との対談、扶桑社、二〇〇九
『革命的飲酒主義宣言　ノンストップ時評50選！』福田和也との対談、扶桑社、二〇一〇
『不謹慎　酒気帯び時評50選』福田和也との対談、扶桑社、二〇一二
『羊頭狗肉　酒気帯び時評65選』福田和也との対談、扶桑社、二〇一四
『編集ばか』（名田屋昭二、内藤誠との鼎談および司会・聞き手）彩流社（フィギュール彩）、二〇一五

共　編

『魯庵の明治』山口昌男共編、講談社文芸文庫、一九九七
『魯庵日記』山口昌男共編、講談社文芸文庫、一九九八
『禁酒宣言　上林暁酒場小説集』ちくま文庫、一九九九
『明治文学遊学案内』筑摩書房、二〇〇〇
『文藝春秋八十年傑作選』文藝春秋、二〇〇三
『饗庭篁村　明治の文学第13巻』筑摩書房、二〇〇三
『日本近代文学評論選　明治・大正篇』千葉俊二共編、岩波文庫、二〇〇三
『日本近代文学評論選　昭和篇』千葉俊二共編、岩波文庫、二〇〇四
『戸川秋骨　人物肖像集』みすず書房（大人の本棚）、二〇〇四
『福田恆存文芸論集』講談社文芸文庫、二〇〇四
『明治二十九年の大津波　復刻『文藝倶樂部』臨時増刊「海嘯義捐小説」号』毎日新聞出版、二〇一一
『白鳥随筆』講談社文芸文庫、二〇一五
『白鳥評論』講談社文芸文庫、二〇一五
十返肇『「文壇」の崩壊』講談社文芸文庫、二〇一六
野坂昭如『俺の遺言　幻の「週刊文春」世紀末コラム』文春文庫、二〇一六

（二〇二〇年六月現在）

事項索引

た行

な行

は行

タイトル索引

索　引

人名索引

あ行

か行

装丁　細野綾子

坪内祐三（つぼうち・ゆうぞう）一九五八年東京都生まれ。早稲田大学第一文学部卒業、同大学院英文科修士課程修了。雑誌『東京人』編集者を経て、一九九七年初の単著『ストリートワイズ』（晶文社）を刊行。二〇〇〇年より、単独編集した『明治の文学』全二五巻（筑摩書房）を刊行。二〇〇一年『慶応三年生まれ七人の旋毛曲り』（マガジンハウス）で講談社エッセイ賞受賞。二〇二〇年一月十三日、死去。

みんなみんな逝《い》ってしまった、
けれど文学《ぶんがく》は死《し》なない。

二〇二〇年七月十五日　第一刷発行

著　者　坪内祐三
発行者　田尻　勉
発行所　幻戯書房
〒一〇一―〇〇五二
東京都千代田区神田小川町三―一二
岩崎ビル二階
TEL　〇三（五二八三）三九三四
FAX　〇三（五二八三）三九三五
URL　http://www.genki-shobou.co.jp/

印刷・製本　中央精版印刷

ISBN978-4-86488-200-2　C0095

好評既刊（各税別）

東京タワーならこう言うぜ

坪内祐三

過去のない人間に、未来は描けない。本、雑誌、書店、出版社、そして人——失われゆく光景への愛惜とこれからのヒントをたっぷり詰めた、時代観察の記録としてのエッセイ。『古くさいぞ私は』に続く、二冊目のヴァラエティ・ブック。

四六判上製／二五〇〇円

右であれ左であれ、思想はネットでは伝わらない。

坪内祐三

飛び交う言説に疲弊してゆく社会で、今こそ静かに思い返したい。時代の順風・逆風の中「自分の言葉」を探し求めた、かつての言論人たちのことを——20年以上にわたり書き継いだ、体現的「論壇」論。『みんなみんな逝ってしまった、けれど文学は死なない。』姉妹篇。

四六判／二八〇〇円

歴史の総合者として
未刊行批評集成

大西巨人

山口直孝・橋本あゆみ・石橋正孝編　尖鋭な言論活動の持続によって戦後文学の孤高なる頂点をきわめた小説家／批評家である著者の、晩年にいたるまで50余年の間に書かれた単行本未収録の批評85篇＋小説1篇を一書に集成。その終わりなき批評＝運動を総展望する。

四六判上製／四五〇〇円

琉球文学論

島尾敏雄

日本列島弧の全体像を眺める視点から、琉球文化を読み解く。著者が長年思いを寄せた「琉球弧」の歴史を背景に、古謡、オモロ、琉歌、組踊などのテクストをわかりやすく解説。完成直前に封印されていた、一九七六年の講義録を初書籍化。生誕百年記念出版。

四六判上製／三二〇〇円

ミス・ダニエルズの追想

小沼 丹

銀河叢書 庭を訪れる小さな生き物たち。行きつけの酒場。仲間とめぐる旅。小説の登場人物としてもお馴染の、様々な場面で出会った忘れ得ぬ人びと。日常にまつわる70篇を初書籍化した滋味掬すべき随筆集。(初版一〇〇〇部限定/巻末エッセイ・大島一彦)

四六判上製/四〇〇〇円

井伏さんの将棋

小沼 丹

銀河叢書 「終生の師」と仰いだ井伏鱒二をめぐる回想とその作品の魅力。太宰治・三浦哲郎など身近に接した作家たち。そして、静かに磨き上げた自らの文学世界について。初書籍化となる文学随筆集。(初版一〇〇〇部限定/巻末エッセイ・竹岡準之助)

四六判上製/四〇〇〇円

不思議なシマ氏

小沼　丹

銀河叢書　女スリ、車上盗難、バイク事故……連鎖する謎を怪人物・シマ氏が華麗に解き明かす表題作ほか、時代小説、漂流譚にコントと、小沼文学の幅を示すいずれも入手困難な力作全五篇を初めて収めた娯楽中短篇集。（初版一〇〇〇部限定／解説・大島一彦）

四六判上製／四〇〇〇円

文壇出世物語

新秋出版社文芸部編

あの人気作家から忘れ去られた作家まで、紹介される文壇人は百人（＋α）。若き日の彼らはいかにして有名人となったのか？　井伏鱒二・武野藤介が執筆したとも噂される謎の名著（一九二四年刊）を、21世紀の文豪ブームに一石を投じるべく大幅増補のうえ復刊。

四六判並製／二八〇〇円

戦争育ちの放埓病

色川武大

銀河叢書　落伍しないだけだってめっけものだ——昭和を追うように逝った無頼派作家による、単行本・全集未収録の随筆86篇を、待望の初書籍化。阿佐田哲也名義による傑作食エッセイ『三博四食五眠』（二二〇〇円）も好評既刊。

四六判上製／四二〇〇円

暢気な電報

木山捷平

銀河叢書　ほのぼのとした筆致の中に浮かび上がる人生の哀歓。週刊誌、新聞、大衆向け娯楽雑誌などに発表された短篇を新発掘。昭和を代表する私小説家によるユーモアとペーソスに満ちた未刊行小説集。未刊行随筆集『行列の尻っ尾』（三八〇〇円）も同時刊。

四六判上製／三四〇〇円